I0641514

AU-DELÀ DU DÉSESPOIR

Freddie KNOLLER
&
John LANDAW

AU-DELÀ DU DÉSESPOIR

Traduit de l'anglais par Gilbert Fouquet

Les éditions de la Neva

Titre original : *Desperate journey*
Publié chez Metro Publishing Ltd
2 Bramber Road, London W14 9PB, England

© 2018, Freddie Knoller & John Landaw
Traduction : Gilbert Fouquet
Couverture : Boris de Fligué
Guidé par Thierry Jardel - ID Graphic à Montignac (24)
et les éditions de la Neva

Éditeur : Les éditions de la Neva
40, rue Madeleine Michelis 92200 Neuilly-sur-Seine
www.editionsdelaneva.com

Impression : BOD – Books on Demand, Allemagne

ISBN : 978-2-916830-06-3
Dépôt légal : Juin 2018

Prologue

Ma première rencontre avec Freddie Knoller, dans le Sud de la France, date des années 80. Je n'ignorais pas qu'il avait combattu dans la Résistance française et était un survivant d'Auschwitz. Plutôt évasif à l'époque alors que je l'interrogeais sur sa guerre, je n'avais pas insisté.

Ce n'est que quelques années plus tard, assis auprès de lui lors d'une cérémonie familiale, qu'il m'annonça « j'ai commencé la rédaction de mes mémoires mais je n'écris pas très bien et recherche quelqu'un pour m'aider. » J'offris alors mes services sans hésitation, sachant d'avance qu'avec Freddie - ayant accepté mon offre sur le champ - l'entreprise serait longue. Elle devait durer six ans.

Pourquoi si longtemps ? Parce qu'au début, à part les problèmes classiques de disponibilité mutuelle, Freddie et moi travaillâmes sur le projet à plein temps lorsque la nature même du manuscrit se révéla être la difficulté majeure. De prime abord, il me parut quelque peu fragmentaire mais je réalisais ensuite qu'il s'agissait d'un récit hors du commun où le risque, la confrontation avec l'ennemi, les relations amoureuses perni-cieuses, les évasions réussies où l'audace et la chance eurent leur part, tout cela découlait d'une détermination féroce pour survivre à trois camps de concentration et à une « marche de la mort » de sinistre mémoire. Or, il avait écrit son histoire comme un inventaire banal d'évènements sans intérêt. C'était une énumération de faits et gestes qui auraient pu arriver à n'importe qui, si ce n'est à Freddie Knoller.

Dès que j'entrepris d'analyser ce qui ne collait pas dans sa narration, j'ai découvert l'aspect ironique des lacunes qui en diminuaient l'ampleur, bien que ces évè-nements aient été associés à des personnages importants de l'histoire. Dans le manuscrit original, il n'était aucunement fait mention de la manière dont Freddie avait quitté les Huberman chez lesquels il était à Paris. Un moment il habitait avec Otto dans un petit studio puis soudain on le retrouvait ailleurs, travaillant avec Christos dans les quartiers chauds de la capitale. Le colmatage de ces brèches représenta l'axe majeur de notre collaboration : il dévoila la culpabilité que Freddie avait toujours ressentie en abandonnant Otto et « son apparence juive » pour se fondre dans le monde chrétien.

Ce fut ensuite l'épisode de la pièce d'or, « à utiliser en cas de besoin », que la mère de Freddie avait cousu dans ses vêtements lorsqu'il s'apprêtait à quitter Vienne. Que lui était-il arrivée ? Le texte n'en faisait pas mention. À nouveau, il ne s'agissait pas d'un oubli de sa part - mais de la honte d'un adolescent ayant trahi l'amour maternel en omettant de mentionner qu'il l'avait utilisée pour payer ses dettes de jeu en Belgique. De tels exemples s'étaient déroulés maintes et maintes fois mais, en les additionnant, l'histoire se révélait encore plus consistante et captivante.

Les survivants de Bergen-Belsen ont été décrits par leurs libérateurs comme des « zombis. » Le traumatisme qu'ils avaient subi les avait rendus apathiques. Pour survivre, il leur avait été nécessaire de se départir de tout sentiment. Il leur fut difficile de s'en remettre. Et le récit original était empreint de cette dureté.

Bien que ces évènements aient été racontés quelque soixante ans plus tard, le blocage avait pris le pas sur la mémoire. La faim endurée dans les camps durant une longue période avait, de toute évidence, affecté le souvenir. Il en résultait un traumatisme psychologique et une dégradation biologique du cortex provoqués par la malnutrition. Freddie était certain d'avoir quitté Vienne avec son cousin Maxl mais ce dernier, toujours vivant et n'ayant jamais connu les camps, a confirmé que ce ne fut pas le cas. Lui et sa famille avaient fui les déferlements antisémites de cette ville avant Freddie. Il ne se souvenait même pas que Maxl était avec lui à Eksaarde, mais il y était bien. Il y avait donc un témoin de ces évènements. Ainsi, Freddie commença à se souvenir de détails, issus sans aucun doute de notre immersion dans ce livre, et en relation avec mes questions. Il se souvenait du visage du jeune hitlérien d'Auschwitz et de la chanson qu'il chanta à son voisin de lit hongrois vers la fin de son séjour là-bas.

Alors que nous arrivions à la fin du livre, j'essayai une nouvelle technique afin de lui extirper d'autres informations. Le texte devant les yeux et aussi étrange que cela puisse paraître, je lui posais simplement des questions auxquelles il répondait – généralement par E-mail. Autrement dit, un procédé d'aller et retour assez éprouvant de dégrossissement et de clarification des données. Mais vers la fin, grâce à la suggestion d'un ami, je décidai d'interviewer Freddie avec un magnétophone. L'effet fut immédiat. J'étais non seulement capable de mieux comprendre la manière dont il s'exprimait mais cela m'aida énormément dans notre dialogue tout en lui permettant de parler simplement et à volonté devant une machine - une sorte de troisième larron, témoin silencieux de son récit - plutôt que moi, archiprésent, harcelant ce pauvre Freddie pour obtenir plus de détails.

Travailler avec Freddie fut un immense plaisir bien que parfois il me soit arrivé d'être accablé, hors de moi et harassé de fatigue. Cependant, même si j'avais été conscient du temps qu'il nous fallut, je n'aurais pas hésité. Ce fut, par-dessus tout, un immense privilège.

John Landaw
Mars 2002

Introduction

Je me suis rendu en Floride pour l'enterrement de mon frère Éric, en mai 1996. Quelques mois plus tard, après être retourné en Angleterre, je reçus un paquet volumineux que m'avait envoyé Viviane, la veuve d'Éric. Je l'ouvris intrigué et mes yeux tombèrent sur une pile de lettres. Mon cœur se mit à battre en reconnaissant immédiatement l'élégante écriture calligraphiée de mon père. Dans sa lettre d'accompagnement, Viviane m'expliquait qu'elle avait trouvé cette correspondance en rangeant les affaires personnelles d'Éric et qu'elle avait pensé qu'il était important que je les aie en souhaitant toutefois que je les lui traduise. Elle concluait en exprimant sa sur-prise concernant leur existence car Éric ne lui en avait jamais parlé. Au bas de plusieurs d'entre elles figuraient des post-scriptum de la main de ma mère et il y avait également quelques lettres de mon frère Otto, toujours en vie aujourd'hui. Viviane m'annonça un peu plus tard que ce dernier en avait reçu un certain nombre de sa part mais qu'il les avait trouvées pénibles à lire. J'en parlais à Otto qui fut très heureux de me les faire parvenir, ce qui fait que je possède aujourd'hui l'entière collection.

Il ne me fut pas difficile de comprendre le silence d'Éric au sujet de ces lettres. Après la Nuit de Cristal, ce fut lui qui fut choisi pour partir en Amérique et ceci, parce que mes parents s'étaient enfermés dans cette certitude naïve que son âge le rendait plus vulnérable à la mobilisation. J'étais entré illégalement en Belgique tandis qu'Otto, après de nombreuses péripéties, avait réussi à atteindre l'Angleterre. C'était donc à Éric, totalement à l'abri en Amérique, que mes parents écrivaient constamment, le suppliant de faire tout son possible pour faciliter leur émigration là-bas. Chaque jour, depuis que le malheur de nos parents nous fut connu après la guerre, Éric a dû se reprocher leur mort. Il avait fait tout ce qui était en son pouvoir pour les aider, mais le remords d'un survivant ne débouche sur aucune logique.

J'ai, moi aussi, gardé le silence sur mes mésaventures jusqu'à l'âge de cinquante-trois ans, presque trente ans après ma libération de Bergen-Belsen. La culpabilité de ma propre survivance et le désir d'occulter le traumatisme de mon passé pour tenter de refaire ma vie y ont joué leur rôle. Je n'ai jamais fait effacer le numéro « 157103 » tatoué sur mon avant-bras

14

de même que je ne l'ai arboré à aucun moment. Le comportement d'Éric, en gardant les lettres de mes parents, procédait de la même ambivalence. Mon tatouage, un petit morceau de mon pyjama des camps de concentration et un triangle rouge ayant appartenu à un prisonnier politique français mort étaient les seuls témoins matériels de ma guerre.

Ainsi, au cours d'un de ces dîners traditionnels et familiaux du vendredi soir, ma fille aînée, Marcia, alors âgée de vingt ans, me demanda de lui raconter « ma vie d'avant ». Susie, ma fille de dix-sept ans, se joignit immédiatement à sa sœur et je décidai qu'il était temps de parler. Qu'aurait-elle été capable de raconter à ses enfants sur ses grands-parents ? C'est ce qui me força à répondre. Que savais-je moi-même de la vie de mes parents avant ma naissance ? Un vide presque absolu. J'étais envahi par le sentiment profond que quelque chose serait perdu pour toujours si je ne parlais pas. Je commençai donc à raconter mon histoire et c'est aux petites heures de la matinée que je la terminai. Au fur et à mesure que mes cauchemars répétitifs d'épreuves et de fuite sans fin commencèrent de s'estomper, mon silence lui-même se transforma en un désir incoercible de ne plus me taire.

Je consacrais la plupart de mon temps à m'investir dans différentes activités concernant l'Holocauste. C'était devenu une mission qui me consumait, tant elle m'obsédait. Je fis des conférences, assistais à des symposiums, donnais des interviews, fréquentais un cercle de survivants. Même lorsque je suis installé tranquillement chez moi, mon histoire se réitère sur des écrans de l'Exposition sur l'Holocauste au Musée Impérial de la Guerre à Londres. Et aujourd'hui, bien que mon livre soit terminé, je ne vois aucune limite à mon besoin de communiquer mon expérience de toutes ces années.

Ce livre n'est pas uniquement un legs à la postérité mais également un mémorial personnel que j'érige pour mes parents dont les tombes n'existent pas. Découvrir leurs lettres fut le déclic qui me poussa à écrire tout cela. Je dédie ce récit en mémoire de leur disparition.

Freddie Knoller

Témoignage du traducteur

Je suis né sous le nom de Gilbert Lehmann-Charley et mon père était juif.

Le lieutenant Jean Lehmann-Charley, Croix de guerre 39-45, chevalier de la Légion d'Honneur, détaché le 29 février 1940 à la Mission Militaire de liaison auprès de l'Armée Britannique, est « Mort pour la France » le 18 mai 1940 en gare de St-Roch à Amiens durant une attaque aérienne de Stukas, alors qu'il faisait évacuer un convoi de blessés.

À ce jour et selon le Secrétariat d'Etat aux Anciens Combattants, aucun service du Ministère des Armées n'a connaissance du lieu de sa sépulture. Ainsi, depuis de longues années je demeure dans l'ombre du doute.

Si le destin en avait décidé autrement ce jour-là, je sais qu'il aurait rejoint la France Libre ou la Résistance et serait allé jusqu'au bout de sa fidélité envers sa patrie... et éventuellement jusqu'à Auschwitz !

C'est pourquoi j'éprouve une très grande reconnaissance à l'égard de mon ami Freddie Knoller pour m'avoir accordé l'honneur de traduire ses souvenirs d'une période où la démesure se complaisait dans l'horreur.

Gilbert Fouquet

L'île des Matzos

Ma mère a souvent prétendu que le dimanche 17 avril 1921, jour de ma naissance, fut la première belle journée de printemps cette année-là. J'ai hérité du naturel optimiste de mon père bien qu'il soit plus juste d'imaginer qu'un ange gardien se soit penché ce jour-là sur mon berceau. Quoi qu'il en soit, une chance hors du commun, associée à une confiance illimitée en l'avenir, m'a permis de passer au travers des années sombres du nazisme.

Cadet de trois garçons et bien que mon nom véritable soit Alfred, je n'ai pas souvenance d'avoir été appelé autrement que Freddie ou Fredl. Je revins à mon nom d'origine lorsque je me réfugiais en Belgique puis mon nom de guerre en France me transforma en Robert. Plus tard à Auschwitz, rien n'eut plus d'importance : je devins simplement le n°157103.

Mes parents, Marja et David, naquirent en Galicie, quelque part en Autriche-Hongrie. Ma mère venait de Lemberg (Lvov) et mon père de Dynov, ces deux localités faisant alors partie de ce qui devait devenir une fois de plus la Pologne à la fin de la Première Guerre Mondiale. Je crois que mon grand-père, Schlomo, est venu à Vienne avec ma grand-mère Sara pour travailler dans une banque puis s'en sont retournés à Dynov où mon père est né en 1882. Néanmoins, rien n'est sûr ! Mes parents parlaient très peu de leur vie en Pologne, l'ayant probablement occultée de leur mémoire à cause de la connotation avilissante attachée au mot « *Ostjuden* ». Car, être un « *Ostjud* » (Juif de l'Est) était une flétrissure aussi péjorative chez les Juifs que chez les Chrétiens.

Durant la Première Guerre Mondiale mon père servit dans l'armée autrichienne et il nous montra un jour une photographie de lui en uniforme et à cheval où une main anonyme tient la bride de l'animal, ce qui nous avait troublés puisqu'il a toujours affirmé qu'il occupait un poste de comptable, ou bien la main était là uniquement pour l'aider à avoir fière posture devant l'appareil. Le sabre qu'il portait sur cette photo était toujours en sa possession. Enveloppé d'un tissu il le gardait placé hors de notre portée au-dessus du buffet et le décrochait de temps en temps pour l'astiquer.

Nous étions une famille juive ordinaire de catégorie en dessous de la moyenne. Mon père était comptable dans une firme de confection en gros, *Grossner und Weiss Nachfolger*, le seul emploi de sa vie à ma connaissance, et très fier d'avoir travaillé pour la même maison durant tant d'années mais cette manifestation d'orgueil était une façon de masquer sa prudence innée et son manque d'ambition. Monsieur Herr, le propriétaire, qui vivait avec sa famille dans une luxueuse villa à la périphérie de

Vienne, devait avoir une très haute opinion de lui. Il lui proposa un jour de devenir son associé, mais mon père repoussa l'invite : « Je lui laisse les soucis », a-t-il déclaré à ma mère, « Je préfère toucher mon salaire. »

Nous vivions dans le second « *bezirk* » (arrondissement), à Leopoldstadt ou « *Matsel Insel* » (l'île des Matzos) comme disaient les Viennois. Les Juifs y étaient majoritaires et cela leur donnait l'impression de se sentir en sécurité car en appartenant à cette petite minorité il était possible d'oublier ce que l'on était vraiment. Dans un sens, le sobriquet antisémite donné à notre arrondissement n'était pas faux comme nous étions en quelque sorte des insulaires et, par ce fait, totalement aveugles aux signes de la catastrophe qui allait s'abattre sur nous.

Nous logions dans un appartement de deux pièces, au 32 Untere Augartenstrasse, une large rue parcourue d'un tramway très bruyant. Nous habitions au troisième étage, avec vue sur la cour intérieure. Il n'y avait pas d'ascenseur, cette commodité n'existant à l'époque que dans les immeubles de grand standing.

Tous les six, y compris la bonne, vivions dans ces deux pièces, ce qui n'était pas inhabituel dans la Vienne de ma jeunesse.

C'était un appartement tout à fait ordinaire. On entrait par une lourde porte en chêne pour s'engager dans un long couloir. À gauche, se trouvait notre cuisine séparée du couloir par une cloison de verre dépoli. Notre bonne y couchait sur un lit pliant. Le séjour était encombré de meubles de bois sombre ; au milieu, une lourde table avec huit chaises, bien qu'elle fût extensible pour que douze personnes puissent se réunir autour. Une imposante pendule comtoise jalousement entretenue par mon père trônait entre deux fenêtres aux rideaux de dentelles. « C'est ma pendule » disait-il, « seul moi peut y toucher ». J'adorais le regarder prendre la grosse clef sur la petite étagère intérieure - trop élevée pour moi quand j'étais petit - et fasciné, le voyais insérer la clef dans le mécanisme dont j'entendais le cliquettement lorsqu'elle tournait. De temps en temps, il la réglait en faisant coulisser de haut en bas le disque en cuivre du balancier sur sa longue tringle filetée. Bien sûr, quand il n'était pas là, je ne pouvais m'empêcher d'ouvrir le battant vitré pour toucher le balancier et m'étonner, en les soupesant, de la lourdeur des poids de forme oblongue.

Devant la pendule, orgueil et bonheur de ma mère, trônait le grand piano Bosendorfer de mon frère Otto. Un immense poêle de terre cuite, touchant presque au plafond, était une autre particularité de cette pièce. En hiver, un seau rempli de bois et de charbon était disposé à côté. Notre frère aîné, Otto, dormait dans cette pièce sur un grand canapé de couleur crème, à côté de la bibliothèque de mon père.

Celle-ci était pleine d'ouvrages relatifs à la Première Guerre mondiale dont j'aimais regarder les photos et, en dépit des pauvres soldats morts ou blessés, surtout celles des blindés et des pièces d'artillerie. Il y avait aussi un gros livre d'art dont les peintres célèbres qui y figuraient avaient moins d'intérêt pour moi que les images de femmes nues. Quant aux volumineuses encyclopédies, elles m'aidaient souvent pour mes devoirs.

Le reste de la famille dormait dans l'autre pièce. Près de mon lit, dans un coin, se trouvait un autre poêle de brique identique à celui du séjour. Tous les vêtements de la famille étaient contenus dans deux très grands placards munis de deux portes cirées de bois clair.

Encore aujourd'hui, je suis toujours étonné de la manière dont nous pouvions vivre les uns sur les autres, mais c'était ainsi.

Nous n'avions pas de salle de bain, ainsi tous les vendredis après l'école nous allions nous laver aux « Bains Diana » situés à quelques pas. Le lavabo, à eau froide uniquement, que nous partagions avec les locataires des trois autres appartements, se trouvait dans le corridor. Il n'y avait ni chauffage ni lumière dans les toilettes situées contre le mur face au lavabo. Chaque appartement avait une clef pour ces toilettes, la nôtre étant accrochée dans la cuisine. J'y allais souvent pour dévorer les livres interdits par mon père à la lumière diffuse d'une bougie si bien que, très tôt, il m'est arrivé de ressentir une certaine frustration lorsque j'entendais une autre clef tourner dans la serrure. Les livres pour adultes que je lisais en secret étaient bon marché et traitaient de sujets légers mais un jour mon père en détruisit un alors que je sortais des toilettes. Le héros de la plupart de ces livres d'aventure dont je me souvienne encore aujourd'hui était un détective du nom de Tom Shark. J'aimais aussi beaucoup les récits d'aventures du Far West de Karl Mai, un jeune auteur populaire que mon père approuvait.

Mes parents étaient liés avec les Ament qui habitaient dans notre immeuble. Ils se rencontraient parfois au Café Augarten, à dix minutes de marche du pont du même nom. Nos logements étant trop petits, les gens de notre catégorie sociale se recevaient rarement chez eux et les cafés étaient les lieux de rencontre habituels. Les membres de la famille Ament étaient très gentils, les garçons grands et beaux et leur fille, Fritzi, ravissante avec ses cheveux blonds et son tout petit nez. Un jour, alors que nous avions douze ans, nous nous sommes examinés dans les toilettes. Nous étions l'un en face de l'autre, dans le genre « si tu me fais voir, je te montrerai aussi ». Ce fut en fait très rapide et Fritzi, affolée par sa découverte, nous n'avons plus jamais reparlé de cette affaire.

Notre père avait son siège à la synagogue, l'impressionnant Temple Polonais surmonté d'un dôme qui fut incendié plus tard durant les déchaînements antisémites de la Nuit de Cristal. Il n'était pas spécialement religieux, ne pratiquant que les fêtes saintes ou carillonnées.

Nous parlions tous allemand à la maison, jamais le yiddish, à part certains mots d'usage courant. J'ignore même si mes parents savaient le parler ou s'en abstenaient par peur d'être catalogué comme *Ostjuden*. Je pense que mon père fit ses études en langue allemande car son allemand très pur me pousse à le croire et lorsque nos parents ne voulaient pas que nous comprenions ce qu'ils disaient, ils s'exprimaient en polonais. J'ai essayé de parler aussi bien que mon père toutefois, au contact de mes copains d'école, ce fut l'argot viennois qui s'imposa.

L'écriture de mon père était exemplaire. Élégante, régulière et facile à comprendre, elle était l'extension claire et nette de sa personnalité. Celle de ma mère exprimait également son caractère car, bien que brouillonne et chaleureuse, elle passait toujours d'un sujet à l'autre avec la certitude que l'on aurait aucune difficulté à suivre le cheminement de ses pensées. Son écriture, à son image, était aussi fantasque qu'indéchiffrable. Pour elle, le cœur était tout, rien d'autre n'avait d'importance.

Vienne représentait tout pour nous, c'était notre univers, nous la ressentions quasiment comme une ville juive ne serait-ce qu'à cause du nombre important de Juifs célèbres qui y résidaient ! Au théâtre, les œuvres d'Arthur Schnitzler étaient plus représentées qu'aucun autre auteur et le producteur Max Reinhardt fut le fondateur du festival de Salzbourg. Cette ville où la musique est reine vit naître Arnold Schoenberg qui succéda à Gustav Mahler, un autre Juif, qui fit de Vienne sa résidence principale. Dans le style opérette viennoise, nous avions le demi-Juif Johann Strauss, Emmerich Kalman et Oscar Strauss. Au cabaret, Fritz Gruenbaum et Karl Farkas étaient très populaires de même qu'Hermann Leopoldi, Franz Engel et Armin Berg en tant que comédiens. Sur les quatre prix Nobel autrichiens de médecine, trois étaient juifs : Karl Landsteiner pour sa découverte et la classification des groupes sanguins, Otto Loewy pour ses recherches sur la chimie des muscles et Piquet qui inventa le test de la tuberculose. Enfin bien entendu, Freud, le psychanalyste qui naquit à Vienne. L'influence et la réussite des Juifs dans la société viennoise nous donnaient une impression d'appartenance qui s'avéra totalement illusoire car dans la réalité de notre quotidienneté nous nous impliquions socialement qu'avec des Juifs, n'échangeant seulement que des salutations avec nos voisins chrétiens. Bien qu'il n'y eût rien en apparence pour nous distinguer les uns des autres, nous n'étions en fait que des étrangers. En outre, quand je passais le coin des rues

Schrey et Malz, je me retrouvais dans un monde aussi étrange pour moi qu'aux chrétiens, un petit espace réservé aux ultra orthodoxes que nous ne traversions que pour aller d'un point à un autre. Des hommes en noir à la barbe abondante, aux traits indistincts sous leur chapeau de la même couleur qui se déplaçaient en groupe, leur livre de prière sous le bras. De jeunes garçons habillés également de noir, la tête couverte d'une petite calotte avec de longues papillotes ballottantes lorsqu'ils jouaient au ballon ; des femmes affairées et bavardant en groupe, avec leurs châles colorés offrant un contraste saisissant avec le sombre accoutrement des hommes. Le vendredi, à la tombée de la nuit, les boutiques fermaient et les rues devenaient silencieuses. Alors, les hommes revêtaient le « *Shtramel* », un large chapeau couvert de fourrure - autrefois porté par les nobles polonais - pour honorer le Sabbat dans leur propre synagogue qu'ils appelaient la « *Shul* ». Pour eux, nous étions à peine des Juifs et le Temple Polonais de mon père leur était aussi différent qu'une église catholique.

J'étais un petit garçon maigre et frêle, myope dès l'âge de six ans, et couvé anxieusement par sa mère. Monsieur Friedmann, le docteur du quartier, me connaissait bien car je prenais facilement froid. Je ponctuais chaque hiver viennois, glacial et rigoureux, d'une crise d'amygdalite et ma mère m'obligeait à me gargariser avec des produits écœurants.

Elle eut une grande influence sur mon évolution et c'est probablement à cause de cela que j'étais plutôt immature par rapport à mes frères : j'étais un vrai « fils à maman ». C'est d'elle dont j'ai hérité ma nature avenante. Dès que je me trouve au milieu d'étrangers, je n'ai de cesse de prendre contact avec un mot, un sourire ou un simple signe de la tête. Mon frère Otto est comme moi.

Il est possible que ce besoin ait une raison particulière, celle d'un survivant des camps pour se convaincre qu'un étranger n'est pas un ennemi, mais cela n'engage que moi !

Des musiciens venaient régulièrement dans notre cour. Nous entendions parfois retentir des sons d'accordéon et de trompettes, entre autre un couple particulièrement compétent, elle au violon et lui à la guitare, qui jouaient des mélodies juives. Quelque-fois, un chanteur se manifestait. Ma mère nous avait toujours appris à être charitable avec les pauvres, « ils ont si peu », disait-elle « probablement pas de travail et une famille affamée à nourrir ». Elle me donnait quelques pièces que j'enveloppais dans du papier pour les lancer aux musiciens. Je me souviens que ce fameux couple recevait plus d'argent de la part des habitants de notre immeuble que les autres.

Pour les enfants, jouer d'un instrument de musique était typiquement viennois et - les fils Knoller ayant commencé d'apprendre dès l'âge de six ans - c'était un plaisir pour nos parents de nous écouter. Ma mère et mon père possédaient déjà un duo avec Otto au piano et Éric au violon. A mon sixième anniversaire le choix du violoncelle fut inévitable et dès lors, mes parents eurent leur trio.

Mon premier professeur venait une heure chaque semaine à la maison pour m'enseigner. Bien que ma mère fît en sorte que je m'exerce une heure et demie tous les jours, je pris tant de plaisir avec mon instrument que ce ne fut jamais une corvée. D'ailleurs je me souviens avoir souvent interrompu mes gammes ou mes pièces musicales lorsque je m'exerçais, pour imiter avec mon violoncelle le gong grave et sonore de l'horloge de grand-père ponctuant les heures.

J'ai dû atteindre un niveau décent puisque, au bout de trois ans, mon professeur suggéra de me présenter à l'examen de l'académie de musique de Vienne. Je le passai très facilement et commençai à prendre des cours avec le professeur Buxbaum qui jouait dans le fameux Rosé Quartet. Au début, ma mère m'accompagna en tram jusqu'à l'imposant bâtiment de l'académie qui se situait à Stadtpark, à une demi heure de tram de la maison, puis elle me fit rapidement confiance et me laissa y aller tout seul.

J'aimais beaucoup ces leçons à l'académie. Il y avait cinq autres violoncellistes et notre professeur - un bel homme d'une taille imposante, juif, je crois - nous faisait jouer des fragments d'une sonate à tour de rôle et nous invitait ensuite à en faire un commentaire critique. Le joueur suivant devait tirer partie de ce qu'il venait d'entendre et il nous renvoyait chez nous en nous disant quoi étudier. En hiver, avant de prendre le tram, je pris l'habitude de traîner autour d'une patinoire toute proche et prenais plaisir à observer les évolutions de ceux qui avaient de l'expérience de même que les débutants qui trébuchaient sur la glace.

Lorsque j'eus treize ans, le professeur me donna des leçons particulières chez lui, deux fois par mois, mais je n'ai jamais su s'il le fit parce qu'il habitait tout près ou si c'était à cause de mon exceptionnel talent comme le prétendît ma mère.

Cette dernière s'occupait d'œuvres caritatives juives. Elle était membre du WISO (Women's International Zionist Organisation) où les fils Knoller jouaient souvent lors des réunions. Le programme incluait des œuvres de musique juive connues et de pots-pourris que l'on appelait *Altes aus dem Osten* (Airs Anciens de l'Est). L'arrangeur de ces pots-pourris était Isy Geiger qui émigra plus tard en Angleterre et devint un chef d'orchestre renommé. D'après les programmes que mon frère Otto a conservés, j'ai joué avec eux le trio n°1 en sol d'Haydn quand j'avais douze ans, le 9 avril 1932, lors du concert donné aux parents au Sperl Gymnasium. Ce jour-là, ma mère avait des larmes de fierté dans les yeux. Peu après, nous avons commencé à nous produire régulièrement dans des concerts organisés par le professeur d'Otto, Millie Kozack.

Le vendredi soir, après le traditionnel repas aux chandelles du Sabbat, nous jouions à la maison. Madame Kohn, une veuve pratiquante, nous rejoignait parfois pour dîner ; elle insistait pour apporter sa propre nourriture kasher et je me souviens encore à quel point son poulet bouilli était délicieux, par-ticulièrement le fenouil qu'elle y ajoutait, ce que ma mère ne faisait jamais. Après le repas, nous chantions tous ensemble la dernière chanson en vogue grâce à une partition qu'Otto avait obtenue de Francis Day, l'éditeur de musique puis nous, les garçons, nous précipitions sur nos instruments et jouions de la musique de chambre légère et les dernières mélodies populaires : Gershwin, Rodgers et Hammerstein étant nos préférés.

J'avais six ans quand j'entrais au cours élémentaire, le *Volksschule*, dans Leopoldgasse, non loin de la maison, et fus confronté pour la première fois à l'antisémitisme. *Sau Jud* ! (cochon de Juif) crièrent des enfants de notre âge en nous crachant dessus, ce qui me décida immédiatement à rosser l'insulteur la prochaine fois. L'injure habituelle ne se fit pas attendre. Je me retournai et frappai le garçon sur le nez, du sang se mit à couler alors que ses amis se jetaient sur moi en me tabassant avec leurs lourds cartables. Je courus à la maison, les vêtements déchirés et couvert d'ecchymoses. « Comment t'es-tu mis dans un tel état ? » s'exclama ma mère anxieusement, et je lui racontai.

Sa réponse refroidit toute ma fierté ainsi que mon esprit combatif. « Tu ne dois pas te battre, surtout avec des enfants chrétiens. S'ils t'insultent, ignore-les. » Mon père, entrant à la maison après son travail, lui donna entièrement raison.

Je fus totalement désorienté par leur attitude, trop jeune pour comprendre leur peur ancestrale de réveiller la colère et les représailles des *gentils*. Le lendemain, le garçon que j'avais fait saigner du nez voulut devenir mon ami. « Tu sais, me dit-il d'un ton bourru, ce n'était pas un combat régulier, cinq contre un ce n'est pas loyal. »

Je le remerciai, heureux de sa réaction que je considérais comme le respect du code de l'honneur, en opposition au pacifisme incompréhensible de mes parents. « Je m'appelle Karl Swoboda, ajouta-t-il ! »

Nous commençâmes à discuter ensemble et découvrîmes très rapidement notre passion commune pour les timbres. Karl était un vrai catholique autrichien, yeux bleus, cheveux blonds et portant le costume traditionnel avec culotte de cuir, veste verte, chaussettes blanches montant jusqu'aux genoux et parfois même le chapeau à plume.

J'allais quelquefois fois chez lui, dans un quartier pauvre près du nôtre, et sa mère était toujours gentille avec moi. Néanmoins, mes parents m'interdisaient d'amener un *goy* à la maison.

Je me souviens d'avoir questionné Karl sur ses ancêtres et ajouté qu'avec un nom comme Swoboda, il devait avoir des origines tchèques.

« Jamais » répondit-il, et je fus étonné par la véhémence de sa dénégation. « Je suis Autrichien, un pur Autrichien ! »

Karl ne vint pas au Gymnasium (le lycée allemand) avec moi. Ce n'était pas un garçon très brillant et il ne serait jamais parvenu à passer l'examen d'entrée dans une école secondaire normale. Nous continuâmes à nous rencontrer de temps en temps, uniquement à cause de notre pas-sion commune pour les timbres.

Mon autre ami non-Juif, Monsieur Hagmann, le *Hausebesorger* (concierge) était responsable de l'îlot et vivait dans notre immeuble avec sa femme et son fils. C'était un homme de haute taille et bien bâti, au front dégarni qui lui donnait plus que son âge car il me semble me souvenir qu'il avait seulement la quarantaine. Poli et gentil, il était très apprécié des locataires. C'était également un philatéliste pas-sionné et nous regardions souvent sa collection de timbres autrichiens et faisions des échanges. Il venait de temps en temps nous rejoindre chez nous. Il était fier d'être socialiste et je n'ai jamais senti chez lui la moindre trace d'antisémitisme.

Le lycée comprenait environ soixante-dix pour cent de Juifs. J'étais aussi fier de l'histoire de l'Autriche que n'importe quel autre élève - mon quartier ne portait-il pas le nom de l'empereur Leopold ? - J'ignorais bien sûr qu'il avait expulsé les Juifs d'Autriche ainsi que les sentiments antisémites d'une de mes autres idoles, Marie-Thérèse, et enfin les pogroms organisés par les croisés sous le commandement de Richard Cœur de Lion dont j'admirais l'héroïsme lors de la conquête de la Terre Sainte.

Les Juifs recevaient une instruction religieuse à part. Aujourd'hui, ceci pourrait sembler dans une société multiculturelle un curieux état d'esprit, mais à Vienne cela ne faisait qu'accentuer notre différence envers nos condisciples chrétiens.

Notre professeur d'instruction religieuse, Monsieur Glaser, était l'archétype du doux Juif in-efficace. Nous n'avons jamais eu pour lui le respect dû à un professeur et le prenions pour un vrai « *nebbich* » (pauvre crétin). Nous courions en rond autour du pauvre homme qui, avec sa barbe blanche broussailleuse et ses yeux écarquillés derrière des lunettes aux verres épais, nous regardaient impuissant bavarder dans tous les coins de la classe.

J'avais dix ans quand je fus autorisé à re-joindre les scouts.

Ô combien j'adorais l'uniforme avec le large chapeau galonné de Mafeking ! Et faire le salut scout, les trois doigts levés au bord du chapeau en s'exclamant « *All Zeit Bereit* ! » (Être prêt !).

Le scoutisme appliquait des idéaux internationalistes : je n'y ai jamais rencontré d'anti-sémitisme. C'était un plaisir de parcourir la forêt viennoise avec mes copains scouts, nous imaginant les héros intrépides de nos lectures, ou assis autour du feu de camp, pour chanter et écouter les histoires de notre chef de patrouille. Je m'y suis fait un ami, un jeune Juif de mon école. Hans, que j'appelais Hansl, est resté mon ami durant plusieurs années. Il habitait près de la rue Rembrandt et je lui rendais souvent visite. Son appartement était similaire au mien et comme sa mère y était rarement, cela me poussa à croire qu'elle travaillait, ce qui était exceptionnel pour une femme à l'époque. Il avait des jouets extraordinaires, certains très sophistiqués fonction-naient avec des piles. De mon côté, j'en avais très peu. Tout ce que j'avais à la maison était un genre de « Lego », appelé *Matador*, mais je n'étais pas un expert. Les innombrables possibilités de construction de ce jeu me laissaient de marbre tandis qu'Hansl avait une maîtrise qui lui permettait de construire des structures très compliquées et je l'enviais pour ce don.

Ce fut Hansl, environ deux ans plus tard, qui m'introduisit chez les « *Kinderfreunde* ». Cette af-filiation fut approuvée par mon père car, comme beaucoup d'associations à Vienne, celle-ci avait une connotation politique proche du Parti Social-Démocrate auquel il appartenait. Nombreux de ses membres étaient juifs. Mon père savait également que l'organisateur de ce club était un ex-enseignant qui insistait toujours pour que nous soyons à jour de nos devoirs avant de participer aux activités. Nous assistions à des conférences sérieuses comparant les démocraties à des dictatures comme celles de Hitler et de Mussolini. Il devenait urgent pour nous d'être fier de nos « racines prolétariennes ». J'appréciais surtout nos salutations sous forme de *Freundschaft* ! (Amitiés !) dont nous nous congratulions ce qui me confortait dans l'idée d'appartenir à une élite adulte et puissante caractérisée par les premiers mots du chant que nous entonnions au début de chaque réunion : « *Wir sind jung, die Welt ist offen* ! » (Nous sommes jeunes et le monde nous appartient !).

À treize ans, je célébrai ma « *Bar-Mitzvah* » au Temple Polonais et nous nous réunîmes ensuite à la maison pour le repas traditionnel. La commémoration de la « *Bar-Mitzvah* » avait moins d'importance alors que de nos jours, si bien que nous n'étions que treize ce jour-là. Il y avait l'oncle Herman, le frère de ma mère, avec sa femme Genia et leurs enfants, mes cousins Rosi, Leo et Maxl qui vivaient à Simmering, un quartier pauvre à la périphérie de Vienne. Il y avait aussi naturellement nos voisins Madame Kohn, Mademoiselle Schiff et son frère ainsi que *Herr Regierungsrat* (notre responsable d'îlot) - toujours nommé par son titre. Aucun membre de la famille de mon père n'était présent car il ne vivaient pas en

Autriche. Je me souviens avoir reçu de mes frères un livre - le dernier Karl Mai -, un très beau jeu d'échec de Mademoiselle Schiff, dont le tableau était incrusté sur le couvercle et le plus précieux des cadeaux : une montre avec un bracelet de cuir brun de la part de mes parents - objet digne d'un adulte. Mon père insista pour que je ne la porte qu'en de grandes occasions et jamais à l'école. Je ne saurais dire si j'ai porté cette montre jusqu'à Auschwitz. Je me souviens que les fils Knoller ont ensuite joué quelques airs : les danses norvégiennes de Grieg, et quelques musiques de films récents, surtout ceux de Fred Astaire.

Cette « *Bar-Mitzvah* » eut lieu au début de 1934. Qui parmi ce groupe aurait pu se douter que d'ici quatre ans l'Autriche deviendrait pour nous un pays si dangereux.

Mon père était un homme fortement char-penté au visage joufflu et beaucoup plus grand que ma mère. Je me souviens qu'il avait une moustache lorsque j'étais petit mais qu'il l'a rasée plus tard. Je ne sais si ce fut à la demande de ma mère mais il prétendît qu'il l'avait fait pour paraître plus jeune, car il était complètement chauve. Où qu'il allât, il portait une cravate et je ne me souviens pas l'avoir vu habillé en - ce que certains nomment de nos jours - une tenue décontractée. Bien que son expression fût généralement avenante - ainsi il pouvait montrer son amour pour ses enfants, sa satisfaction quand nous avions de bonnes notes à l'école, son plaisir en sortie familiale dans les parcs de Vienne, ou quand nous chantions ensemble - autant il pouvait être très sévère si nous méritions sa désapprobation. Il n'hésitait pas à nous priver d'argent de poche, à nous donner une gifle ou même utiliser une badine si la faute était suffisamment sérieuse à ses yeux. Ensuite, c'était à notre mère de nous consoler. Le code paternel était simple et inflexible, bien et mal, clair et sans ambiguïté étaient ses concepts. « Une bonne claque et ils ne recommenceront pas ». La badine, quant à elle, servait pour les fautes graves.

Je me souviens d'ailleurs d'un jour en particulier où Hansl et moi décidâmes de grimper sur une structure en bois à l'entrée de la piscine de Kay Park. Nous avions presque atteint le toit quand j'entendis la voix de mon père. « Descends im-médiatement ! » s'écria-t-il durement. Il revenait à la maison et le parc qui était à quinze minutes de chez nous se trouvait sur son trajet. Mon père et moi rentrâmes en silence et je savais que j'étais bon pour une correction. « Va attendre dans ta chambre ! », m'ordonna-t-il dès notre arrivée.

Je n'avais que très peu de temps devant moi et j'attrapai un des petits coussins sur le lit pour le glisser dans mon pantalon. Mon père entra dans la chambre avec un « *Pracker* » (une tapette à tapis) et m'ordonna de me pencher au-dessus du lit. Au bout de deux coups il dût remarquer un bruit bizarre alors il s'arrêta et tâta mon derrière. Il éclata de rire et me prit dans ses bras. « Tu es un malin, mais promets-moi de ne plus t'amuser à ces jeux stupides ». Je promis et mon père, riant toujours, m'embrassa. Il était comme ça, prompt à l'emportement autant qu'à l'oubli.

Adolescent, Otto était tombé amoureux d'une fille appelée Lotte et aucun de nous n'avait l'autorisation d'amener des filles à la maison. Un jour mon père lui interdit absolument de revoir Lotte. La raison ? Il avait découvert que sa sœur était divorcée. Les convenances avaient une grande importance pour lui, spécialement dans une société où les Juifs étaient exclus de nombreuses professions. Toujours anxieux d'engendrer un esprit de curiosité chez ses fils, il s'efforçait de répondre à toutes nos questions et je me souviens qu'il possédait l'art écouter, semblant prendre chaque mot que nous disions avec une expression perspicace sur le visage. Il était très difficile de se payer la tête de quelqu'un qui vous regardait ainsi. Avec une telle mentalité, il était pénible pour mon père d'accepter qu'Éric, s'endormant souvent sur ses livres, ne fut pas un intellectuel. Un jour, celui-ci rentra à la maison avec un mauvais carnet de notes. Mon père lui courut après autour de la table, trébuchant presque, tant il était en colère.

Finalement le message passa et il fut décidé qu'Éric travaillerait chez *Grossner & Weiss* où mon père était employé. Il n'était que coursier et chargé du ménage mais préférait cent fois cela à l'école.

Toutefois, ces deux-là se heurtèrent sérieusement. Mon père était socialiste et Éric devint militant d'une organisation sioniste de droite, appelée *Betar*, que mon père ne pouvait supporter. « Je ne veux pas que mon fils fasse des exercices militaires ! », hurla-t-il. « Comment allons-nous combattre les Arabes et les Anglais pour nous construire un pays si nous ne nous entraînons pas comme des soldats ?, répliquait Éric ».

Éric persista et resta chez *Betar*, peut-être aussi pour faire montre d'indépendance vis-à-vis de mon père.

Ce père, si strict avec nous, était néanmoins désarmé face à ma mère. Il ne pouvait lui résister. Si je désirais quoi que ce soit, je passais par elle. Elle savait persuader mon père pour n'importe quoi quand il s'agissait de ses fils. Elle était assez petite, plutôt grassouillette, avec un gentil visage rond entouré de beaux et fins cheveux blonds. Soucieuse de son apparence elle portait toujours un *mieder* une sorte de gaine, afin de paraître plus mince quand elle sortait.

Attentionnée et passionnée alors que, en dépit de son optimisme, c'était une personne compassée, elle aimait les gens et adorait danser. Elle accompagnait souvent ma jeune cousine Rosi à des thés dansants organisés par des œuvres juives caritatives et cette dernière était ravie d'avoir pour chaperon une tante si sociable et facile à vivre.

On pouvait l'entendre siffloter dans la maison pendant la journée. Ses enfants vivaient dans son cœur et elle ne pouvait s'en cacher. Des larmes de fierté n'étaient jamais loin de ses yeux quand le public applaudissait les frères Knoller jouant sur scène lors de manifestations organisées par le Wiso. Entre elle et mon père, c'était l'attraction classique des oppositions. Il vivait dans un monde extérieur, un monde d'hommes et de transactions commerciales et elle faisait entièrement confiance à son jugement. Ce fut finalement leurs tragédies conjointes car la conviction de mon père pour ce qui est normal et prévisible, et par-dessus tout son respect des gens, fit qu'il ne pouvait envisager l'ampleur de la catastrophe qui devait les engloutir.

J'entrais au Realgymnasium de la Sperlgasse en 1934, l'année de ma *Bar-Mitzvah*. Je me souviens de notre professeur d'éducation physique qui s'appelait Meyer. Il était chauve, petit et large d'épaules. Ses bras étaient gonflés de muscles. Il avait le regard dur et aimait ridiculiser les Juifs les moins athlétiques. « Allons, disait-il, vous n'êtes pas à la synagogue ! »

Tandis que je grandissais, ma vie se partageait entre ma judaïcité et mon socialisme. Cela allait de même pour mes amis. Nous avions l'habitude de nous rencontrer devant la synagogue tous les samedis matin, envahis d'une sorte de culpabilité car nous étions juifs et que c'était le jour du Sabbat ; mais nous n'y entrions pas, préférant parler de socialisme, de sionisme et… des filles.

À l'âge de quinze ans, j'entrais au *Verein der Sozialistischen Mittelschuler*, l'Association des Élèves Socialistes de l'École Secondaire. C'était tout à fait naturel à l'époque où les Juifs votaient social-démocrate, la gauche n'ayant aucune racine anti-sémite et se préoccupant de valeurs autres que du racisme et du nationalisme. Ceci se justifiait par le fait que des Juifs comme Victor Adler, Otto Bauer et Julius Tandler avaient des positions prépondérantes dans le parti. Vienne était dirigé par le parti social-démocrate alors que le reste du pays était entre les mains du parti social-chrétien. Bien que conservant son antipathie pour les Juifs, ce parti n'avait aucune sympathie pour le parti national-socialiste qui était anticatholique. Les nazis étaient en minorité - c'était un fléau - mais leur importance, selon l'opinion générale, n'avait aucune raison d'être surestimée.

Le 12 février 1934, les lumières de notre classe s'éteignirent tout à coup. Le principal apparut. « Une grève générale a été décrétée par les syndicats. Vous devez tous rentrer chez vous. » Naturellement, les syndicats étaient affiliés aux sociaux-démocrates mais cela m'était indifférent, comme à Hansl et à mes autres condisciples et nous étions tous très heureux de ces vacances inopinées.

Nous ruant joyeusement hors de l'école, nous fûmes surpris par le silence et le calme des rues. Tout était désert. Les trams étaient arrêtés. Vienne ressemblait à une ville morte. Je rentrais à la maison à travers des rues désertes pour trouver toute la famille avec des bougies pour seule lumière.

Nous fûmes surpris par des coups de feu. La violence étant le langage politique de l'Autriche, chaque faction avait sa section militante - les « chemises brunes » pour les nazis, les *Heimwehr* pour les sociaux-chrétiens et les *Schutzbund* pour les démocrates. Je dois reconnaître que j'aimais assez cette atmosphère.

Mon père prit gravement la parole. « J'ai vu le *Heimwehr* et la police partout. Je crois qu'ils se battent avec les sociaux-démocrates du côté de la *Gemeinde Hauser*, la Maison Communale, un grand bâtiment que les socialistes avaient construit pour les ouvriers. On entendit plus tard des tirs d'artillerie. Ma mère en était malade, le bruit me bouleversa et mes frères semblaient également très impressionnés. À un moment mon père alluma la radio, mais elle était muette. Le lendemain matin, le courant revint et nous entendîmes à la radio que l'armée avait tiré sur la Maison Communale, occupée durant les troubles par le *Schutzbund*. Le *Heimwehr* s'étant vu refuser l'accès avait également tiré dessus et de nombreux innocents trouvèrent la mort.

Après quelques jours tout redevint normal quoique la situation politique en Autriche continuât de demeurer instable. Bien que Dollfuss ait banni le parti nazi, ceux-ci persistèrent dans leur action. Pour nous le parti nazi n'était qu'une bande d'extravagants et mon père ainsi qu'Otto pensaient que le danger pour les Juifs viendrait plutôt du petit chancelier Dollfuss - connu sous le sobriquet de Millimetternich, pour sa taille et son désir d'égaler le grand Metternich - et son parti social-chrétien à cause de son antipathie pour les Juifs. Dollfuss eut quand même le courage d'interdire les nazis mais fut assassiné par eux le 25 juillet au cours de leur putsch avorté.

Otto revint de l'université racontant que des étudiants nazis avaient molesté des étudiants juifs. « Nous aurons un meeting de protestation dans quelques jours, annonça-t-il ». Ma propre association des Étudiants de l'École Secondaire était invitée à y participer. Tout excité, j'y allais avec Hansl et Freddie Breitfeld, un autre ami proche. La manifestation se tenait dans le grand hall de la place Schwarzenburg. La police en armes séparait les socialistes des nazis. Ces derniers, assis dans la galerie, interrompaient les discours en criant leurs slogans « *Deutschland Erwache ! Jude Verrecke !* » (Allemagne réveille-toi ! À mort les Juifs !) aux socialistes se tenant dans le hall. Ils sifflaient et chantaient leur « *Horst Wessel Lied* », aux paroles glorifiant le sang des Juifs coulant de leurs poignards. Je connaissais ce chant et aimais son rythme brutal et entraînant ; même ces mots horribles m'excitaient et me faisaient rêver au combat.

L'assassinat de Dollfuss, ne sembla pas alarmer mon père ni la plupart des Juifs sur la réalité de la situation en Autriche. Il fit même bon accueil à Schuschnigg qu'il considérait comme modéré, mais le traité signé entre l'Allemagne et l'Autriche « normalisant » leurs relations inquiéta notre famille. Les mauvais traitements que Hitler faisait subir aux Juifs nous étaient connus. « Les Juifs quittent l'Allemagne. Alors, que représente pour nous ce traité avec l'Allemagne ? », dit mon père en ajoutant, nous savons ce que Hitler fait des traités. » Personne ne savait réellement de quel côté soufflait le vent. Le parti nazi était toujours interdit, mais les journaux allemands, de nouveau en vente en Autriche après le traité, faisaient une description idyllique de l'Allemagne d'Adolf Hitler.

En 1935, je tombais amoureux pour la première fois. Nous étions, cet été-là, sur le lac Balaton en Hongrie et ce lieu de vacance sera toujours associé dans mon esprit avec la jolie et gracieuse Rosza. Elle paraissait plus que ses quinze ans tandis que j'avais l'air plus jeune avec mes quatorze ans. J'étais pour elle un bon sujet d'expérimentation, comme n'importe quel autre mâle, pour tester les effets de sa séduction sur le sexe opposé. Elle me tourna la tête car je crus qu'elle était amoureuse de moi. Elle séjournait dans le même hôtel que ma famille lorsque je l'aperçus un jour. Je savais qu'elle se promenait avec ses amis pour, comme on disait alors, voir et être vu. Un matin je la vis quitter l'hôtel avec son groupe. Je la suivis, mais sachant que je serais incapable de lui parler si je la croisais, je cueillis rapidement une fleur dans le jardin de l'hôtel, rattrapai son groupe, les dépassai et la lui offris. C'était ma manière de lui montrer qu'elle me plaisait. Elle prit gracieusement ma fleur avec un petit gloussement. Mon frère Éric qui avait seize ans et quelques centimètres de plus que moi, était beau garçon. Quelques jours plus tard je vis Rosza et lui se promenant ensemble. Rongé par la jalousie, je constatais tristement l'inégalité de cette compétition sexuelle engagée avec ce frère aîné. Non seulement exclus de leur conversation amoureuse, cette défaite m'étais également difficile à supporter et je maudis mon visage de bébé affligé de lunettes qui, croyais-je, me donnaient l'air sérieux. J'étais le numéro deux et c'est tout. J'étais encore trop jeune pour percevoir la timidité d'Éric et son caractère incertain qui fut à l'origine, j'en suis sûr, de sa faiblesse scolaire car il avait déjà quitté l'école lorsque j'étais à l'école secondaire et Otto à l'université.

Comme Otto, il était intelligent mais également insouciant, populaire auprès de tous, filles inclues. C'était aussi un bon pianiste. Je voulais bien sûr être comme mes deux frères, imitant ce que je les voyais faire en grandissant. Mais j'étais le petit dernier, gentiment protégé mais ne participant pas à leurs affaires privées en dépit du fait qu'Éric fût plus proche de mon âge - deux ans plus vieux - qu'Otto qui avait six ans de plus que lui. J'étais marqué du sceau indélébile de bébé-frère, et c'est probablement le côté protecteur de ma mère envers moi surtout, son plus jeune fils, qui permit cela.

À la maison, c'était la même histoire. Dans l'appartement de l'autre côté de la cour, Mademoiselle Pollack avait l'habitude de se déshabiller devant sa fenêtre. Otto et Éric chuchotaient tous les deux en l'observant avec des jumelles. Le temps que ces deux fourbes me passent les jumelles Mademoiselle Pollack avait sa chemise de nuit et cela sembla confirmer que ces trois-là étaient liés par une conspiration contre moi : un tel spectacle, bien entendu, n'était pas pour mes jeunes yeux. Ce fut finalement Auschwitz, je pense, qui transforma l'idée que mes frères se faisaient de moi.

J'étais obsédé par le sexe et voulais être affranchi en la matière surtout pour me mettre au même niveau que mes frères pour lesquels je n'étais qu'un gamin.

J'eus ma première expérience sexuelle avec notre bonne. J'avais seize ans. Elle s'appelait Theresa, mais pour nous elle était Resi tout court. Ce n'était pas un signe d'opulence que d'avoir une bonne à Vienne à cette époque. Ces filles venaient d'un milieu rural composé de paysans pauvres possédant peu et dont la vie était si difficile qu'ils ne pouvaient se permettre d'avoir une bouche de trop à nourrir. Elles venaient à la ville pour trouver un emploi dans une famille. Le salaire était maigre, mais elles apprenaient à cuisiner, coudre, s'occuper des enfants, en contrepartie de quoi elles étaient logées et nourries.

Un soir que mes parents étaient sortis et mes frères au cinéma, j'étais allongé en train de rêver de sexe tandis que Resi dormait sur son lit pliant dans la cuisine. Sous prétexte de boire un peu d'eau, j'allais dans la cuisine et m'asseyais sur son lit. Elle ne parut pas s'en offusquer quand je lui caressais les seins. Je me mis au lit avec elle et elle me toucha comme je n'avais jamais été touché auparavant. Je ne pus me contrôler et, dans ma naïveté, pensai que j'étais en train d'uriner et fus envahi de honte. Elle ricana devant le « gâchis » que j'avais causé. Je murmurai une excuse et quittai son lit. Cette débâcle fut surtout une expérience à partager avec Hansl et Freddie au Kay Park dès le lendemain. Assis sur un banc, ce fut mon embarras autant que le désir de vantardise qui me poussa. « Il y a une chose que je ne comprends pas, annonçais-je en hésitant. Quoi ?, insistèrent mes amis. Eh bien, pourquoi ai-je commencé à pisser quand elle a touché mon « *Schmeckle* » (pénis) ? Ma chemise de nuit était poisseuse et non mouillée ».

Les deux éclatèrent de rire. « Qu'y a-t-il de si drôle ? ». J'étais autant choqué que vexé de me trouver dans cette situation instable car je réalisais à leur mine réjouie qu'ils savaient quelque chose que j'ignorais. « Espèce d'idiot, s'écria Hansl entre deux hoquets de rire, confirmant ainsi mon ignorance, cela arrive quand tu éjacules ; enfin, ce qui sort de ton zizi, c'est ce truc qui fait les bébés ! Tu ne savais pas ça ? » Mes amis rirent de plus belle et je ne répondis pas. Ce fut ma première leçon en matière de sexualité.

L'année 1938 commença avec une recrudescence d'activité politique provoquée par l'annonce d'un prochain référendum. Tous les emplacements possibles de la ville furent couverts d'affiches enjoignant les gens à voter pour ou contre. De la même façon que je collectionnais les timbres, Éric collectionnait ces affiches, les décollant des murs ou des réverbères pour les insérer proprement dans un album. Quelle documentation historique cela aurait été si mon père, fou de rage contre Éric, n'avait mis cette collection en pièces devant nos yeux. Cette réaction inhabituelle de sa part me choqua profondément et me sembla terriblement bête et injuste. « Tu as détruit ce que j'avais de plus précieux, cria Éric à notre père ». Quant à moi, je gardai le silence.

À cause des évènements en Allemagne, les nazis s'enhardirent de jour et jour. Ils se répandaient en démonstrations et chantaient en vociférant « *Ein*

Volk, Ein Reich, Ein Führer » (Un peuple, un empire, un chef). Le *Schutzbund*, la fraction armée socialiste, répondit. La majorité socialo-chrétienne sous l'égide de Schuschnigg était pour que l'Autriche demeure indépendante tout en étant également terrifiée par la grande nation allemande. Notre pays était pris dans un tourbillon. La haine se répandit comme un nuage empoisonné et descendit rapidement dans la rue. Otto revint de l'université, où il étudiait la médecine, le visage en sang. Il y avait des combats quotidiens entre les étudiants nazis et antinazis. Selon la loi autrichienne l'université n'était pas sous la juridiction de la police qui ne pouvait donc intervenir. Jusque-là très peu de Juifs comprirent réellement ce qui se préparait. Parmi ceux-ci, le père de mon copain de classe, Freddie Breitfeld, qui avait transféré son affaire de fourrure en Angleterre dès 1936.

L'Anschluss – 1ᵉʳ Mars 1938

Le référendum sur l'indépendance de l'Autriche fut fixé pour la mi-mars 1938 et il était certain que les sociaux-chrétiens l'emporteraient. Tard dans l'après-midi du jeudi 10 mars, toute la famille s'attroupa autour de la radio. Des rumeurs ayant couru durant plusieurs heures que le plébiscite serait annulé, l'inquiétude d'une telle annonce nous mit dans l'expectative d'une déclaration importante l'infirmant. À 19h30 Schuschnigg s'adressa finalement à la nation : *« Autrichiens et Autrichiennes ! Aujourd'hui nous nous trouvons face à un choix grave et décisif... Le gouvernement du Reich allemand a présenté un ultimatum au président fédéral pour qu'il nomme un candidat choisi par le gouvernement du Reich au poste de chancelier... Au cas où le président fédéral n'accepterait pas cet ultimatum, les troupes allemandes traverseront la frontière dans quelques heures... Le président fédéral m'a demandé d'informer la nation que nous cédons à la force... Nous refusons de faire couler le sang allemand... Nous avons donné l'ordre à nos forces armées de se retirer sans résistance... Ainsi à cette heure je dis adieu au peuple d'Autriche et je forme un vœu du fond du cœur : Dieu Sauve l'Autriche. »*

Abasourdis, nous avions écouté avec incrédulité, et entendîmes ensuite l'hymne national autrichien - le Quatuor « l'Empereur » d'Haydn - identique à celui des Allemands ; après quoi plus rien ne sortit de la radio à part les crachotements des parasites. Mon père était pâle, regardant fixement le poste, comme s'il attendait un démenti à ce que nous venions d'entendre. À 56 ans, il paraissait vieux, bon pour la retraite et maintenant il avait ce visage défait. Ma mère se mit à pleurer et mon père mit son bras autour de ses épaules. Otto semblait en colère. L'anniversaire d'Éric était le jour suivant mais personne n'y pensa.

Le lendemain matin, vendredi 11 mars, les troupes allemandes entrèrent en Autriche et les deux pays ne furent plus qu'un. Il n'y avait plus d'Autriche. Nous étions dorénavant une province allemande appelée «Ostmark » (les Marches de l'Est). Nous décidâmes de faire des stocks de nourriture, ne sachant pas ce que seraient les prochains jours. J'allais faire les magasins avec ma mère car je pensais qu'elle aimerait avoir son plus jeune fils à ses côtés. Nous rencontrâmes dans l'escalier Monsieur Hagmann portant un brassard nazi. Cet homme très aimable nous accueillit avec une expression coupable et un bonjour penaud. Il y avait un côté risible à cette situation. Moins d'un an auparavant, j'étais allé frapper à la porte de Monsieur Hagmann dans l'espoir qu'il eut quelques timbres à me montrer.

En 1934, après l'assassinat de Dollfuss, le chancelier Schuschnigg avait interdit tous les partis d'opposition. Quand Monsieur Hagmann m'ouvrit la porte, il me vit regarder l'insigne aux trois flèches au revers de sa veste, le symbole des sociaux-démocrates, le parti dont nous étions les supporters. Il m'invita à entrer mais, nettement embarrassé, il enleva sa veste. Maintenant, pour une raison tout à fait contraire, je le voyais de nouveau gêné face à moi.

En parcourant les rues avec ma mère, j'aperçus des drapeaux frappés de la croix gammée accrochés à presque toutes les fenêtres. Des nazis en chemises brunes déambulaient dans les rues. Nous les voyions arrêtant ostensiblement tous les hommes ressemblant à des Juifs et les forçant à effacer les slogans du plébiscite. Un peu plus loin dans la rue, on pouvait remarquer du sang séché. Des SA et d'autres personnes frappaient sans discontinuer un vieux Juif barbu tandis qu'il essayait de gratter un slogan sur le trottoir. Autour de lui de « gentils » Autrichiens, dont des femmes et des enfants, riaient bruyamment. Sérieusement secoués, nous retournâmes à la maison le plus vite possible avec nos provisions. Nous avions de quoi soutenir un siège et cette notion de « siège » était maintenant ancrée en nous. Mon père et mes frères étaient réunis autour de la radio car il n'était pas question pour mon père d'aller travailler, ni pour Otto de se rendre à l'université. Quand nous leur racontâmes ce dont nous avions été témoins dans les rues, mon père nous parla des commentaires à la radio qui relataient de manière tapageuse que les troupes allemandes avaient reçu un accueil enthousiaste de la population viennoise. Nous savions naturellement que la radio était entre les mains du nouveau régime, en vertu de quoi ma mère et moi doutions de la véracité de ces informations. Mon père ajouta que le commentateur avait décrit de manière dithyrambique la foule de nazis autrichiens rassemblée sur le Ring. Seyss-Inquart le nouveau chef de l'État, avait parlé à la radio en disant que les problèmes de l'Autriche étaient liés aux Juifs, non seulement à la Juiverie autrichienne mais également à la Juiverie mondiale qui contrôlait tous les pays financièrement et moralement. Ceci n'était qu'un aspect des nombreux discours anti-sémites que nous entendîmes ce jour-la. Le slogan nazi : « Die Juden sind unser Unglück », (les Juifs sont notre malheur), résonnait dans nos oreilles.

Ce soir-la notre mère pleura à chaudes larmes et le téléphone n'arrêta pas de sonner. Chacun appelait l'autre non seulement pour discuter de la situation mais aussi pour se remonter le moral. Comment mon père pouvait-il rester aussi confiant ? À un moment le téléphone sonna pour Otto. Quand il revint, il nous annonça : « C'était un ami. Il veut se sauver en Italie et m'a demandé de l'accompagner. C'est pour ce soir. » Mon père s'insurgea. « Ton ami est un *meschuggine* (fou), dit-il, Hitler est venu et il repartira. Oublie l'Italie. » Et Otto obéit, ce qui lui coûta presque la vie. En dépit de la confiance de mon père, nous passâmes le reste de la soirée à écouter les nouvelles pour en avoir le cœur net. Le « Deutschland über alles » s'entendait sans discontinuer. Mademoiselle Schiff, notre voisine célibataire et amie proche, arriva chez nous en larmes. « Qu'allons-nous faire ? Qu'allons-nous faire ?, disait-elle encore et encore comme une litanie ». Mon père tenta de la consoler. « Ne t'en fais pas, ils ne nous feront pas de mal, nous sommes des gens âgés. Mais les enfants doivent partir, il n'y a aucun avenir pour eux ici. » Mademoiselle Schiff nous dit qu'elle avait un cousin à Miami, en Floride. « Peut-être pourrait-il nous aider, disait-elle, Monsieur Apte est riche et possède une usine de conserve d'orange. Et il y a mon autre cousin d'Anvers, Jos Apte, un diamantaire. » Elle promit d'écrire à ses deux parents et nous la remerciâmes de tout notre cœur. Je me souviens particulièrement bien des courses que nous avions faites avec ma mère. Comme je détestais faire les magasins, je préférais rester dehors et voyais les gens passer et bien sûr ne pouvais éviter d'apercevoir ces drapeaux, rouge, noir et blanc à croix gammée, qui flottaient presque partout. J'ai vu alors s'approcher un visage connu, c'était Karl Swoboda élégamment habillé en Jeunesse hitlérienne. L'uniforme ne me découragea pas car je voulais lui parler. N'avions-nous pas passé tant d'heures ensemble, penchés sur nos timbres, même si main-tenant nous n'étions plus amis ? J'ouvrais la bouche pour lui dire bonjour car je savais qu'il m'avait vu mais, instantanément il regarda droit devant lui. Je l'interpellais : « Que se passe-t-il ? Tu ne me dis pas bonjour ? ». Il continua de marcher d'un air déterminé comme pour me renier ainsi qu'il l'avait déjà fait avec ses ancêtres tchèques. Très en colère, je racontai l'incident à ma mère. Elle le con-naissait mal et ne l'avait jamais invité à la maison, mais elle régla la question rapidement : « Il a la tête tournée par les chefs de la Jeunesse hitlérienne. Cela t'apprendra peut-être à ne pas devenir ami avec des *goyim* (non-Juifs) ».

Cela voulait dire que nous ne pouvions être sûrs d'aucun ami en dehors des Juifs. Ainsi, au-delà des mots prononcés par ma mère, ce fut ce regrettable incident avec Karl qui me fit réaliser que les choses avaient irrémédiablement changé pour nous. Les jours suivants virent des arrestations de Juifs et de dissidents se multiplier. Le très célèbre et luxueux hôtel Métropole devint le siège de la Gestapo. De là, les Juifs étaient déportés à Dachau. Il faut rappeler au lecteur que l'Allemagne hitlérienne s'en est pris aux Juifs petit à petit. Mais en Autriche, en 1938, les persécutions les touchèrent immédiatement et ils n'eurent que très peu de temps pour s'y préparer. Les Juifs allemands eurent au moins un répit - si l'on peut dire - de six années d'une lente érosion de leurs libertés civiques pour anticiper ce qui allait suivre.

Otto, Éric et moi-même rejoindrons la foule de gens cherchant à émigrer vers n'importe quel pays susceptible de les accepter. Nos parents, s'accrochant à la certitude que rien ne pouvait leur arriver étant donné leur âge, ne pensèrent seulement qu'à l'Amérique.

C'est pourquoi nous allâmes tous nous enregistrer à l'ambassade américaine. Ce pays était le plus difficile de tous car le nombre de postulants dépassait le « quota polonais » du fait que la plupart des Juifs qui voulaient y entrer étaient nés en Pologne comme mes parents. Toutefois, l'ambassade nous avait assuré qu'Otto, Éric et moi n'aurions aucune difficulté pour y émigrer parce que nous étions nés en Autriche, mais que nous devions attendre. Nous tentâmes notre chance dans toutes les ambassades auxquelles nous pouvions penser, surtout celles dont on disait qu'elles délivraient des visas. Mais où que l'on aille il y avait toujours des centaines de personnes qui avaient entendu la même chose que nous. Nous avons essayé les ambassades du Chili, du Pérou, d'Équateur, d'Uruguay… et j'appris ainsi à connaître le nom de presque tous les pays d'Amérique du Sud. Nous avons même failli réussir à avoir un visa pour Shanghai, qui avait son propre consulat indépendant, mais ils nous ren-voyèrent alors qu'il ne restait que deux personnes devant nous dans la queue. Les Juifs étant interdits dans les écoles où il y avait des Chrétiens et la seule occupation autorisée demeurant le commerce traditionnel, mes parents m'inscrivirent donc à l'académie de couture de Vienne. Nous avions l'habitude des restrictions en matière d'éducation et de facilités pour nous autres Juifs avant Hitler et il faut dire, par exemple, qu'il était pratiquement impossible à un Juif de devenir ingénieur en Autriche. Et voici maintenant quelque chose d'autre ! Il ne nous restait plus qu'à retourner au ghetto !

Notre chère voisine, Mademoiselle Schiff, qui s'était démenée pour assurer le sauvetage des fils Knoller, vint nous annoncer un jour que Apte, son cousin de Floride, pouvait recevoir l'un de nous. Ma mère et mon père se trouvèrent dans l'embarras du choix à prendre : lequel des garçons allait profiter de cette chance ? Finalement ils se décidèrent pour Éric car, dans leur aveuglement pathétique, ils se figuraient encore que les nazis avaient des emplois pour les Juifs et ils eurent peur qu'Éric soit appelé sous les drapeaux. **(1)**

Les autorisations et le visa d'Éric pour l'Amérique arrivèrent en juillet 1938 et il était prévu qu'il parte dans quelques mois. Nous nous sommes alors précipités chez Mademoiselle Schiff avec la nouvelle et sommes tombés en larmes dans les bras des uns des autres.

Beaucoup de gens et surtout des jeunes avaient déjà quitté Vienne. Nos cousins, Maxl et Léo Bodek, étaient partis un mois avant la Nuit de Cristal en entrant illégalement en Belgique. Ils envoyèrent des instructions détaillées à leurs parents, Tante Genya et Oncle Hermann, pour qu'ils les rejoignent, avec le nom du guide qui leur faciliterait le passage. Je suppliai mes parents de me laisser partir avec eux mais mon père, si prudent et si droit, était terrifié par l'illégalité.

Le 27 avril 1938, un mois après L'Anschluss, une décision fut proclamée : tous les Juifs devaient déclarer en détail l'état de leurs biens avant le 30 juin. Je me souviens de mon père à cette époque, tendu, anxieux, nerveux, du nombre de réunions avec les hommes de loi, les banquiers et les divers organismes officiels mais, à dix-sept ans, toujours considéré comme un enfant, on ne me racontait rien. **(2).**

En-haut : Ma famille (de gauche à droite) Moi à 15 ans, ma mère Marja, Otto âgé de 23 ans, mon père David et Éric âgé de 17 ans.

En-bas : La cour intérieure de notre immeuble au 12 Untere Augartenstrasse. Nos voisins, M. Epstein y mourut la Nuit de Cristal lorsque les Chemises Brunes le jetèrent par sa fenêtre.

Haut-dessus : Le trio Knoller en 1936 ; moi au violoncelle, Éric au violon et Otto au piano. Maman, Papa et notre chère voisine Melle Schiff (au bout à droite) étaient nos meilleurs spectateurs. Dessous: Le programme du WISO daté du 14 Décembre 1935 avec les Frères Knoller.

En-haut : Publicité Nazie sur un tram viennois concernant le plébiscite du 10 Avril 1938 qui n'eut pas lieu à cause de l'Anschluss du 11 Mars de la même année.

En-bas à gauche : Affiche anti-juive dans un parc : « Nous ne voulons pas de Juifs car ils sont notre malheur ».

En-bas à droite : Affiche pour une exposition antisémite dans la gare du Nord-Ouest de Vienne intitulée « Le Juif Éternel »

La nuit de Cristal
9 Novembre 1938

Entre temps, les évènements se succédaient qui hâtèrent notre départ. Le 6 novembre, un Juif, Zyndel Grynspan, entra dans l'ambassade d'Allemagne à Paris et abattit Ernst von Rath, un diplomate allemand.

La nuit du 9 novembre, Éric répondit au téléphone. C'étaient nos voisins, les Ament. Leur appartement était à l'étage en dessous, à angle droit avec le nôtre et il donnait également sur la cour, mais contrairement à nous ils avaient une vue sur Leopoldgasse et pouvaient voir notre synagogue, le Temple Polonais. « La synagogue est en flammes !, annoncèrent-ils, il y a des voitures de pompiers et ils arrosent seulement les autres immeubles... les SA agressent les gens dans la rue... c'est terrible... qu'allons-nous faire ? » Toujours la même rengaine.

Tout ce qu'il nous restait à faire était de bloquer les portes et d'éteindre les lumières. Nous rampions vers les fenêtres comme des criminels et pouvions apercevoir le ciel rougi par le feu ravageant la synagogue. À minuit la Nuit de Cristal atteignit notre immeuble. Nous entendîmes un bruit dans la cour et, nous précipitant dans le noir vers la fenêtre, nous vîmes M. Hagmann parlant avec des SA qui entraient dans l'immeuble. Nous reculâmes terrorisés. Ma mère se lamentait en disant : « Vont-ils venir ici ? Vont-ils venir ici ? » Nous ne pouvions qu'écouter et attendre.

Une période de silence survint qui fut rompue par un son violent de vitre brisée quelque part en dessous de chez nous. Une femme cria et nous entendîmes un bruit sourd dans la cour. Nous nous précipitâmes de nouveau à la fenêtre pour apercevoir la silhouette sombre de quelqu'un qui gisait sur le sol. M. Hagmann surgit avec des SA, une ambulance arriva et l'on emporta le corps.

Je ne sais plus combien de temps nous sommes restés assis ensemble dans l'obscurité et même si nous avons parlé des évènements de cette nuit-là. Je crois me souvenir que nous sommes tout simplement allés au lit.

Le matin suivant, j'ai parlé avec M. Hagmann qui portait toujours son brassard à croix gammée. « C'est M. Epstein qui est mort, me dit-il, il a tenté de s'enfuir et a sauté par la fenêtre, ajouta-t-il ». Je connaissais les Epstein de vue car ils avaient une affaire de commerce de vêtements en gros dans leur appartement du premier.

« C'est ce que les SA vous ont dit, lui répondis-je, qu'un homme s'est tout simplement jeté par la fenêtre ?

« Monsieur Hagmann regarda ses pieds. « Peut-être l'a-t-on aidé, murmura-t-il ». Puis, il ajouta: « Certains d'entre eux voulaient monter chez vous mais je leur ai dit qu'il n'y avait qu'un couple qui vivait à votre étage ».

En ce qui concerne les Epstein, aucun doute n'était possible. Dans Untere Augarten Strasse leur plaque indiquait : <Robes et Modes, chez Epstein>.

Les cendres de cette terrible nuit étaient encore chaudes le lendemain. Éric vit des SA arrêtant des Juifs. Un des SA s'avançant vers lui, il courut se réfugier dans notre immeuble, se cacha dans la réserve à charbon, s'en couvrant comme il put et réussit à s'échapper de cette façon. Plus tard dans l'après-midi, il s'aventura de nouveau dehors mais seulement devant l'immeuble et parla avec un ami qui portait une calotte. Un jeune membre des Jeunesses hitlériennes apparut venant de nulle part et leur cogna la tête l'une contre l'autre. Une famille chrétienne observant la scène prit Éric chez eux pour qu'il se nettoie.

Après la Nuit de Cristal, il fut dangereux pour les Juifs de marcher dans la rue et, aussi incroyable que cela puisse paraître, nous pensions encore que l'ordre allait être rétabli pour arrêter ces atrocités. Les plans de nos parents pour notre départ prirent une autre tournure. Éric devrait partir pour l'Amérique et Otto s'arranger pour aller en Angleterre en passant illégalement par la Hollande, avec son ami Norbert Fuchs, car leurs visas n'étaient pas prêts. **(3).**

Monsieur Apte écrivit d'Anvers pour annoncer qu'il serait heureux de m'accueillir si je réussissais à m'y rendre. Ce fût peut-être cela et les terribles événements d'Autriche qui persuadèrent mon père qu'il était temps pour ses fils de partir par n'importe quels moyens.

Ma mère m'amena faire des achats au Grand Magasin Gerngross, dans Mariahilferstrasse. L'hiver arrivait vite et je devais voyager seul et en partie à pied ; il était donc important de voyager léger mais aussi chaudement que possible. Elle m'acheta des gants, un manteau, un bonnet en laine avec des oreillettes et un sac à dos. Mes sentiments flottaient entre l'angoisse et l'excitation. D'un côté je n'avais aucune idée de la manière dont j'allais me débrouiller sans l'aide de mes parents ou de mes frères. De l'autre, n'avoir personne pour me dire quoi faire était enivrant.

Je fus le premier Knoller à quitter mon pays d'origine, pour suivre les Bodek en Belgique, fin novembre 1938.

Nous étions dans l'appartement, moi avec mon sac à dos et mon passeport avec le nouveau « J » pour Juif tamponné dessus. Ma mère avait cousu une pièce d'or dans mon sac. « Tu la vendras en cas d'urgence, me dit-elle », car nous n'étions autorisés à sortir d'Autriche que dix reichsmark, bien que mon père m'en ait donné trente que j'avais cachés dans mes vêtements.

Ma mère sanglotait tandis que mon père me prenait à part pour ses dernières recommandations… Je devais prendre de bonnes et justes décisions… Me préoccuper de ma santé… Il serait alors fier que je me débrouille seul sans mes parents… Je dois écrire souvent… Ainsi nous resterions en contact et pourrions nous aider mutuellement… Ne pas me mêler des affaires des autres… Jusqu'à ce que nous soyons de nouveau ensemble. Mon père avait cinquante-six ans et ma mère cinquante-trois quand je suis parti. « Venez vite, les suppliais-je ». Mon père louvoya avec une excuse : « Ils ne feront rien aux personnes âgées, répétait-il, c'est vous les jeunes qui êtes en danger ». J'étais certain qu'il y croyait, bien que nos amis Bodek soient déjà partis.

« Et si les choses deviennent difficiles ici, de-mandais-je ?

— Nous viendrons peut-être, dit mon père ».

Nous prîmes le tram pour la Westbahnhof car dans l'autre gare, la Nordwestbahnhof, il y avait souvent des manifestations antisémites.

Des affiches montrant la caricature d'un Juif avec un sous-titre hébraïsé « Der Ewige Jude » (*le Juif Éternel*), étaient en évidence dans toute la ville. On ne les re-marquait même plus, tant c'était devenu normal, au même titre que les boutiques devant lesquelles nous passions et qui étaient constellées d'étoiles de David blanches avec de grandes lettres sur les vitrines proclamant : « Kauft nicht bei Juden ». (*N'achetez rien aux Juifs*).

Otto et Éric essayèrent de nous remonter le moral. Ils plaisantaient avec moi en parlant de filles et je ne pouvais m'empêcher d'être gonflé d'orgueil car l'humour de mes frères aînés était le signe que j'étais presque devenu un homme comme eux.

Mes parents m'avaient acheté un aller simple pour Cologne. Nous étions tous sur le quai : une famille s'ap-prêtant à être séparée par la haine qui s'était abattue sur leur pays tout entier. Un torrent de larmes jaillissait des yeux de ma mère auxquelles je joignis les miennes. Je ressentais une totale et irrésistible tristesse à l'idée de partir, angoissé à l'idée de n'être pas capable de me débrouiller sans l'aide de ma famille. Ma mère et moi nous accrochâmes l'un à l'autre durant un long moment.

Nous échangeâmes des mots d'adieu.

Je m'installai dans le compartiment avec d'autres civils, face à une mère et son jeune fils en uniforme des Jeunesses hitlériennes.

Ma famille était groupée sur le quai, un coup de sifflet et le train s'ébranla. Tout ce qui me restait à faire était de grands signes jusqu'à ce que nous disparaissions des yeux des uns et des autres.

Jusque-là, les voyages en train étaient uniquement associés aux vacances, encore que pour moi, cela n'était arrivé qu'une fois. Dès lors, ma famille ne serait plus présente à mes côtés et, dans le rythme étourdissant des roues qui accéléraient, je ne me dirigeais plus vers le lac Balaton et une autre jolie Rosza hongroise, mais vers quelque ville lointaine en pays ennemi. Comme c'était étrange et comme je me sentais seul. Mais un autre sen-timent, d'excitation cette fois, s'imposa rapidement. Ces terribles évènements m'avaient poussé inexorablement dans un monde d'adultes.

Ma volonté de suivre mon frère Otto à l'école de médecine après mon diplôme d'études secondaires n'était plus qu'un rêve avorté. Je n'avais désormais aucune obligation, ni d'accomplir quoi que ce soit, ni même de me comporter convenablement. J'étais entièrement libre.

Bientôt je n'aurai que trop de liberté, mais ne reverrai jamais plus mes parents.

La pièce perdue

La lettre d'oncle Hermann stipulait que le chemin le plus sûr pour traverser la frontière belge passait par Aix-La-Chapelle. Ensuite, je devrai aller dans un hôtel tenu par un Juif dont j'ai oublié le nom et demander un certain Herzgruber.

Le train embarquait et débarquait des centaines de militaires à presque chaque station et de plus était très lent. Je m'assis aussi discrètement que possible dans un coin du compartiment, les yeux plongés dans un livre. Lors d'un arrêt, la mère et son jeune hitlérien de fils quittèrent le train. Tandis que nous roulions dans le crépuscule, le livre commença à peser dans mes mains et les voix autour de moi devinrent indistinctes alors que le sommeil m'envahissait. La seule chose dont je me souvienne fut mon réveil à Cologne. Soulagé de quitter ce train bourré d'ennemis et respirant de nouveau librement, je marchai dans les rues assombries par la nuit et m'arrêtai souvent pour demander mon chemin.

Quand je découvris l'hôtel, il grouillait de gens ayant l'air de vouloir s'échapper de quelque part. Je me propulsai jusqu'à la réception et demandai Herzgruber. On semblait bien le connaître. « Demain », me dit-on, « il sera là demain ». Je pris une chambre, allai directement au lit et m'endormit immédiatement.

Le lendemain matin, au petit-déjeuner, je rencontrai quelques-uns des réfugiés devant un petit pain et du café. Un jeune homme d'une vingtaine d'années qui me dit s'appeler Paul s'assit à ma table et me raconta qu'il venait de Vienne.

« Vous regardez mes bleus ? », remarqua-t-il. Ce sont ces ordures de nazis, ils m'ont arrêté pendant la Nuit de Cristal. Ils savaient que j'étais communiste et j'ai passé trois jours à Dachau. J'ai eu de la chance car cela aurait pu être pire mais mes parents ont soudoyé les SA qui m'ont relâché à condition que je quitte le pays immédiatement. Ils connaissent des gens importants en Belgique et m'ont obtenu un visa d'entrée que je vais retirer au consulat aujourd'hui. Je serai en Belgique cet après-midi. »

— Je suis obligé de passer la frontière illégalement », expliquai-je à Paul, plutôt jaloux de l'avantage qu'il avait sur moi.

— Comment vas-tu t'y prendre ? , me dit-il en me regardant de manière sympathique tout en semblant gêné de sa situation comparée à la mienne.

— Un guide doit me faire passer, moyennant rétribution, bien sûr ».

Herzgruber était un homme costaud portant un chapeau de feutre, comme n'importe quel paysan allemand. Le temps que je le trouve, il y avait déjà quelques réfugiés autour de lui. D'autres nous rejoignirent jusqu'à ce nous fûmes quatre couples, une fillette de dix ans et une jeune fille d'environ mon âge, toutes deux accompagnées de leurs parents. « Je vais vous emmener à ma ferme , dit Herzgruber, ce n'est pas loin d'Aix-La-Chapelle. De là, dès qu'il fera nuit, je vous ferai passer la frontière. Venez, mon camion est dehors ».

Nous grimpâmes et nous installâmes à l'arrière d'un camion bâché. Bringuebalés inconfortablement et bien qu'Aix-La-Chapelle ne soit qu'à une soixantaine de kilomètres de Cologne, le vieux camion roula lentement durant une bonne partie de la journée. Nous arrivâmes finalement à la ferme d'Herzgruber, stoppâmes dans la cour et fûmes conduit dans une grange. « Jusqu'à la tombée de la nuit, dit notre guide en ajoutant, et vous devez me payer maintenant ».

« Écoutez, on ne vous connaît pas, dit quelqu'un, il faudrait être fou pour tout payer maintenant ». Nous murmurâmes pour exprimer notre accord et notre porte-parole entama un marchandage avec Herzgruber pour arriver à un compromis. Après une pause, ce dernier nous consulta et nous rapprochant les uns des autres, nous nous mimes d'accord sur un pourcentage. » « C'est beaucoup, mais d'accord pour cinquante pour cent maintenant et le solde quand nous serons de l'autre côté », dit notre porte-parole à Herzgruber qui accepta à contre cœur.

« Ça fait un bon bout de temps d'ici la nuit ! Pouvez-vous nous apporter un peu de nourriture ? », dit quelqu'un. Herzgruber acquiesça de nouveau et revint avec du pain, du fromage, quelques pommes et du café qu'il nous fit payer un prix exorbitant.

Nous commençâmes à parler entre nous pendant un moment et j'eus un entretien cordial avec les parents de la jeune fille. « Nous sommes également Viennois, me dit le père, un homme pas très grand d'une trentaine d'années. Je m'appelle Goldberg et tenais une bijouterie dans la rue Kaertner. Quand les Allemands sont arrivés, j'ai dû fermer. J'ai quelques relations dans le commerce des diamants à Anvers, j'espère trouver du travail et repartir d'un bon pied ».

L'espoir d'une nouvelle perspective après une existence brisée se manifestait par la même expression impassible et résignée qui marquait le visage de tous les adultes. Ils se dirigeaient vers l'inconnu, sans savoir ni même imaginer s'ils jouiraient d'une plus grande sécurité.

« Moi aussi j'ai des contacts dans les diamants à Anvers, dis-je, et je leur parlai de la famille Bodek. Ils ont quitté Vienne avant la Nuit de Cristal et sont maintenant à Bruxelles où je vais essayer de les trouver ».

Je bavardai avec la jeune fille dont j'ai depuis oublié le nom. Je flirtai légèrement avec elle ainsi qu'il était dans ma nature de le faire avec toutes les filles, mais j'étais surtout heureux de parler avec quelqu'un de mon âge. Les Goldberg étaient gentils mais trop circonspects et ac-cablés par leurs responsabilités pour que mes rapports avec eux soient naturels. Après s'être tout dit sur nous, la jeune fille reconnut comme moi être excitée par la situation présente sans ressentir les sombres pres-sentiments des adultes. Nous étions tout émoustillés à l'idée de se faufiler à travers la frontière durant la nuit. C'était pour nous la grande aventure.

Dans l'obscurité, nous étions tous silencieux en attendant Herzgruber. Des heures passèrent avant que la porte ne s'ouvre en découpant son cadre sur le fond plus clair de la nuit. Herzgruber, une lampe torche à la main, nous avertit : « À partir de maintenant, personne ne parle ni ne fait aucun bruit. Les gardes-frontière sont partout. Quand je lèverai mes bras ainsi, et il fit la démonstration en les levant au-dessus de sa tête, vous vous coucherez par terre ».

Ayant réuni nos affaires, nous quittâmes la grange. La jeune fille et moi échangeâmes un regard de connivence joyeuse en s'organisant sous la pâle lumière de la torche. Herzgruber détourna sa lampe et mon cœur se mit à battre à l'idée du voyage qui se préparait. La lumière d'un fin croissant de lune scintillait au-dessus de nos têtes. Je m'identifiai à un des personnages des romans de gare de Tom Shark que je lisais en cachette - un prisonnier s'évadant d'une geôle sud-américaine.

Suivant Herzgruber en file indienne, nous pénétrâmes dans une forêt et je perdis toute notion du temps. Nous avancions, faisant craquer des brindilles sous nos pieds et butant sur des mottes de terre ou des racines. À un moment, une des femmes trébucha et fit entendre un gémissement de douleur. Herzgruber leva immédiatement les bras et nous nous affalâmes sur le sol dont l'odeur de terre humide remplit mes narines. Nous restâmes allongés en silence jusqu'à ce que notre guide se relève et nous fasse signe de continuer. Quelques-uns d'entre nous époussetâmes nos vêtements pour faire tomber les feuilles mortes et la terre qui les maculaient.

Il fallut un certain temps avant que les arbres ne commencent à se raréfier et que nous puissions avancer plus facilement. Soudain, Herzgruber s'arrêta et nous annonça que nous étions en Belgique. Il nous recommanda de marcher tout droit jusqu'à la ville de Verviers, à environ une trentaine de kilomètres. Là, dans un hôtel-restaurant, nous trouverons un autre guide qui nous mènera à Bruxelles. Nous payâmes le reste de ce que nous lui devions et il recompta soigneusement l'argent avant de disparaître dans la forêt.

Notre troupe hétéroclite mit plusieurs heures à atteindre Verviers et il faisait presque jour quand nous arrivâmes. Trouver l'hôtel-restaurant ne fut pas facile et le réceptionniste nous demanda d'attendre après que nous lui ayons donné le nom du guide. Celui-ci apparut bientôt, nous fit servir du café et nous invita à monter dans un autre camion bâché.

Bruxelles était à cent trente kilomètres et notre guide nous laissa épuisés et morts de faim devant le Comité Juif, un grand immeuble du centre ville. On nous offrit un petit déjeuner et enfin un matelas. Je m'endormis aussitôt l'esprit en ébullition plongé dans des rêves emplis de crainte et d'anxiété - je retournais à la maison où mes parents me prenaient dans leurs bras, croyant être sauf il me fallait repartir et je protestais avec désespoir lorsqu' en pleurs, je me réveillai enfin.

Comme la plupart de mes compagnons, je dormis jusqu'à la fin de l'après-midi. Un fonctionnaire d'âge moyen me questionna. Qu'avais-je décidé ? Avais-je un point de chute en Belgique ? J'ignorais encore mais en l'espace de deux jours j'entrevis la réalité de mon existence pour les cinq ans à venir : séparation, clandestinité, errance, ventre creux, épuisement, questionnaires officiels. « Je dois rencontrer des gens qui s'appellent Apte, répondis-je, ce sont les parents d'une amie de Vienne. Ils habitent Anvers et je veux aller les voir. J'ai aussi de la famille à Bruxelles, les Bodek. Pourriez-vous me dire où ils habitent ? Je pense qu'ils ont dû se faire enregistrer ».

Le fonctionnaire murmura : « c'est possible, tout le monde est enregistré ici. Attendez un moment ». Il compulsa des dossiers quelques instants. « Oui, ce sont eux, je pense », et il inscrivit leur adresse. Il me tendit un ticket de train pour Anvers, me donna l'adresse du Comité Juif de cette ville et quelques francs belges. Je le remerciai pour tout.

Je découvris les Bodek dans un petit appartement de trois pièces situé dans un vieil immeuble. Tante Genya pleura en me voyant dès qu'elle ouvrit la porte et m'embrassa tendrement. Belle-sœur de ma mère, elle avait le même caractère, contrairement à Oncle Hermann, son propre frère. Mes cousins Léo, Maxl et Rosi m'accueillirent chaleureusement dans leur logement meublé sommairement. Oncle Hermann était aussi réservé que mon père mais à son expression, il semblait également heureux de me voir. À chaque fois que je l'observais, j'étais fasciné par ses sourcils dont l'abondance charbonneuse marquait son visage de manière peu commune. C'était pour moi une source continuelle d'émerveillement et je ne pouvais m'empêcher de le dévisager furtivement. De plus, il avait une personnalité captivante.

Les questions éprouvantes commencèrent. Avais-je des nouvelles de mes parents ? Où en était la situation à Vienne après la Nuit de Cristal ? Qu'avais-je vu ? Les Bodek écoutaient sombrement mes informations de première main à propos de cette fameuse nuit et de ses séquelles - les flammes du Temple Polonais dans le ciel nocturne, la mort de nos voisins Epstein, les tourments et le lynchage des Juifs dans les rues par les chemises brunes qui les obligeaient ensuite à nettoyer les trottoirs de Vienne sous les sarcasmes de la foule.

L'esprit vif de ma cousine Rosi ne pouvait cacher ses propres soucis - elle tentait par tous les moyens de faire sortir de Vienne son fiancé, Max Schachter. Elle me parla de son arrestation et de son incarcération après la Nuit de Cristal. Elle ajouta qu'il avait réussi à lui faire parvenir son passeport et lui demandait impérativement, dans sa lettre d'accompagnement, d'aller dans n'importe quelle ambassade pour obtenir un visa qui lui permette de sortir.

Quant à Maxl et Léo, ils avaient tous deux trouvé un emploi ; Léo chez un fourreur et Maxl, dont je partageai le lit cette nuit-là, exerçait le métier de tailleur. Je remarquai d'ailleurs dans la chambre une planche à repasser assortie d'une machine à coudre.

Même si les conditions de vie n'avaient pas été aussi incommodes, je ne me serais pas attardé chez les Bodek car mes parents avaient insisté pour que j'aille rejoindre les Apte au vite. Ils savaient d'ailleurs que je devais y aller car Mademoiselle Schiff leur avait tout raconté. Le lendemain donc, je fis mes adieux à cette partie de ma famille qui avait volé en éclats et allai prendre le train pour Anvers. Dès mon arrivée, je ne changeai pas mes habitudes et allai directement au Comité d'aide : mêmes questions, un peu de nourriture et matelas par terre. Comme à Bruxelles, on me donna un peu d'argent - suffisamment, me dit-on, pour louer une chambre - et l'on m'informa de revenir chaque semaine pour de nouveaux subsides.

Je fus agréablement surpris de rencontrer Monsieur Goldberg tout à fait par hasard, quoique ce fut pour la dernière fois. « Ah, Freddie, s'exclama-t-il, j'ai rendez-vous demain avec mon contact au Club des Diamantaires. Espérons que tout ira bien ? » Sans que je sache pour-quoi, on m'avait spécifié au Comité de ne pas me pré-senter chez les Apte le soir. Ainsi le lendemain, tôt le matin, ayant été incapable de trouver leur nom dans l'annuaire je demandai mon chemin et allai à leur adresse que m'avait fournie Mademoiselle Schiff. Comme ce n'était pas trop loin, je pris plaisir à marcher et parcourus une bonne partie de la rue Pelikan qui partait de la gare. Je passais le Club des Diamantaires - siège prestigieux du négoce des diamants dont la plupart des membres étaient Juifs - et devant de nombreux restaurants juifs, jusqu'à ce que je rejoigne l'avenue Belgelei où demeuraient les Apte. Très impressionné par cette large et magnifique voie bordée d'arbres, je vérifiai le numéro noté sur un papier et parvins très vite devant leur immeuble. C'étaient les cousins des Apte de Floride, les correspondants d'Eric, et il m'apparut très vite que la réussite semblait chose courante dans la famille.

L'aspect extérieur de l'immeuble était si splendide et j'étais tellement gêné d'arriver sans être annoncé que j'hésitai avant de presser le bouton étincelant de la sonnette. Une voix sortant d'une petite grille que je n'avais pas remarquée me fit sursauter car c'était ma première rencontre avec un parlophone. Une voix de femme répondit « Apte ». Je parlai dans l'appareil, me référant à Melle Schiff, sans être tout à fait certain que ce fût Madame Apte à l'autre bout et qu'elle sache qui j'étais. « Oui, oui, bien sûr, dit-elle d'une voix engageante et à mon grand soulagement. Prenez l'ascenseur, c'est au cinquième étage ». Une sonnette électrique déclencha l'ouverture de la porte de l'immeuble. J'entrais dans un hall luxueux où le son de mes pas fut instantanément étouffé par une épaisse moquette.

L'ascenseur recouvert de panneaux de bois s'éleva dans un silence extraordinaire tandis que j'admirai les portes cossues des appartements défilant sous mes yeux. Finalement cette merveilleuse mécanique ralentit doucement avant de s'arrêter dans une sorte de langueur dolente. Madame Apte, une femme mince et élégante d'une trentaine d'années, m'attendait à la porte. Quoique ce fut la fin de la matinée et qu'elle était encore en peignoir, cet anticonformisme horaire m'apparut soudain comme l'apanage des riches. Il me faut avouer d'ailleurs que ma pusillanimité, issue de l'abîme social qui existait entre les Apte et moi, jouera toujours un rôle important dans mes relations avec eux. Toutefois, elle fit de son mieux pour me mettre à l'aise. Souriante, m'embrassant pour m'accueillir dans un allemand passable, elle me conduisit dans un salon merveilleusement meublé. Un femme de chambre élégamment vêtue, totalement dif-férente des campagnardes auxquelles j'étais habitué à la maison, nous apporta du café et des biscuits sur un rutilant plateau d'argent tandis que mon hôtesse s'adressait à elle en flamand.

Je m'assis gauchement, sans savoir trop quoi lui dire mais heureusement ce fut elle qui rompit le silence. « Freddie, avez-vous de l'argent ? »

« Eh bien, mes parents m'en ont donné un peu et, comme vous le savez, je peux en avoir aussi du Comité ».

« Si vous en avez besoin, vous n'avez qu'à de-mander ».

« Merci beaucoup, Madame, merci ».

Néanmoins, je ne leur en ai jamais demandé. Ces gens étaient vraiment des étrangers pour moi et notre seule connexion passait par les liens amicaux que ma famille entretenait avec Mademoiselle Schiff qui avait déjà fait beaucoup pour nous. Leur cousin de Floride avait fait obtenir des papiers à Éric pour lui permettre d'aller là-bas et comme ils furent pour moi d'une gentillesse et d'une générosité exceptionnelles tout le temps de mon séjour à Anvers, je ne pouvais me résoudre à leur demander quoi que ce soit.

« Venez dîner vendredi soir. Mon mari sera là. Il est en voyage d'affaire actuellement. »

J'acceptai immédiatement et, encore ébloui par la somptuosité de leur appartement, je retournai au Comité.

Je me retrouvai les jours suivants avec un couple de jeunes Viennois très dégourdis et un peu plus âgés que moi. L'un s'appelait Walter et semblait être le meneur alors que l'autre se prénommait Paul. Nous nous mîmes aussitôt à la recherche d'un appartement à partager pour économiser l'argent que nous donnait le Comité. Nous trouvâmes un endroit bon marché dans la rue Leverick, au centre du quartier juif orthodoxe. J'y vis des Juifs barbus, vêtus de caftans, tuant et dépeçant des animaux dans leurs boutiques selon le rite « kosher » et eus immédiatement le cœur soulevé par l'odeur émanant de poulets et d'excréments.

Walter et Paul étaient déterminés à me pervertir ou, comme ils le disaient, m'apprendre à vivre. « Viens prendre un verre, Freddie ! Qu'est-ce qui ne va pas ? Il faut que tu te libères ! On va t'apprendre le poker... ça va t'amuser ! »

Ils jouaient avec d'autres réfugiés et je perdis gros dès qu'ils m'apprirent ce jeu. Ce que je touchais chaque semaine ne suffisait pas pour les payer et j'ai encore en mémoire la tristesse de m'être dépossédé de la pièce d'or que ma mère avait cousu dans mon sac à dos. Cette « dernière extrémité » représentant tout son amour avait payé mes dettes de jeu.

Ils m'apprirent aussi la débauche en m'amenant d'abord sur les docks, dans une rue étroite où des prostituées s'exposaient à moitié nues dans des vitrines, pour attirer les passants. Ce fut la première fois que je voyais une poitrine féminine totalement découverte. J'aperçus des marins qui entraient dans de sombres passages qui menaient aux vitrines. Mes copains riaient et je fis semblant de n'être pas choqué ni par la scène ni même par d'autres prostituées qui fréquentaient un bistro en face de la gare et que mes copains avaient l'habitude de rencontrer régulièrement. « Viens Freddie, pourquoi ne pas essayer ? », disaient-ils pour m'encourager. Je savais qu'ils me jugeraient mal si je n'y allais pas et je redoutais leur opinion à mon égard.

Ce fut ma véritable expérience sexuelle. J'étais partagé entre le désir et le dégoût tandis que je me tenais dans une pièce minable avec la putain que j'avais choisie. J'étais fasciné par ses seins et eus une érection dès l'instant où je les touchai. Je mis le préservatif qu'elle m'avait donné tout en pensant à tous les hommes qui l'avaient eue avant moi. Elle résolut mes incertitudes en me grimpant dessus et ce fut très vite terminé. J'éjaculai, me rhabillai et passai la porte. Mes copains se précipitèrent sur moi dans la rue, me harcelant de questions. Je leur racontai combien ce fut merveilleux et inventai facilement avec toutes sortes de détails la manière dont elle avait traité mon pénis avec sa langue et sa bouche. Ils écoutaient en ouvrant de grands yeux alors que mes élucubrations étaient issues d'un ouvrage pornographique que mon père avait finalement découvert et bien entendu détruit aussitôt.

La fin de mes relations avec ces garçons se produisit le jour où, ayant apporté de la bière et du vin à la maison, nous passâmes la nuit à boire. Il s'ensuivit que, pris de vomissements j'étais resté couché toute la journée et n'avais rien pu manger durant deux jours. Dès que j'eus retrouvé mes esprits, le dégoût s'empara de moi. Voilà ce que je faisais de ma nouvelle liberté. Je me souvins des paroles de mon père sur la manière de me conduire pour qu'il soit fier de moi ; et pire que tout, de la perte de la pièce d'or donnée par ma mère et dilapidée par mon comportement abject. J'imaginais le regard rempli de reproches de mes parents et cette pensée était insoutenable. Je ne voulais rien d'autre maintenant que m'éloigner de ces garçons et essayer d'être autre chose qu'une caricature d'adulte. Je ne pouvais plus continuer ainsi. C'en était assez.

Ils ne firent aucune histoire lorsque je me séparai d'eux. « Tu fais comme tu veux », me dit Walter et nous nous quittâmes en bons termes. Nous appartenions tout simplement à deux mondes différents, c'est tout.

Parmi le nombre de réfugiés, je rencontrai un garçon de mon âge qui voulait partager sa chambre avec quelqu'un. Je lui racontai ce que j'avais fait et combien j'avais honte de moi. Il m'accepta tout de suite. Kurt était un garçon affable au visage avenant. Il venait également de Vienne mais je ne me souviens plus de son nom de famille. Il ne partageait pas mon obsession pour le sexe opposé et le mal du pays le faisait parfois pleurer la nuit dans son lit. Je me sentais de nouveau en lieu sûr. Il louait une chambre propre et bien tenue et des voisins d'origine flamande nous invitaient quelquefois à dîner. J'y fus heureux.

Mon invitation à dîner chez les Apte le vendredi soir devint vite le fait marquant de la semaine. Le sentiment d'appartenir de nouveau à une famille fut une bénédiction pour moi. Jos Apte était un homme courtois et de grande taille ; sa voix douce à l'accent flamand rendait son allemand difficile à comprendre, si bien que je passais mon temps à sourire et opiner de la tête pour donner le change. Il adorait la musique et souvent après dîner, nous nous asseyions près du gramophone pour écouter des œuvres classiques. À la place de l'argent que je refusais ils me firent des cadeaux, une fois une cravate et un pull-over et plusieurs fois du chocolat.

Jos Apte était un membre important du Club des Diamantaires et ses collègues de travail se joignaient souvent à nous pour dîner. J'écoutais leur conversation poliment, étant un peu perdu et éprouvant de la difficulté à comprendre leur français. La servante qui m'avait apporté du café la première fois servait à table. Les Apte étaient modernes et très cultivés, tout en gardant leur identité juive, et n'allaient à la synagogue que les jours saints. Ils avaient un fils d'environ quatre ans dont s'occupait une gouvernante à domicile et qui venait au salon pour jouer avec nous un moment et être dans les bras de sa mère avant d'aller se coucher.

Au cours de mon premier dîner chez les Apte, ceux-ci me questionnèrent sur la situation en Autriche. Une fois encore, je décrivis l'horreur des évènements terribles que nous avions vécus. Jos Apte me suggéra d'appeler mes parents et je tentai de l'en dissuader compte tenu du prix des communications, mais il passa outre.

Je me tenais donc à côté de lui tandis qu'il parlait avec l'opérateur pour obtenir la communication. Il me passa alors le combiné et je me mis à trembler en imaginant la sonnerie qui résonnait dans notre appartement de Vienne. Ce fut ma mère qui répondit en disant « Allo ! Allo ! ». Tout ce que je pus dire fut « C'est moi, Freddie ! » avant qu'elle ne craque : « *Mein Kind ! Mein Kind ! Wo bist du* ? » (Mon petit ! mon petit ! Où es-tu ?), dit ma mère, d'où appelles-tu ? S'il te plaît ! Dis quelque chose ! » Madame Apte me prit l'appareil des mains et parla tranquillement à ma mère tandis que j'essayai de me contrôler avant de faire signe que je pouvais de nouveau parler. Après m'être entretenu avec ma mère, mon père vint en ligne la voix brisée par l'émotion puis ce fut Otto m'annonçant qu'il allait bientôt partir pour l'Angleterre avec son ami Norbert Fuchs et enfin Fraulein Schiff, la cousine de Jos Apte. Je m'effondrai de nouveau et Madame Apte prit encore l'appareil. Je fus surpris de l'entendre parler français car j'ignorai que Mademoiselle Schiff le parlât.

« Vous pourrez appeler votre famille chaque semaine, mon cher Freddie, me dit Jos Apte après le coup de téléphone, et surtout ne vous inquiétez pas au sujet du prix. » La joie de parler à mes parents se mêlait au mal du pays que leurs voix avait déclenché en moi mais je décidai toutefois de ne pas les appeler chaque vendredi afin ne pas profiter abusivement de la gentillesse de mes hôtes.

Je reçus une lettre d'eux au début décembre 1938, m'annonçant le départ d'Eric pour l'Amérique et une d'Otto en janvier 1939 me racontant son échec pour entrer en Hollande. Les Hollandais l'avaient arrêté avec ses compagnons, les avaient mis en prison pour la nuit et ramenés à la frontière le lendemain matin en leur en-joignant de repartir en Allemagne. Otto s'attarda derrière ses compagnons et quand il traversa la frontière quelques heures plus tard un garde lui raconta qu'ils avaient été arrêtés par les SS. Je reçus une autre lettre de mes parents me disant que tout allait bien, que mon père travaillait toujours pour Grossner-Weiss Nachfolger. Ils me suggérèrent d'entrer en contact avec un lointain parent du nom d'Adolph Menashes qui habitait rue Antikhana, au Caire où il était apparemment professeur de musique. Je ne savais même pas que nous avions un parent au Caire mais je lui écrivis et il me répondit en m'envoyant deux billets d'une livre sterling. Je reçus chaque mois une lettre de lui avec le même montant, ce qui représentait alors une belle somme pour moi. **(1)**

Mes parents m'annoncèrent par lettre que mon violoncelle était en route et je fus terriblement excité lorsque j'allai en prendre livraison dans un dépôt d'Anvers en janvier 1939. Il avait été envoyé par un transporteur autrichien officiel ce qui permit à mes parents de le faire sortir. **(2)** Je l'apportais parfois avec moi chez les Apte pour accompagner mon hôtesse au piano.

Les Apte m'invitèrent une fois à venir passer un week-end à Knokke, une station très chic de la côte belge. Quelle sensation d'être assis dans leur grosse voiture américaine ! Devant, les Apte bavardaient sans arrêt mais de temps en temps m'adressaient quelques mots en allemand pour montrer qu'ils ne m'ignoraient pas. Cela ne me gênait en rien tant ce voyage était un délice ; il me suffisait juste d'être dans cette voiture et regarder par la fenêtre, n'ayant jamais connu personne qui eut une telle voiture et de plus, américaine. Prendre un taxi était déjà pour moi une extravagance. À la porte de l'hôtel, une nuée de porteurs nous saluèrent et prirent nos bagages. J'avais une chambre fantastique et fus tellement emballé par la taille de la salle de bain que je pris simplement plaisir à me prélasser souvent dans des bains chauds. Quant au merveilleux buffet du petit déjeuner, j'aurais bien mangé de tout mais m'en défendis de peur de paraître un goinfre. Néanmoins, le lendemain matin, je délaissai le luxe de ma chambre et descendis plus tôt pour m'empiffrer.

Durant le week-end, nous nous promenâmes le long de la côte, de Blankenberg à Ostende. J'appréciai la foule des vacanciers évoluant dans ces stations balnéaires et dont le comportement faisait presque croire que le monde était toujours en sécurité. Nous prenions nos repas dans les meilleurs restaurants et ce fut dans l'un d'eux que les Apte m'initièrent aux fruits de mer, qui n'étaient pas, comme chacun le sait, admis par la religion juive. Un plat de crevettes fut posé devant chacun de nous. Après un coup d'œil inquiet aux carcasses roses et aux yeux noirs, disposé à manger mais peu certain de savoir comment faire, je regardais avec étonnement les Apte utiliser leurs doigts pour éplucher les quartiers de carapace. J'avais été élevé dans la conviction que manger à table de cette façon était très mal élevé. Cependant, je fis de même, éprouvant le sentiment d'apprendre quelque chose de nouveau et d'intéressant concernant les bonnes manières et, de plus, les crevettes avaient un goût iodé, frais et savoureux que je trouvais délicieux.

Je remarquai que de nombreux réfugiés travaillaient à l'hôtel. J'eus une conversation avec un jeune aide serveur juif qui, je m'en souviens, semblait parler un très bon français. « Ils ont toujours besoin de personnel pendant l'été, me dit-il, « beaucoup d'entre nous travaillent en cuisine. »

De retour, je suggérai à Kurt d'aller à Knokke. « C'est un endroit formidable, lui dis-je, et nous pourrions y trouver du travail. » Nous y allâmes en stop. Je séjournai au Régent, un des grands hôtels, mais cette fois dans un simple dortoir destiné aux saisonniers. Ne parlant pas flamand et très peu français, Kurt et moi lavions la vaisselle. Le travail était dur, le salaire acceptable, mais la nourriture excellente. Durant nos loisirs, nous nous mêlions aux jeunes en ville et sur la plage, leur faisant croire que nous étions clients du Régent. Nous allions parfois dans des clubs pour rencontrer des filles et danser jusqu'à plus d'heure, mais sans d'autre résultat que de bavarder amicalement avec elles.

Quand nous revînmes de Knokke, Kurt et moi, en août 1939, nous allâmes comme d'habitude toucher notre allocation hebdomadaire au Comité Juif. Un des organisateurs vint directement vers moi. « L'argent est rare en ce moment. Nous sommes envahis par les réfugiés. Il vous faut aller ailleurs. » On m'affecta au camp de Merksplas, près de Malines et je perdis Kurt de vue. Ce camp se révéla un endroit très agréable et j'y dormais dans un dortoir avec d'autres réfugiés.

Merksplas se trouvait à la frontière belgo-hollandaise, à une trentaine de kilomètres d'Anvers. Deux très grands bâtiments de brique, appelés Pavillon A et B, abritaient chacun 160 réfugiés. Chaque dortoir - il y en avait quatre par pavillon - était prévu pour quarante personnes. Il y avait deux autres bâtiments, l'un administratif et l'autre affecté à l'enseignement de métiers comme serrurier, afficheur, cordonnier, forgeron ou tailleur. Je suivis quelques cours de tailleur mais préférais passer mon temps à m'exercer avec l'orchestre.

Ce fut aussi la fin de mon heureuse période avec les Apte. Comme tous les camps, Merksplas avait son règlement : il était impératif d'y passer la nuit. De plus, le voyage pour aller d'ici à Anvers, même si on en avait la permission, était compliqué et cher. Les Apte furent désolés mais admirent qu'il était très important pour moi de faire ce que le Comité me demandait.

Les ennuis de mes parents continuaient à me causer une grande inquiétude. Mon père m'avait informé par lettre qu'il avait quitté *Grossner und Weiss*, où il travaillait depuis si longtemps et était employé maintenant par le *Kultusgemeinde* (Centre de la Communauté Juive). **(3)**

Le pacte de non-agression entre Hitler et Staline fut signé en août 1939 et, à Merksplas, où j'entendais la radio allemande et lisait les journaux, nous pensions que Hitler pourrait tourner son regard vers l'ouest. « Nous devrions peut-être essayer d'aller en Angleterre, et mettre la mer entre les Allemands et nous », dit quelqu'un. Nous ressentîmes tous un affreux sentiment d'insécurité nous saisir de nouveau. Quand les Allemands envahirent la Pologne le 1er septembre, chacun fut convaincu que la France et la Belgique suivraient. Deux jours plus tard la Grande-Bretagne et la France déclaraient la guerre à l'Allemagne et nous savions que nous n'avions rien d'autre à faire qu'attendre le moment propice pour fuir.

Je reçus une lettre de mes parents, dans laquelle ils m'informaient que le consulat américain ne pouvait leur accorder de visa. J'éprouvais une détresse extrême à la lecture de cette lettre, étant incapable de faire quoi que ce soit pour eux**. (4)**

Une autre lettre reçue à la suite de l'invasion allemande en Pologne fut encore plus bouleversante, car mon père, cet homme méticuleux, n'ayant jamais admis une rature dans une lettre, m'en envoyait une dont les corrections attirèrent immédiatement mon attention. La biffure était droite et fine mais ne couvrait pas entièrement les mots. **(5)** Mon père avait écrit : *Beaucoup sont forcés de retourner dans le pays où je suis né*. Il avait rayé les mots « sont forcés de », ce qui laissait : *beaucoup retournent dans le pays où je suis né* »

Je savais bien sûr que des Juifs avaient été déportés en Pologne - c'était la politique du « rapatriement » qui avait conduit à l'assassinat de von Rath à Paris et motiva le pogrom de la Nuit de Cristal. Je compris alors que mon père était en train de me communiquer la prémonition de leur destin.

Grâce au Comité Juif de Bruxelles, j'avais pris contact avec des musiciens juifs. Ils jouaient pour des noces et autres occasions. Je me fis un peu d'argent en jouant du violoncelle lors de deux mariages. Je jouai même une fois dans un night-club. Un bassiste étant tombé malade, un autre musicien m'avait demandé si je pouvais le remplacer et je sautai sur l'occasion. Je ne savais pas jouer de la basse mais n'en parlai pas pensant pouvoir m'en sortir, et sachant surtout que je n'aurais pas besoin d'archet car j'avais improvisé quelquefois des airs de jazz avec Otto et Eric à Vienne.

J'ai aussi joué avec l'orchestre de Merksplas dans le hall du Pavillon, qui était utilisé comme salle de concert et de théâtre. C'est là que nous répétions notre répertoire. Nous étions quinze dans l'orchestre mais, parmi les instrumentistes à cordes j'étais le seul violoncelliste. Il y avait aussi un saxophoniste, deux clarinettistes et un seul trompettiste. On se débrouillait. Nous avions un très bon pianiste solo et un assez bon piano de concert. Le chef d'orchestre, un professionnel appelé Peter Mautner, était également de Vienne. Des musiciens belges professionnels agrandirent notre groupe pour des concerts spéciaux et ce fut très agréable pour tous les réfugiés quand ils se joignaient à nous pour les répétitions et que le son produit par ces excellents musiciens résonnait dans le hall. Les concerts servaient parfois à lever des fonds pour le Comité Juif à Anvers ou Bruxelles et nous y allions parfois pour jouer.

Je ne devais plus rester longtemps à Merksplas. Un des directeurs me prit à part : « Ce pays est saturé de réfugiés, nous voudrions que vous alliez à Exaarde. Tous ceux qui ont moins de 22 ans doivent y aller. Ce n'est pas mal, il y a un orchestre et j'ai entendu dire qu'ils ont besoin de violoncellistes. ». Je partis donc en février 1940.

Exaarde était un vieux bastion militaire aux bâtiments de brique rouge, près de Gand. Les dortoirs étaient petits et nous étions quatre par chambres. J'étais à Exaarde depuis trois mois environ lorsque l'invasion débuta. L'établissement était dirigé par un catholique allemand qui avait fui son pays de peur d'être arrêté pour ses opinions antinazies.

L'orchestre était inférieur à celui de Merksplas, les instrumentistes étant jeunes, mais j'eus quand même plaisir à y jouer. Les répétitions avaient lieu deux fois par semaine et l'on jouait pour les réfugiés chaque week-end. Nous invitions parfois nos commanditaires, membres d'organisation juives, pour les exhorter à nous maintenir leur soutien.

Quant à la suite des évènements, je n'eus pas à attendre très longtemps. Le matin du 10 mai 1940, la paix relative prit fin avec les sirènes qui nous sortirent du lit. La radio nous apprit que les Allemands avaient envahi la Belgique.

Sans avertissement préalable, cette nouvelle sema la panique. Nous nous rassemblâmes en vitesse et sortîmes par groupe de dix. « Que chacun se débrouille pour aller à Ostende et en France, nous ne pouvons pas vous donner d'autre information car nous n'en savons pas plus que vous. Prenez l'essentiel avec vous ! » Mon violoncelle n'était pas « essentiel », mais j'avais du mal à le laisser derrière moi ! Sans lui, j'avais l'impression d'abandonner une part de moi-même, celle qui appartenait à ma vie et à mes parents à Vienne car, chaque fois que j'en jouais, je pensais à eux, à la maison et au trio Knoller.

Comme je l'ai dit, nous sortîmes par groupes de dix, nous abstenant de parler car les journaux étaient remplis d'histoires sur la Cinquième Colonne et étant ressortissants allemands nous risquions d'être soupçonnés. Nous commençâmes alors une marche de trois heures en nous dirigeant vers la France, réconfortés seulement par l'idée que nous serions en sécurité derrière la ligne Maginot.

Les routes menant en France étaient obstruées par une masse de réfugiés. Automobiles et camions, surchargés de toutes sortes d'objets hétéroclites, créaient des bouchons qui ralentissaient considérablement leur avance.

J'étais heureux d'être à pied, avançant de manière relativement aisée et rapide, lorsque tout le monde fut surpris par l'arrivée soudaine d'un avion allemand qui plongea sur nous et nous mitrailla. Ceux qui étaient à pied sautèrent dans les fossés, mais beaucoup de véhicules surchargés furent détruits. « Ne voient-ils pas que nous sommes des civils ? », criaient les gens avec incrédulité. Je marchais comme un aveugle, indifférent et ignorant les blessés et les morts. Nous ne partagions qu'une seule pensée : aller en France.

Nous atteignîmes Tournai, près de la frontière française, au bout d'une heure. Un autre garçon d'Exaarde m'accompagnait. Des réfugiés aussi bien belges que juifs encombraient la gare dans l'espoir d'attraper un train pour la France, ou même vers la côte où ils pourraient embarquer pour l'Angleterre. Rien n'avait d'importance pour moi du moment qu'un train arrive et que je puisse le prendre. Tandis que nous attendions au milieu de centaines de gens, le hurlement strident des sirènes se fit à nouveau entendre et un raid aérien arriva presque aussitôt. Mon compagnon et moi cherchâmes désespérément autour de nous un endroit pour se cacher quand j'aperçus une large canalisation en ciment. Nous nous y précipitâmes pour ramper à l'intérieur au moment où les bombes se mirent à pleuvoir et exploser dans un vacarme étourdissant. Par un petit trou de ma cachette, j'eus la vision du chaos à l'extérieur. Ma terreur était telle que je n'ai pas honte de dire que j'en pissai dans mon pantalon. Je vis une partie entière de la gare engloutie par les flammes. Le temps parut long avant que tout s'arrête. Nous sortîmes en rampant de notre cachette, toussant tant et plus à cause de la poussière qui envahissait nos poumons pour découvrir un spectacle de dévastation. Le bruit terrifiant des bombes était remplacé maintenant par des gémissements de douleur et les cris angoissés des femmes. La visibilité revenue, nous aperçûmes des corps, entiers ou démembrés, gisant dans des mares de sang. Vomissant le peu de nourriture que j'avais dans l'estomac, je vis une femme errante qui appelait sa famille, mais ne sus jamais si elle y parvint.

Un autre garçon d'Exaarde se précipita vers nous, choqué et tremblant et nous quittâmes tous les trois ce lieu infernal.

En attendant l'orage

Il n'y eut aucun contrôle à la frontière franco-belge, mais lorsque notre troupe dispersée atteignit les abords de Lille, la première grande ville française, nous nous heurtâmes à un rang serré de policiers français. Il fut demandé à chacun ses papiers et seuls les Belges eurent l'autorisation de passer. Nous montrâmes tous les trois nos passeports marqués du gros « J » rouge. Le policier appela un officier et nous annonçâmes dans un français petit nègre « Nous Juives réfugiés. Hitler... », mais ils ne semblaient pas comprendre. Nous répétâmes les mots plus fort, sans plus de résultat. Voyant que nous étions allemands, ils nous arrêtèrent et nous menottèrent comme des criminels. Au poste de police le plus proche, un policier parlant allemand nous sépara et nous interrogea individuellement. Je racontai mon histoire dans une logorrhée de mots mais il me demanda de lui montrer mon pénis pour prouver mes assertions. J'eus alors l'impression qu'il était Juif lui-même. Après m'avoir dit qu'il croyait à mon histoire, il me rassura : « On va vous conduire en un endroit où vous serez en sécurité ». Mes deux autres amis eurent la même expérience que moi.

Gardés par des soldats, nous dormîmes d'un seul trait dans une salle d'école bondée. Là, d'autres personnes parlaient allemand et il était évident que par leur comportement, leur habillement et la manière de se tenir à part, ils n'étaient pas Juifs et devaient appartenir à la Cinquième Colonne. Je me souviens aussi avoir rencontré un Hongrois avec un passeport allemand. De toute façon, il régnait une très grande confusion.

Le lendemain, nous fûmes rassemblés dans une cour et traversâmes la ville sous bonne garde. Des gens criaient : « *Sales Boches !* » et une femme lança d'une fenêtre le contenu d'un pot de chambre sur nos têtes.

Où allions-nous ? Personne, bien sûr, ne pouvait répondre à la question. Notre seule certitude était que nous étions en juin. On nous escorta jusqu'à la gare et nous fit monter dans un wagon à bestiaux avec des barbelés à chaque ouverture. Un wagon à bestiaux ! Ce fut ma première expérience de ce genre de voyage, mais en aucun cas la pire. Sachant très vite qui était réfugié et qui appartenait à la Cinquième Colonne, nous nous séparâmes en deux groupes bien distincts : nous étions dix et eux étaient une vingtaine. Ces nazis nous lançaient sans cesse des sarcasmes. L'un d'entre eux, un jeune blond, n'arrêtait pas de se vanter : « l'Allemagne ne fera qu'une bouchée de la France », en ajoutant « on s'occupera bientôt de vous les Juifs ». Il eut été chimérique de déclencher une bagarre dans un lieu si confiné contre un si grand nombre d'adversaires et je me contentai d'une réponse sibylline : « nous verrons bien ce que l'avenir nous dira ! »

Nous arrivâmes au bout de deux jours. Un panneau indiquait « Saint-Cyprien ». Je crus d'abord rêver, car lorsque les portes s'ouvrirent mes yeux s'écarquillèrent sur un soleil brillant et un paysage de carte postale - une mer d'un bleu profond et une plage argentée. L'espoir fut vite dissipé par des barbelés et des miradors qui s'élevaient sur la droite. On nous y conduisit et d'autres détenus nous accueillirent à bras ouverts. Le sable abondait partout.

Saint-Cyprien est à trente kilomètres de Perpignan. D'abord un camp d'internement pour les réfugiés de la guerre civile espagnole il y a quelques années, nous y étions internés maintenant comme ennemis et gardés par des soldats soudanais.

Dès notre arrivée, on nous réunit dans un grand hall où un officier s'adressa aux nouveaux - environ une soixantaine -. « Vous êtes tous des ennemis de la France. Toute tentative d'évasion sera punie de mort ». Ces mots nous menaçant de la peine capitale nous semblaient être une sorte de dissuasion dérisoire, tant il paraissait facile de s'échapper d'ici. On nous escorta jusqu'à des baraquements où ceux qui étaient juifs se trouvèrent de nouveau mêlés aux Allemands de la Cinquième Colonne. Ils se mirent à entonner de manière agressive leurs chants de marche en exaltant Hitler qui les libèrerait bientôt et, pour extravagantes que furent ces idioties, ce fut malheureusement une vraie prédiction. Les Juifs rétorquèrent qu'Hitler ne gagnerait jamais la guerre. Enfin, après nous voir traités de « Juifs » et nous de « nazis », tout redevint calme.

Une délégation de Juifs dont je fis partie alla voir le commandant du camp deux jours plus tard pour lui demander d'être séparé des nazis. Notre porte-parole qui parlait un français parfait déclara que nous n'étions pas disposés à partager les baraques avec des gens qui nous avaient persécutés en Allemagne. L'officier accepta notre requête, plus semblait-il pour éviter le désordre dans son camp que pour des raisons humanitaires. Désormais nous ne rencontrâmes plus ces salopards qu'à l'appel ou au réfectoire.

Nous étions entre mille et deux mille prisonniers séparés de la mer uniquement par des fils de fer barbelé. Le manque d'hygiène permit à la diarrhée de s'installer et de plus d'être envahis par les poux. Nous passions nos journées, assis, discutant à bâtons rompus de la situation militaire ou bien, pour nous amuser, jouions à un jeu consistant uniquement à lancer une pierre vers une ligne tracée sur le sable. A mon grand étonnement, je ne revis plus mes deux compagnons d'Exaarde.

Tentant de trouver une explication à la présence d'un étrange monolithe - un socle en ciment sur le sable et semblant ne servir à rien - nous découvrîmes rapidement qu'il s'agissait de la dernière demeure de milliers de républicains espagnols qui avaient succombé à une épidémie de choléra durant leur internement dans ce camp. Il ne fit plus aucun doute pour moi qu'il fallait m'évader. Une fois par semaine, un chemin était ouvert à travers les barbelés pour que nous puissions profiter d'une courte baignade dans la mer. Pour nous, c'était l'évé-nement de la semaine, mais les soldats en armes nous surveillaient sans cesse et les délices de l'eau étaient de courte durée. J'envoyai des cartes postales à Eric ainsi qu'à mes parents qui croyaient que l'endroit où je me trouvais était un havre de paix. **(1)**

Ma cousine Rosi arriva très peu de temps après et je découvris une femme d'une grande volonté et pleine de ressources. Décidée à faire sortir son mari Max Schaechter du camp (ils s'étaient mariés en Belgique), elle éprouvait beaucoup de difficultés. Ayant eu une insolation, elle fut envoyée à l'infirmerie pour se rétablir. Le commandant du camp voulant ensuite qu'elle parte, elle refusa fermement - à moins que Max ait la permission de partir avec elle. Comme elle pouvait prouver que Max ne serait pas un fardeau pour l'Etat puisqu'elle était capable de subvenir à ses besoins, le commandant accepta de le relâcher. Ce succès encouragea Léo à négocier la libération de son père. Il y réussit également parce que son passeport prouvait qu'il était né en Suisse. Le commandant s'en lava les mains et finalement je fus le seul membre de la famille à rester. Léo me prit à part juste avant de partir. « Écoute, tu sais qu'il n'est pas difficile de s'évader d'ici, dit-il, retrouvons-nous à Gaillac », et il me donna l'adresse sur un bout de papier.

Un jour, un garde soudanais, particulièrement grand, me fit signe. Je m'avançai vers lui et il m'offrit une barre de chocolat. « Viens, dit-il, j'en ai d'autres dans ma baraque ». J'étais très innocent et paraissais plus jeune que mes dix-neuf ans. Je ne pouvais croire à ma chance car une friandise comme du chocolat pouvait être échangée contre beaucoup de nourriture. J'allai donc à sa baraque qui était déserte. Il me conduisit à sa chambre où il me montra une barre de chocolat. Il me la présenta et, avant que je sache ce qu'il m'arrivait, il m'attrapa et commença à me tripoter les parties intimes. Je me débattis et le frappai dans l'œil avec la seule arme que je possédais, c'est-à-dire la barre de chocolat. Il me lâcha et, choqué autant que surpris et je le frappai dans l'aine avant de partir en courant. Lorsque j'arrivai dans ma baraque, je fus autant dépité que furieux de découvrir que je n'avais même plus ma barre de chocolat.

Sigi, un jeune Viennois qui était arrivé d'Orléans dans le même train que moi, travaillait à l'infirmerie. « Ecoute, il y a quelques cas de choléra ici », me confia-t-il, ce qui me fit penser immédiatement à la plaque de ciment sur la plage. C'en était trop. J'étais encore sous le coup de l'incident avec le garde et maintenant, ceci. Je proposai à un jeune garçon de mon âge de se joindre à moi pour nous évader, mais il refusa et je décidai de me débrouiller tout seul.

Les soldats semblaient de plus en plus inquiets. Il était clair qu'il y avait quelque chose dans l'air et nous apprîmes rapidement des rumeurs selon lesquelles la France était vaincue. L'armistice fut signé le 22 juin 1940 dans un wagon à Compiègne. Les détenus nazis furent relâchés et seuls les Juifs restèrent parce que Saint-Cyprien était en zone libre, et sous contrôle du gouvernement formé à Vichy le 11 juillet.

Je m'évadai à la mi-août, durant la nuit, en rampant simplement sous les barbelés, ce qui prouvait que Léo avait eu raison. La guerre était terminée pour la France mais peut-être étions-nous plus embarrassants qu'autre chose pour les autorités du camp ?

On était en pleine nuit et je regardai nerveusement par-dessus mon épaule. Un peu plus tard j'entendis le son d'un véhicule qui approchait, les phares d'une voiture apparurent dans un virage et je me couchai jusqu'à ce qu'ils s'évanouissent dans la nuit J'atteignis les abords de Perpignan, à une dizaine de kilomètres du camp, trouvai un coin discret dans un bois et m'endormis aussitôt. Je rêvai que le soldat soudanais me poursuivait, des barres de chocolat à la main. Je m'éveillai juste au moment où il allait m'attraper.

Ce fut l'éclatante lumière matinale filtrant à travers les arbres qui me fit ouvrir les yeux. J'entendis les bruits d'un trafic intense et, marchant au bord de la route, la chaleur d'un soleil ardent me pénétra. Je n'avais aucune idée de l'endroit où je me trouvais, seul et mourant de faim avec seulement quelques francs belges en poche. Je marchai jusqu'à Perpignan au bord de l'évanouissement à cause de la terrible chaleur qu'il faisait ainsi que les odeurs de nourriture et de café qui s'échappaient des bars. J'espérais un miracle lorsqu'il survint avec un groupe de scouts. J'avais appris durant ma période de scoutisme à Vienne que nous étions tous frères et le salut aux trois doigts était devenu un geste naturel pour moi. Je m'approchai d'eux et les saluai de manière impeccable en expliquant dans un pauvre français que je m'étais enfui de Vienne envahie par les nazis, parce que j'étais juif. J'avais faim, leur dis-je et n'avais pas d'argent. Pouvaient-ils m'aider ? Pour une fois, mon apparence juvénile fut un avantage, car un des garçon s'avança et me dit : « Viens avec moi ». Il quitta ses amis et nous marchâmes dans une avenue bordée d'arbres. Roger, c'était son nom, parlait sans cesse avec animation et je ne pouvais comprendre qu'un mot ou deux qui, me semblait-il, avait un rapport avec le scoutisme. Je hochai juste la tête et murmurai occasionnellement quelques borborygmes pour donner l'impression que je comprenais tandis que mon estomac criait famine. Roger me conduisit bientôt vers l'entrée d'une des élégantes maisons de l'avenue. Je me tenais à distance pendant qu'il parlait à voix basse avec ses parents en faisant des gestes dans ma direction. Ceux-ci jetèrent un regard vers l'objet de son discours et je fus soudain réconforté par la générosité de ces inconnus car sa mère vint vers moi, m'embrassa comme si j'étais son propre fils et me fit entrer à l'intérieur de leur maison, aussi fraîche qu'agréable. Elle me fit asseoir et m'apporta un plateau avec une omelette, du jus d'orange, du café, de la confiture, du pain et du beurre. Je me souviens de ce jour comme d'un jour de fête mais en même temps j'avais trop faim pour en apprécier vraiment le goût. Quand j'eus terminé, les parents de Roger m'interrogèrent et voulurent savoir ce que j'avais l'intention de faire.

« Je dois aller à Gaillac, j'y ai de la famille », leur dis-je.

« Pour l'instant, restez ici avec nous et nous vous achèterons un ticket de train ». Ils remarquèrent vite que j'étais épuisé et insistèrent pour que je m'allonge sur un lit où je m'endormis immédiatement. Quand je m'éveillai, un peu plus tard dans la journée, j'étais gêné de ne pouvoir les rembourser de leur gentillesse. Combien il eut été agréable de rester ici avec eux ! Je trouvai les mots pour leur faire comprendre que je devais partir retrouver ma famille et ils furent très compréhensifs. La mère de Roger me donna des fruits et des sandwiches pour le voyage et m'embrassa pour me dire adieu. Je serrai la main de son père et Roger m'accompagna jusqu'à la gare où il m'acheta mon billet. Nous nous embrassâmes et promîmes de rester en contact. Finalement je n'en fis rien car, malgré le plaisir et le luxe dans lequel j'avais été reçu ; je n'avais pas de domicile et totalement incertain de ce que l'avenir me réservait. Je ne possédais donc aucun des éléments me permettant de rester en contact avec qui que ce soit. Cependant jusqu'à aujourd'hui, je me sens coupable de n'avoir même pas envoyé un petit mot à ces gens pour les remercier. Quoi qu'il en soit, ces con-sidérations ne m'empêchèrent pas de dévorer les sandwiches et les fruits lorsque je fus dans le train.

Au crépuscule, j'arrivai à Gaillac, qui se trouve à 250 kilomètres de Perpignan. La ville de taille moyenne, située en zone libre et sur les bords du Tarn, était remplie de réfugiés, ce qui n'était pas l'exception à l'époque. Dans mon français hésitant je demandai la direction de la maison des Bodek et eus l'agréable surprise de la découvrir parée de pots de fleurs dans un jardin très bien entretenu. Tante Genya pleura de joie en me voyant et je ne pus m'empêcher de remarquer combien elle paraissait vieillie ainsi que l'air hagard et anxieux d'Oncle Hermann. Nous vivions tous dans un état d'horrible incertitude et à leur âge ces terribles bouleversements étaient un dur prix à payer. La question qui restait perpétuellement en suspens était de savoir ce qu'il adviendrait le jour suivant. Ainsi, le seul réconfort face aux épreuves futures reposait sur la force de caractère et l'esprit d'initiative de Rosi.

« Comment as-tu réussi à venir jusqu'ici, lui demandai-je ? »

« Maman et moi étions dans un camp pour femmes tout près de Saint-Cyprien, mais j'ai soudoyé un gardien pour nous laisser partir. Ensuite Papa a réussi également à sortir. » Max Schaechter nous écoutait parler. Il avait un caractère un peu moins volontaire que Rosi et c'est grâce à elle - et un peu de chance - qu'il avait été libéré de prison après la Nuit de Cristal. L'histoire qu'elle m'avait racontée en Belgique s'était finalement terminée par une issue heureuse.

Max me donna des précisions au sujet de ce qu'elle m'avait dit en Belgique. « La raison de mon arrestation était liée à ma nationalité polonaise, me dit-il . Après avoir écrit à Rosi, elle m'envoya un formulaire et c'est elle qui eut l'idée du passeport. »

« J'avais obtenu un visa pour Saint-Domingue, nous dit-elle, et ils ont peut-être confondu la lettre avec le visa, je ne sais pas trop mais en tout cas, ils l'ont examinée et m'ont donné vingt-quatre heures pour quitter le pays. C'est ainsi que nous sommes allés en Belgique. »

Une période de calme s'ensuivit. Durant certains moments d'insouciance il était presque possible de croire que nos vies avaient retrouvé leur normalité. J'avais trouvé du travail dans une ferme pour rentrer les foins et il arrivait parfois que Rosi vienne me voir travailler, juché sur une charrette une fourche à la main.

Ce fut à Gaillac que je me procurai mon premier jeu de faux papiers. Leur fabrication était un commerce florissant. Pour 100 francs, m'apprit un réfugié juif, on pouvait acheter une carte d'identité avec sa photo dessus ainsi qu'un document tricolore qui avait un air officiel. Le Comité Juif de Gaillac distribuait de petites sommes d'argent aux réfugiés. Je réussis donc à économiser les 100 francs et achetai une carte à un Français rencontré dans un bistro. C'était extraordinaire. L'en-tête indiquait « *médaille du sauveteur* » avec une réplique de la décoration et une barre tricolore imprimée à côté de ma photo. Mon nouveau nom était Robert Metzner et j'étais né à Metz. Au-dessous, en petites lettres, il était stipulé que le porteur avait sauvé une personne en train de se noyer. J'étais certain que ce document pouvait tromper n'importe quel Allemand. Je n'imaginais même pas qu'il puisse ne pas en être de même avec les autorités françaises que je ne considérais pas comme des ennemis.

Je fus soudain envahi par une idée aussi absurde que téméraire, bien qu'irrésistible, qui me vint à l'esprit : il fallait que je retourne en Belgique pour retrouver Maxl et récupérer mon violoncelle.

Léo recherchait désespérément son frère, convaincu qu'il était toujours à Bruxelles. Mais une autre idée impérieuse se formait dans ma tête et avait peu de chose à voir avec mon violoncelle. Paris, la cité de mes rêves, le merveilleux Paris, mais aussi le Paris libertin, était une ville diablement proche de Bruxelles et le fait qu'elle soit occupée par les Allemands me semblait alors d'une importance secondaire.

Nous étions sans domicile, sans papiers. La pire des situations. Tout ce que je possédais était ces faux documents et mon passeport tamponné du « J » pour Juif. Léo était un peu mieux loti que moi et bien qu'il eut un passeport autrichien (devenu allemand après l'Anschluss), il était né en Suisse, un pays neutre. Obtenir un laissez-passer fut facile pour lui, avec la probabilité d'être plus en sûreté que moi dans un pays occupé.

L'insécurité était notre pain quotidien. Nous étions toujours en train de courir sans cesse si bien qu'aucune idée ne semblait nécessairement plus risquée qu'une autre. Toutefois, en dépit de notre situation précaire, la zone libre était un endroit plus sûr pour les Juifs que la Belgique occupée. Oncle Hermann et Tante Genya étaient furieux contre nous quand nous leur annonçâmes nos intentions. « Vous êtes *meschugge* (fous) ? Aller se mettre dans la gueule du loup... comme pouvez-vous faire une chose pareille ? »

Léo partit pour Bruxelles et je le suivis quelques semaines plus tard, ayant réussi à obtenir un laissez-passer à la mairie en montrant mes papiers et en déclarant venir d'Alsace qui venait d'être annexée par l'Allemagne. Le Comité Juif de Gaillac, en relation à cette époque avec les services de Vichy pouvait obtenir des visas. Je leur déclarai que je voulais rentrer chez moi et retrouver mes parents à Metz.

Je passais la ligne de démarcation entre la zone libre et occupée qui se trouvait à Limoges et, dès que mon train arriva à Bruxelles, j'allai directement à l'adresse de Maxl, et les trouvai tous les deux avec Léo. Maxl avait bien sûr été séparé de sa famille qui avait fui lors de l'invasion allemande et avait échoué lui aussi à Exaarde. Il me raconta qu'il avait tenté de gagner l'Angleterre par Middelkerque. « Le brave catholique Allemand qui dirigeait le centre m'avait accompagné mais il a disparu en chemin dans le chaos qui régnait alors et aucun d'entre nous n'a su ce qu'il était devenu. » Je racontai à mon tour à Maxl mes aventures à Saint-Cyprien sans oublier l'épisode du Soudanais et de la barre de chocolat.

Je pris ensuite la route pour Anvers - il y avait une liaison rapide par bus de Bruxelles - afin de voir les Apte. Il n'y eut aucune réponse lorsque je pressai le bouton de l'intercom qui m'avait tant impressionné l'année précédente. J'allai voir le gardien. « Vous ne les trouverez pas, ils ne sont plus là. Ils sont partis avant l'invasion allemande. » En un an, tout avait basculé. J'étais saisi par un sombre pressentiment, terrifié par les bouleversements qui m'avaient plongé dans l'inconnu. Tout cela n'était-il qu'un rêve ? Ces gens distingués, leur merveilleux appartement, les vendredis soirs, le séjour à Knokke dans leur superbe voiture ? Etait-ce vraîment arrivé ? Les Apte n'avaient-ils pu, avec leur richesse et leur statut, aller à l'encontre du cours des évènements ? Non, ils avaient disparu comme s'ils n'avaient jamais vécu dans cet immeuble et je songeai qu'il aurait mieux valu qu'il soit bombardé comme la gare de Tournai, car tout ceci m'offrait une impression de vide face à une réalité incompréhensible qui pouvait briser les liens entre les hommes.

J'allai ensuite au fameux Club des Diamantaires de la rue Pelikan. Nous étions encore dans les premièrs temps de l'Occupation et le Comité Juif fonctionnait encore en France et en Belgique dans une relative liberté. « Jos Apte ? Ils sont tous partis en Angleterre », me dit un des négociants. Pour ceux-ci, les affaires continuaient et je m'étonnai encore du destin de ces gens dont l'horizon semblait se restreindre. Leur curiosité à mon égard me fit leur raconter mon histoire et ils me poussèrent à me rendre au Comité Juif qui me donna encore un peu d'argent, de la nourriture et un endroit pour me loger. **(2)** Le lendemain, je me rendis à Exaarde mais tout était vide ou en ruine. Il ne restait plus rien.

J'étais effondré profondément affecté de n'avoir pas retrouvé mon violoncelle. Cela me paraissait beaucoup plus important que l'occupation du pays par l'ennemi. C'était comme si le dernier lien avec mon foyer - les soirées du trio Knoller après le dîner du Shabbat, les concerts de bienfaisance avec ma mère si fière de nous - avaient totalement disparu dans la catastrophe qui s'était abattue sur cette partie du monde. J'étais complètement à la dérive et avais le mal du pays. **(3)**

Je retournai à Bruxelles, achetai un billet pour Paris et changeai les quelques francs belges qui me restaient contre des francs français. J'étais tout excité à l'idée de découvrir enfin la cité mythique, les lumières scintillantes des boulevards dans la nuit, les bistrots discrets et surtout les spectacles de filles levant la jambe au son d'une musique endiablée.

En escortant l'ennemi dans Paris

Après un voyage sans histoire, je débarquais à la gare du Nord que je trouvais superbe. Je passai le contrôle des billets en apercevant un peu partout des militaires allemands parmi lesquels circulaient quelques uniformes noirs de SS et des manteaux de cuir de la Gestapo.

Quittant immédiatement les lieux, je suivis les indications menant au métro.

Je fus tout d'abord très impressionné par l'étendue de ce réseau encombré par une foule affairée. A Vienne nous n'avions que le *Stadtbahn*, une ligne peu fréquentée qui longeait le Danube tandis qu'ici, debout devant le plan d'un enchevêtrement compliqué de lignes s'entrecroisant et de centaines de stations, je découvrais la marque d'une grande métropole. Une flèche pointait sur la gare du Nord et sans me préoccuper de ma direction car je la connaissais déjà, je cherchai Montmartre dont je n'ignorais pas la renommée depuis l'école, ni ses Folies Bergère et son Moulin-Rouge où des filles dansaient à moitié nues. Réalisant que je ne rêvais pas mais n'ayant aucune idée sur la manière d'opérer, j'étais là à me poser des questions quand je vis quelqu'un appuyer sur des boutons et un trajet s'allumer pour indiquer un itinéraire. Voilà un merveilleux système, pensai-je ! Je fis la même chose et suivis attentivement les lumières qui menaient à la station

111

Montmartre tout en constatant le peu de stations qui m'en séparaient.

Je m'assis dans le métro très excité et, dans un demi-rêve, observai les voyageurs comme le ferait un touriste.

Peu de temps après, j'étais en haut des marches de la sortie du métro, rue Montmartre. Ayant demandé ma direction, je me dirigeai vers les Folies Bergère qui étaient à deux pas, dans la rue Richer.

Je découvris un grand bâtiment ayant plus l'allure d'un théâtre que d'un cabaret et une longue façade blanche avec de grands panneaux vitrés. Face à moi, dans d'étranges petites vitrines que je n'avais jamais vues auparavant, ni à Vienne, ni ailleurs, j'aperçus quelques photos de danseuses aux seins nus levant des jambes divines. Elles étaient disposées, là en pleine rue, et je n'arrivais pas à les quitter des yeux.

Elles perdirent vite de leur intérêt dès l'instant ou mon estomac se mit à crier famine. Je continuai mon chemin, surpris d'apercevoir de nombreux restaurants arborant l'étoile de David, et en déduisis que j'étais dans le quartier juif. Tout de suite à droite des Folies Bergère se trouvait un restaurant dénommé « Chez Huberman ». J'étais mort de faim, sans un sou et juste là devant moi, cette enseigne me rappelait incontestablement le monde auquel j'appartenais.

Ici à Paris, je ne remarquais aucune trace de haine ou de destruction comme à Vienne et les Juifs, me semblait-il, paraissaient des gens comme les autres. J'entrai dans la courette menant au restaurant en espérant y trouver un peu de compassion et comme il n'y avait personne, je m'aventurai à l'intérieur.

Je découvris une belle salle avec un grand pot de fleurs sur un guéridon et des tables recouvertes de nappes blanches et de couverts rutilants disposés pour le déjeuner. J'avais de plus en plus faim quand soudain apparut une petite femme boulotte au visage encadré d'un amas de boucles grises. Je fus immédiatement rassuré en voyant devant moi une véritable « *yiddische mamme* » *(maman juive)*.

« Bonjour ! » Que puis-je pour vous, jeune homme , me demanda-t-elle ? » alors que je devinais à son attitude qu'elle devait être la propriétaire.

Mon français n'étais pas terrible mais j'arrivais à me faire comprendre et expliquais que j'étais un réfugié juif. « Je viens de Vienne... mon nom est Freddie Knoller », lui dis-je, n'ayant aucune crainte de lui divulguer mon nom. « J'ai vu l'étoile de David sur la façade je... je n'ai pas d'argent... j'ai faim ! »

Madame Huberman me regarda avec un air sympathique.

« Kannst du reden Yiddish ? » *(Parles-tu Yiddish ?)*.

« Ja, aber mein Yiddish is a Mishmash Deutsch und Yiddish », répondis-je. *(Oui, mais mon yiddish est un mélange d'allemand et de yiddish)*.

Madame Huberman me fit signe de la suivre. Elle appela quelqu'un que je ne voyais pas : « Otto ! Otto ! » et un jeune homme apparut comme s'il n'avait attendu que ce signal, « Otto ! C'est un jeune homme qui vient de Vienne, comme toi. »

Otto me serra la main puis me donna l'accolade. Il paraissait très jeune, à peu près mon âge, avec des lunettes aux verres épais, des chevaux bruns, des yeux marron et un nez proéminent. Il m'apparut sérieux et d'apparence assez sémite. « Je viens du 4ème arrondissement », dit-il. « J'étais au Lycée Chajes » - une école juive très connue – « Mes parents sont toujours à Vienne. Ils m'ont fait sortir... mais toi, raconte ? »

« J'habite tout près de chez toi, dans le 2ème arrondissement. J'étais au Lycée Sperl », j'allais continuer quand Madame Huberman, qui avait disparue au cours de la conversation, revint avec un bol de bouillon de poule et une cuisse de poulet qui se révéla être du « pulke ».

« Assieds-toi et mange, me dit-elle ».

Malgré ma faim, je fondis en larmes. Sentant l'odeur de la nourriture, ce fut plus fort que moi. « Ma mère me faisait la même chose et j'ignore si je la reverrai un jour » » lui dis-je. Madame Huberman posa le plateau pour me serrer dans ses bras et j'imaginais aisément Otto dans la même situation que moi lorsqu'il était arrivé à Paris.

Dès que j'eus repris mes esprits et après avoir mangé, je leur racontais comment j'avais quitté l'Autriche pour aller en Belgique. « Mes parents m'ont fait sortir d'Autriche comme toi. Depuis combien de temps es-tu en France ? », demandai-je à Otto.

« Avant l'invasion des Allemands. Je suis venu directement ici, juste après la Nuit de Cristal. J'ai de la famille en France, mais maintenant la situation est différente, bien sûr. »

« Dis-moi, est-ce que tes parents vont venir ? »

J'expliquais que mon histoire était presque identique, mais quand je suis entré dans les détails et décris la manière dont j'étais venu à Paris, l'intérêt de mes interlocuteurs se mua en une telle incompréhension qu'ils répétèrent mes propres paroles comme s'ils n'étaient pas certains de m'avoir compris. « Tu dis que tu es retourné de zone libre en Belgique... pour trouver ton cousin et... ton violoncelle, et ensuite, que tu as décidé comme ça de venir à Paris ? »

Me sentant un peu bête, je leur expliquai que j'avais toujours rêvé de connaître Paris, la Tour Eiffel, les Champs-Élysées, la Ville Lumière enfin, et tous les endroits connus tout en passant sous silence, par respect pour Madame Huberman, mes autres phantasmes parisiens.

« Tu aurais pu attendre des jours meilleurs, jeune homme, remarqua-t-elle. Sais-tu qu'il faut être fou pour venir ici. Je ne te comprends vraiment pas. »

Je n'avais pas grand-chose à répondre, ayant du mal à expliquer mon comportement tout en sachant qu'il découlait de mes mésaventures et que désormais ma vie avait changé pour toujours. Comme venait de le dire Otto : *les choses sont devenues maintenant différentes.*

Madame Huberman demanda : « Quel genre de papier possèdes-tu ? » Je lui montrai mon passeport allemand frappé du gros « J » rouge et mes faux papiers français au nom de « Robert Metzner ».

Elle secoua la tête, affligée : « Les gendarmes de ce quartier ne seront pas dupes une seule seconde », dit-elle en posant sa main sur les papiers français. « Ils viennent ici sans arrêt, ils contrôlent et fouinent partout en arrêtant tous ceux qui ne sont pas Français. »

Elle jeta un coup d'œil anxieux vers Otto : « Ils ont toujours été antisémites, déjà avant, alors maintenant... crois-moi, ils sont pleins de zèle. »

« Je comprends », répondis-je, consterné par le fait qu'être juif ici n'était pas aussi simple que je l'imaginais. « Je cherche le Comité Juif. Comme je n'ai pas d'argent, ils pourront peut-être me trouver un endroit pour dormir durant quelques jours, dis-je à Madame Huberman ? »

« Oui, je peux te dire où c'est, ce n'est pas très loin d'ici, dans la rue des Rosiers, Otto connaît », répondit-elle.

Otto était très à l'aise pour circuler dans les rues étroites de cette étrange et merveilleuse cité. Soudain, il me dit en chemin : « Pourquoi ne partagerais-tu pas ma chambre, c'est juste à côté ? Le Comité te donnera un peu d'argent pour la nourriture et le logement ainsi qu'une carte d'alimentation. C'est assez pour les frais de logement car avec ta part qui nous aidera tous les deux, il te restera encore un peu d'argent. » J'acceptai immédiatement sa proposition.

Le Comité Juif se tenait dans une grande salle dotée de plusieurs bureaux où l'on vous interrogeait. On me donna un numéro et je m'assis avec d'autres réfugiés pour attendre mon tour. Je constatai que bon nombre d'entre eux parlaient français ou néerlandais et venaient probablement de Belgique ou de Hollande. Je n'attendis pas longtemps avant d'être appelé. On me demanda mes papiers et je montrai mon passeport avec le « J » dessus. Loin d'être satisfait, l'individu qui me questionnait voulut en savoir plus. Il se renseigna sur mes parents, mes frères, et même sur la Nuit de Cristal avec tout ce qui s'était passé ce jour-là. Il prit quelques notes pendant que je parlais jusqu'à ce qu'il semble convaincu que j'étais bien celui que je prétendais et je ressortis enfin avec ma carte d'alimentation.

La chambre d'Otto se trouvait au dernier étage d'un très vieil immeuble avec une fenêtre donnant sur un tout petit balcon. « Si les Allemands viennent, me dit-il d'un ton de conspirateur, nous pourrions facilement grimper du balcon sur le toit. »

La chambre était peu meublée, seulement deux lits jumeaux, une armoire, deux chaises, une table et un lavabo: l'idéal pour deux garçons pas trop regardants en matière d'hygiène. Dehors, de l'autre côté de la porte dans un pot, se trouvait une vieille plante desséchée. Nous décidâmes solennellement que si par un heureux hasard l'un d'entre nous avait une aventure amoureuse, on déplacerait le pot. Je dois à la vérité de dire que durant mon séjour chez Otto, le pot resta toujours à sa place.

Nous retournâmes au restaurant où Madame Huberman nous annonça : « Si vous voulez aider en cuisine, vous aurez droit à un repas. Vous commencez ce soir et je vous préviens qu'il y a beaucoup de monde le samedi. »

117

« Quand nous avons du monde, je vous demande de rester dans la cuisine », ajouta catégoriquement Madame Huberman, « être vu pourrait être très dangereux et pour vous et pour moi. » Et c'est ainsi que j'ai commencé à travailler le soir et parfois même à midi.

J'étais satisfait de la nourriture et donnais souvent mes tickets à Madame Huberman afin qu'elle les utilise pour ses achats.

L'espace cuisine était vaste et grouillant d'activité. Otto et moi lavions et rangions les assiettes alors que Madame Huberman supervisait la préparation des plats par son cuisinier et servait au restaurant. C'est là que je rencontrai Minna, sa fille, qui s'occupait également du service en salle et prenait une part active à l'entreprise familiale. C'était une jolie fille pleine de verve. Elle avait des cheveux bruns, un beau visage et de fait, comme elle était plus âgée que nous, inabordable. Le moindre de ses attraits était sa compétence. Elle était coquette mais non frivole.

Otto était en adoration et ne la quittait pas des yeux.

« Je suis sûr d'avoir une chance », avait-il coutume de me dire. Avec son air sérieux et plein d'innocence, je pensais qu'au contraire il n'en avait aucune, car il paraissait plus jeune et beaucoup moins précoce que moi.

« *Otto, c'est seulement une amie* », voulais-je lui dire. Minna avait la coquetterie naturelle de ces femmes qui accentuent leurs propos d'une pression de la main sur votre bras avec un regard dont le scintillement vous donnait l'impression d'être la seule personne au monde digne d'intérêt. C'était là tout son charme. Otto cependant n'était pas aussi idiot qu'il le paraissait et, dans ses moments de lucidité, admettait volontiers que la sollicitude de Minna émanait de sa gentillesse naturelle face à nos efforts maladroits pour lui plaire.

Elle connaissait quelqu'un dans la police qui éprouvait de l'amitié pour elle. Il m'arrivait de l'épier discrètement quand celui-ci venait au restaurant, toujours dans la matinée et jamais à l'heure du déjeuner. Evidemment il mangeait à l'œil. C'était un homme petit et large d'épaules portant un béret et ressemblant à l'idée que je me faisais des Français. Grâce à lui Minna serait prévenue si quoi que ce soit était entrepris contre les réfugiés et dans ce cas le restaurant serait immédiatement fermé.

Quelques jours après m'être installé chez Otto, nous nous aventurâmes dans les quartiers chauds de Pigalle et de Montmartre. Cela devint vite une habitude dès que nous avions fini de travailler au restaurant. Nous commençâmes nos promenades en touristes avertis : visite de la Tour Eiffel, petit tour sur les Champs-Élysées puis poussâmes jusqu'à Montparnasse et le quartier pittoresque de St-Michel. Mais ce furent les quartiers chauds qui nous attirèrent le plus et prirent rapidement le pas sur l'aspect culturel de la capitale. Pigalle avec ses prostituées et ses night-clubs arborant des photos de femmes aux seins dénudés, les bruits et les odeurs caractéristiques du quartier, tout cela nous enivraient. Nous observions les portiers en uniforme accostant les touristes et les soldats Allemands - dans un sabir étonnant : Komm herein ! Sehen sir die nackten Mädchen ! *(Entrez dedans. Voir vous les femmes nues)*. S'ils entraient, ces photos de danseuses devenaient réalité et ils pouvaient admirer des femmes aux seins nus levant la jambe sur scène au son d'une musique entraînante qui résonnait dans les rues étroites de cette foire au sexe qu'étaient Montmartre et Pigalle.

Nous nous sommes vite considérés comme de grands experts du quartier. Nous pouvions faire la distinction entre les établissements ordinaires comme la « Nouvelle Eve » ou « Le Paradis », envahis par la solda-tesque allemande, et le haut de gamme tels le « Bal Tabarin » et le « Moulin-Rouge », avec dorures et rideaux rouges et leur clientèle typiquement française. Malgré l'évidence de notre jeune âge, nous étions souvent ac-costés à chaque coin de rue par des prostituées au parfum entêtant et bon marché mais dont les tarifs si élevés nous laissaient un goût amer de frustration.

Les soirées au restaurant étaient très animées. Confinés dans la cuisine et n'ayant jamais aperçu une seule fois Madame Huberman avec ses clients, je la devinais en très bons termes avec eux, surtout lorsque je l'entendais crier à la porte de la cuisine: *Pour Pierre ! Pour Madeleine !* en brandissant les commandes, un tablier blanc immaculé ceint autour de son ample taille.

Il y avait bien sûr un Monsieur Huberman, un hom-me tranquille et plutôt falot par rapport à sa femme énergique et à sa fille. Si l'on s'adressait à lui, il vous fixait à travers une sobre paire de lunettes; son expression était toujours égale même lorsqu'il tenait ses comptes méthodiquement, faisait ses additions ou rangeait la recette dans une boîte métallique. Comme il semblait assez âgé, je n'ai jamais réellement communiqué avec lui. Sa nature aussi taciturne que morose allait de pair avec son aspect.

Au cours de nos repas conviviaux lorsque le restaurant était fermé, Madame Huberman parlait plus librement de ses clients et sous les regards enamourés d'Otto, Minna chantait parfois et nous l'accompagnions volontiers. « J'adore Edith Piaf, affirmait-elle, les gens trouvent que je chante comme elle. Qu'en pensez-vous ? » La similitude était remarquable, forte, métallique et vibrante. C'était « L'Accordéoniste » qui racontait l'histoire d'une prostituée qui, après son travail, allait dans un dancing, non pas pour danser mais pour écouter son amoureux qui jouait la java sur son accordéon. Mais il partit pour la guerre et y mourut et elle reste seule au coin de la rue ...

La fille de joie est belle
Au coin d'la rue là-bas
Elle a une clientèle
Qui lui remplit son bas
Quand son boulot s'achève
Elle s'en va à son tour
Chercher un peu de rêve
Dans un bal du faubourg
Son homme est un artiste

C'est un drôle de p'tit gars
Un accordéoniste
Qui sait jouer la java.

Parfois, nous parlions de la situation politique qui après tout était liée à notre propre situation. « Pétain affirme qu'il protègera les Français », disait Madame Huberman, « mais cela concerne-t-il donc des gens comme nous qui sommes nés en Pologne ? » Personne ne connaissait la réponse. « Minna, tu n'as rien à craindre, tu es née ici », disait-elle, et Minna de répondre: « Je veux rester ici, je suis chez moi. » Une autre fois, cette dernière nous parla d'un ami qui avait un peu d'argent en Suisse. Ayant essayé d'y entrer illégalement les Suisses l'avaient remis aux SS et il termina dans un camp de concentration, bien que né en Pologne et ayant obtenu la nationalité française. « Je sais, je sais », disait Madame Huberman, « peut-être ton père et moi ne sommes pas en sécurité ici et peut-être devrais-je vendre le restaurant et partir dans le Sud de la France où c'est plus tranquille. » Nul d'entre nous n'était évidemment en position de spéculer sur l'avenir.

J'étais loin de chez moi et dans cet environnement juif, mes pensées allaient sans cesse vers mes parents. Une inquiétude difficile à vivre. Je leur avais envoyé de mes nouvelles dès mon arrivée à Paris en décembre 1940, mais n'ayant aucune réponse, j'avais cessé d'écrire. **(1)**

Toutefois, les choses étant ce qu'elles étaient, il ne nous restait qu'à vivre normalement en espérant le meilleur. En attendant, Otto et moi ne pouvions résister aux quartiers chauds. Ce fut au cours d'une de nos virées nocturnes que je fus intrigué par le manège d'un jeune type, habillé en costume cravate et au faciès très méditerranéen qui accompagnait des soldats allemands jusqu'aux portes des cabarets et retournait ensuite seul sur ses pas. Je n'avais pas l'intention de m'en ouvrir à Otto, obsédé uniquement par les photos de femmes à demi- nues, ce qui me convenait fort bien. Il était évident que le type en question se faisait de l'argent. Je remarquai qu'il disparaissait et revenait très vite avec d'autres soldats. Comme il approchait d'un cabaret avec ceux-ci, je l'observai attentivement et vis qu'il griffonnait quelque chose sur un bout de papier avant de le remettre au portier. Ce dernier hocha la tête et le type lui fit au revoir de la main pour disparaître à nouveau après avoir traversé la place.

Je ne pus penser à rien d'autre cette nuit-là. Il fallait que je parle à cet homme seul à seul pour lui offrir mes services. Tandis qu'Otto bavassait à propos de photos de danseuses et des femmes qui nous accostaient, j'étais ailleurs aux prises avec mon esprit d'indépendance et d'aventure, ne pouvant en aucun cas le mettre dans la confidence de mes plans futurs. On pouvait imaginer que cet homme au teint sombre pouvait être Juif, bien qu'il n'eût pas l'apparence sémite d'Otto. Hormis sa naïveté, ce dernier avait de plus un aspect extérieur qui allait à l'encontre de mes desseins. Toute ma sympathie pour lui - engendrée et par nos origines communes et par la manière dont nous avions quitté notre pays - ne comptait pas. Ce que je prenais pour un désir d'aventures nouvelles était inspiré par une autre impulsion. Mon instinct me poussait à fuir autant Otto que l'univers juif des Huberman. Tandis que je m'avouais ce raisonnement, j'étais envahi de honte à l'idée que ces calculs m'éloignaient de mes amis mais je savais que pour survivre il était nécessaire de penser comme l'ennemi nazi au milieu duquel je vivais et me tenir à l'écart de ceux qu'il pourchassait ; en fait, il fallait que je prenne des distances avec moi-même.

Le soir suivant, pendant qu'Otto aidait au restaurant, j'allai en métro jusqu'à Pigalle au milieu d'une cohue de soldats allemands pressés. J'émergeai avec eux sur la place, la traversai en direction des cabarets et cherchai des yeux mon élégant bonhomme. Je pensai le trouver au cabaret Ève où j'écoutai le portier tentant d'attirer des soldats à l'intérieur. Certains d'entre eux, déjà ivres, riaient et s'en allaient tandis que d'autres entraient. Mon type n'était pas là ou ne travaillait peut-être pas ce jour-là. Je me demandai ce que j'allais faire quand soudain je l'aperçus se dirigeant vers le métro Pigalle. Je le suivis. Quand il arriva devant l'entrée, j'attendis de voir ce qu'il allait faire.

Très vite, la bouche du métro se mit à vomir un autre groupe de soldats. Mon bonhomme s'avança vers l'un d'eux et j'étais assez proche pour l'entendre parler dans un allemand atroce. Je serais tellement meilleur dans ce rôle, pensais-je. Je l'écoutai avec fascination parler au soldat alors que d'autres s'agglutinaient, attirés par son discours. « *Je vais vous montrer des spectacles spéciaux, très privés et exclusifs où vous pourrez voir les trente-*

deux positions de l'amour ». Sur le moment j'oubliai pourquoi j'étais là. Trente-deux ? Je me plongeai dans un abîme de réflexions concernant ce nombre. Qu'est ce que cela voulait dire ? C'était d'une telle exactitude que j'étais désemparé. Devrais-je à jamais demeurer ignorant de ce merveilleux secret ? Mon type dut arriver à ses fins car le groupe se mit en marche et j'attendis anxieusement son retour.

Comme une sentinelle, il revint à son poste à la bouche du métro et, m'enhardissant, je m'approchai de lui. Je m'excusai poliment et me mis à lui parler, tout étonné de mon audace. « Je suis réfugié et je viens de Metz. Mon allemand est très bon et je pense pouvoir vous aider. Je vous ai observé et j'ai compris ce que vous faites. Pour être franc, j'ai besoin d'argent. Mon nom est Robert. »

Il me toisa de haut en bas et hocha la tête sans rien ajouter. Si proche de lui, je pus remarquer qu'il avait des traits saillants et les joues creuses. « Viens avec moi », me dit-il. Juste trois mots mais peut-être le sésame pour une nouvelle vie. J'étais comme étourdi en le suivant vers le bistro le plus proche.

Il commanda du vin et tandis que je réalisai à peine ce qu'il m'arrivait, il entama la discussion. « Mon nom est Christos, attaqua-t-il, je suis Grec. Te mettre dans le coup me coûterait beaucoup d'argent, tu sais ! Les night-clubs donnent un pourcentage de leurs gains sur les clients que leur rabat l'intermédiaire. »

« D'accord, dis-je, je suis fauché, mais pourquoi ne me donneriez-vous pas une commission sur ce que je vous ferais gagner ? » J'avais du mal à croire que c'était Freddie Knoller, cet innocent étudiant viennois, qui parlait. Christos semblait déjà considérer sérieusement ma suggestion. Il hocha de nouveau la tête et à mon grand étonnement notre accord fut scellé.

Nous entrâmes alors dans les détails de notre arrangement. « Je commence à travailler à sept heures du soir et je finis généralement à trois heures du matin », me dit Christos. Comment voulais-je toucher ma commission ? Et comment ferons-nous ? Nous résolûmes facilement ces questions mais à la fin, Christos se pencha vers moi avec une expression très significative sur le visage et me dit : « Juste un petit avertissement. » À sa façon un peu brutale d'homme plein d'expérience, il me sembla beaucoup plus âgé mais il s'avéra qu'il n'avait que deux ans de plus que moi. « Si tu me roules, continua-t-il, j'ai des amis qui s'occupent de ce genre de choses... on ne te reverra plus à Pigalle après ça, je te le garantis. » Je m'empressai de l'assurer qu'il n'aurait aucun regret de m'avoir fait confiance.

« De plus, ajouta-t-il, si nous devenons amis... tu pourra entrer dans l'affaire... il y a tant de soldats par ici que je ne peux pas tout faire. » Malgré son parler brutal je sentais que je pourrais l'apprécier et plus important encore, je savais intuitivement que je pouvais lui faire confiance mais en attendant, je le remerciai chaleureusement de me donner ma chance.

Nous bûmes encore un peu et la conversation tourna autour du logement. « Je partage une chambre avec un autre réfugié, lui avouai-je. »

Christos réfléchit quelques instants. « Écoute, me dit-il, pourquoi ne viendrais-tu pas chez moi ? J'ai une chambre tout près d'ici, petite mais suffisante pour deux. Tu paieras bien sûr la moitié du loyer dès que tu commenceras à gagner de l'argent. » J'acceptai sur le champ.

La chambre de Christos était proche, au dernier étage d'un hôtel de la rue des Martyrs et il me donna une clef après me l'avoir faite visiter.

Je retournai passer ma dernière nuit dans celle que je partageais avec Otto, une nouvelle clef dans ma poche. Un avenir différent me faisait signe. J'étais trop énervé pour dormir et regardais de temps en temps Otto couché dans le lit voisin. Comme il travaillait généralement au restaurant durant l'heure du déjeuner, je pensai que ce serait le moment idéal pour partir, et je sentais peser sur mes épaules le fardeau de ma judaïcité. Le lendemain, je réunis mon maigre bagage et partis en laissant la clef sur la table sans aucune explication.

Ce fut de cette façon furtive que j'abandonnai mon récent ami et les charmants Huberman, tout en laissant derrière moi mon identité juive. Ce seront les nazis qui, deux ans plus tard, me ramèneront à mes origines. En attendant, je débutai ma nouvelle vie dans le monde magique et privilégié des *goyim* (non-juifs).

Christos et moi avions convenu de nous retrouver place Pigalle et il ne perdit pas de temps dès mon arrivée.

Après avoir laissé mon sac dans sa chambre, nous nous dirigeâmes vers les cabarets. Je débutai dans ma nouvelle existence mais j'étais surpris de la rapidité dont elle prenait forme.

Notre premier arrêt fut pour le Paradis, rue Fontaine. Christos me présenta au portier et à la patronne. Les clients que j'amènerai seront inscrits sous le nom de Robert, me dit-elle, et je recevrai cinq pour cent sur tout ce qu'ils dépenseront.

Mon nouvel ami me conduisit ensuite au bordel du 122, rue de Provence, une rue étroite flanquée de grands immeubles. C'était, je l'appris, une célèbre maison de rendez-vous que les habitués d'avant la guerre avait baptisé « Le One Two Two ». **(2)**

Il y avait une vaste salle où les filles étaient assises au bar ou à des tables en buvant avec des officiers allemands et des gens en civil. Ces filles portaient des chemisiers transparents, certaines montraient généreusement leur poitrine et même un peu plus. Christos se contenta de rire quand il me vit rougir d'embarras. « Si tu veux faire ce travail, tu devras vite t'habituer à voir des femmes nues », me dit-il. Ce jour-là et à cet endroit-là, j'appris que l'on pouvait avoir des phantasmes d'adolescent mais également regarder la réalité avec désinvolture même si elle était étalée brutalement. Je fus présenté à la propriétaire du bordel, Madame Jamet. Évidemment, Christos fut le plus loquace mais, dès que je fus rassasié du spectacle des filles, j'étais tellement abasourdi par le luxe de l'intérieur du 122 que je ne pus m'empêcher de dire à Madame Jamet : « Quel merveilleux endroit vous avez là ! » Je hochais la tête en contemplant les grands miroirs dans lesquels se reflétait un lustre étincelant.

Elle se mit à rire de bonne grâce. « Laissez-moi vous montrer quelques unes de mes chambres », dit-elle. Une fois en haut, elle ouvrit des portes donnant sur des chambres aussi merveilleuses les unes que les autres, chacune avec des décors osés dans le genre exotique. Il y avait la chambre espagnole, la chambre chinoise et beaucoup d'autres encore. Je me souviens avoir aimé particulièrement la chambre arabe. Un baldaquin aux lourdes tentures dorées cascadant autour d'un grand lit, les murs avec des fresques montrant des danseuses du ventre et l'éclairage tombant d'un lustre doré aux pendeloques incrustées de verre coloré. Une telle somptuosité dédiée uniquement à la recherche du plaisir me transporta vers des perspectives aussi lointaines que les régions représentées. Tout ce que je pus faire fut de montrer mon émerveillement tandis que derrière moi Madame Jamet riait de la manière juvénile dont j'appréciai son établissement. Je devins rapidement un habitué assidu du 122, rue de Provence.

L'univers juif que je venais de quitter n'était pas loin ; je n'avais qu'à tourner à gauche en sortant de chez Madame Jamet et continuer tout droit, jusqu'au croisement où la rue de Provence se change en rue Richer, pour trouver le restaurant « Chez Huberman. » Une petite distance qui me semblait maintenant aussi vaste qu'un océan.

Christos m'introduisit ensuite dans ce qu'il nommait une « maison privée » - quoique ce terme fût un euphémisme pour un lieu non déclaré - rue Navarin, près de Pigalle. Ici, m'expliqua la tenancière, le client peut regarder deux femmes s'ébattre ensemble et pour quelques francs de plus, y participer. Ce genre de spectacle coûtait très cher. « N'amène pas ici de civils allemands, me prévint Christos, car tout civil peut être un membre de la Gestapo. »

« Tu devras t'acheter un costume, une chemise et une cravate, décida Christos en examinant mon blouson imperméable et mon pantalon élimé, tu ne peux pas travailler comme ça.» Il me conduisit alors dans un magasin de vêtements du boulevard Montmartre. « Je vais te prêter de l'argent mais tu auras besoin de deux costumes. Tu t'achèteras le second quand tu auras touché suffisamment de commissions, déclara-t-il. »

Il connaissait très bien le propriétaire du magasin. Je remarquais qu'il n'utilisait pas de « points de textile » et paya en espèces : c'est ainsi que je découvris le marché noir et pourquoi le costume était si cher. Je me regardai dans le miroir de la boutique, en costume croisé bleu marine à rayures : *m'y voilà*, pensai-je, et j'adorai immédiatement le monde dans lequel je venais d'entrer.

Je restai éveillé cette nuit-là, l'esprit en ébullition. Près de moi, dans un lit semblable avec la même couverture couleur rouille, Christos dormait. Je m'émerveillais de la différence entre cette chambre et celle que j'occupai récemment avec Otto - cette pauvre mansarde aux murs suintant l'humidité d'un toit poreux - et combien nous étions négligés Otto et moi avec nos vêtements traînant partout et les lits en désordre. Avoir un vrai toit au-dessus de nos têtes aurait été un luxe. Nous étions de jeunes garçons habitués à ce que nos mères s'occupent de nous et n'avions jamais essayé de nous constituer un intérieur agréable dans des endroits que nous pouvions quitter à tout instant.

La chambre de Christos était comme toute chambre à deux lits, mais la similitude s'arrêtait là. Les lits étaient proprement faits, la table toute simple avec une nappe d'un joli motif bleu et rouille, une troisième chaise pour un visiteur éventuel et un pot à eau avec sa cuvette sur une commode (nous avions un lavabo dans le couloir). Un des murs avait une grande estampe représentant une scène champêtre que je regardais souvent : on y voyait un groupe de gens pique-niquant dans un pré sous un ciel parsemé de nuages, très dix-septième siècle. J'appréciais l'habileté de l'artiste et le rendu des formations nuageuses, cependant c'était la description sereine et hors du temps d'un bien-être paisible qui m'émouvait et, si j'en avais eu le pouvoir en la fixant intensément, j'aurais aimé y pénétrer.

Le soin que prenait Christos quant à l'aspect de cette pièce allait au-delà de l'amour propre et du plaisir d'une nature bien ordonnée, car elle semblait refléter par-dessus tout la légitimité de sa présence à Paris.

J'errai sans but n'ayant pratiquement qu'un seul ami et en constant danger d'être arrêté mais j'étais un oiseau hors de sa cage. J'avais découvert mon ingéniosité et mon indépendance d'esprit. Le jeune garçon que j'étais qui ne serait allé nulle part et n'aurait rien fait sans ses parents, avait plongé dans cette nouvelle aventure inimaginable. Je devais être étudiant et j'étais devenu une sorte de maquereau. De plus, à part ma maladroite expérience avec notre bonne et celle encore plus désastreuse d'Anvers, je n'avais eu que très peu d'aventures sexuelles mais une réelle pratique de ce genre d'activité peut-elle se rencontrer juste au coin de la rue ? Et maintenant que je portais un costume il était temps d'abandonner mon sac à dos pour rompre avec mon enfance, c'est pourquoi j'achetai une petite valise à la place.

Pour la première fois, je pris donc mon poste avec Christos à la sortie du métro Pigalle. Alors que la lumière électrique remplaçait la faiblesse du jour, j'attendais mes soldats quand les premiers apparurent avec leurs bottes résonnant sur le bord des marches métalliques. Chose étrange, je n'étais pas tendu et les observais calmement lorsqu'ils atteignirent le haut des escaliers. Les uniformes vert-de-gris de la Wehrmacht se mêlaient au gris des hommes de la Luftwaffe dont le col était orné d'un écusson orange. Les officiers avec leur casquette à visière, leurs boutons brillants et leurs chaussures cirées offraient une curieuse impression d'élégance dans ce Paris en guerre. Quant à moi, en costume cravate, j'étais discret et presque terne. Ayant été introduit dans cette affaire par Christos, je lui abandonnai l'avantage et attendis qu'il fasse son choix avant de prendre mon tour.

Je laissai ma première cible approcher et, mon atout principal étant la langue allemande, mon baratin me vint tout de suite à l'esprit comme si j'avais fait cela toute ma vie.

« Guten Abend, meine Herren. » (*Bonjour, Messieurs.)*

Ils s'arrêtèrent, me regardèrent en voyant mon sourire juvénile et les cheveux blonds bien coupés. J'offris mes services dans un allemand parfait et leur proposai de les guider dans le Paris des noctambules. « Messieurs, je vais vous mener à des plaisirs que vous ne pouvez imaginer. Vous verrez des spectacles de femmes nues qui danseront pour vous. Vous rencontrerez les filles les plus ardentes. Je vais vous faire connaître le Paris de vos rêves. »

« Comment se fait-il que vous parliez un si bon allemand, me demandèrent-ils aussitôt ? »

Le mensonge vint immédiatement à mes lèvres : « J'arrive d'Alsace où l'on parle allemand. Mon père est allemand et ma mère Française. J'ai été à l'école à Vienne et mon nom est Robert. » Je croyais presque à mon histoire et c'est ce qui me rendait crédible. Ma fausse identité se révélait être ma dernière chance de proscrit et le moyen le plus sûr de gagner ma vie à la barbe de l'ennemi.

Les soldats se mirent à rire, agréablement surpris de rencontrer quelqu'un de si accueillant dans le pays qu'ils avaient conquis, quelqu'un leur ressemblant et parlant avec eux sans aucune gêne. En outre, avec les promesses que je leur avais faites, ils ne demandaient qu'à croire. Ces Allemands étaient le miroir qui reflétait mon identité d'emprunt ; s'ils m'acceptaient comme tel, je pouvais croire en moi. Grâce à ce tour de prestidigitation, j'étais devenu Alsacien.

« Suivez-moi, Messieurs », leur dis-je. Et ils m'emboîtèrent le pas comme le feront des centaines d'autres soldats durant deux ans.

À la porte du cabaret Ève leurs yeux s'écarquillèrent dès qu'ils virent les photos des danseuses en tenue plus que légère. Parfois, il arrivait que certains n'aillent pas plus loin et me remettent une poignée de billets.

Le chasseur sourit à ceux qui entrèrent et m'inscrivit pour ma commission. L'endroit n'était pas mon préféré et j'aimais mieux les entraîner plus loin, au Paradis dans la rue Fontaine qui n'était pas un cabaret de haut niveau mais surtout un piège à touristes et où ma commission était plus élevée que partout ailleurs. Dans ce cas, je continuais ma route vers le Paradis avec ceux que j'avais retenus, le long de l'étroite rue Pigalle couverte de pavés. Les tentations en chemin ne manquaient pas, chaque porte était un night-club avec le même genre de photos en vitrine, sans oublier les tapineuses qui nous accostaient. Cependant, en dépit de toutes ces invites, j'arrivais généralement à bon port en bas de la rue Pigalle où une musique trépidante nous accueillait. Le portier leur permettait de jeter un coup d'œil au spectacle tentateur des danseuses alignées sur la scène et dès qu'ils pénétraient, ils étaient immédiatement entourés de filles les dirigeant vers des tables près de la scène. Je donnai au portier un bout de papier avec mon nom sur lequel il notait le nombre de soldats que j'avais amenés ainsi que le numéro de la table où ils étaient installés. Ils buvaient d'ordinaire de la bière tandis que les filles assises avec eux sirotaient des cocktails au champagne. Quelquefois j'obtenais un pourboire supplémentaire de leur part, un sourire de gratitude et une tape amicale dans le dos.

Après avoir vécu suffisamment de temps avec Christos pour retomber sur mes pieds financièrement, je pris une chambre à l'hôtel du Collège, rue de Douai. C'était un de ces petits hôtels de Pigalle où les prostituées amenaient leurs clients mais je m'y sentais bien. Suivant l'exemple de Christos, je me consacrai à l'aspect de ma chambre, un peu pour me sentir chez moi mais surtout parce que j'avais conscience de devenir un homme capable de prendre sa destinée en main, et enfin parce que j'étais maintenant en totale harmonie avec ma condition d'Alsacien.

Tous les soirs c'était la même routine mais une soirée en particulier fut un peu différente des autres. Je me trouvais par hasard à mon poste plus tôt que d'habitude, vers environ sept heures, alors que je n'arrivais normalement qu'aux alentours de huit heures, les soldats étant rares avant cette heure-là. Je n'en vis qu'un seul qui émergea du métro et il était logique que je l'intercepte car d'autres pouvaient suivre. Tandis qu'il regardait autour de lui, je m'approchai de ce candidat idéal pour le Paradis. « Cabaret ? Femmes nues ? », lui proposai-je. Après les questions habituelles concernant mon allemand impeccable, nous commençâmes à marcher dans la rue Pigalle.

« Je suis heureux d'être dans un pays civilisé comme la France, je vous assure, me dit-il. Voulez-vous prendre un verre avec moi ? »

Comme il était assez tôt, j'acceptai. Il m'arrivait que des militaires m'invitent à venir avec eux au Paradis ou bien ailleurs, mais j'acceptais rarement à moins qu'ils n'insistent. De toute façon je m'arrangeais pour les quitter aussi poliment que possible en pensant au travail qui m'attendait dehors. Cette fois, avec une heure d'avance sur mon horaire, il me parut normal d'accepter.

Lorsque nous fûmes au Paradis qui n'était pas loin du métro, la patronne nous conduisit à une table près de la scène. « Non, non, me dit-il, je n'y tiens pas, il y a trop de bruit et de lumière, je préfèrerais plus au fond », ce que j'expliquai à la dame en question. Une fois installés, il se présenta : « je m'appelle Helmut, annonça-t-il en me tendant la main.

— Robert, répondis-je. »

Le champagne arriva aussitôt et bien qu'il but verre sur verre cela ne sembla pas rendre mon nouvel ami plus heureux. Il commença à me parler, non pas comme la plupart des autres, mais plutôt comme s'il avait besoin de quelqu'un auprès de qui s'épancher. « J'habite un petit patelin près de Munich. J'ai 28 ans. Je me suis marié il y a quatre ans ». Il fit une pause, le visage emprunt de tristesse, tel un homme qui en avait vu de dures... « suis parti à l'armée, puis ma femme m'a écrit, j'ai reçu la lettre là-bas... savez où j'étais ? Sur le front russe. Personne ne veut y aller. On tombe comme des mouches, c'est terrible. Et ce froid, ce sacré putain de froid... ma femme m'envoie cette lettre où elle demande le divorce... le divorce ! Elle a rencontré quelqu'un d'autre... pouvez-vous comprendre çà ? »

Helmut vida la bouteille puis en commanda une autre. C'était peut-être un Allemand mais j'étais désolé pour lui. Ses descriptions des rigueurs de l'hiver sur le front russe étaient si imagées et effroyables qu'elles me bouleversaient, même si je ne pouvais m'empêcher de penser à la commission que ces bouteilles allaient me rapporter.

« Savez-vous ce qui est arrivé là-bas, en Russie ? Il hésita, me regardant intensément comme si je pouvais deviner. Mon meilleur ami a été tué ! »

Il avait les larmes aux yeux et il m'était difficile de ne pas voir l'être humain à travers lui. Il secoua la tête. « Verdammter Krieg !!! Verdammter Krieg !!! » (*Maudite guerre*), n'arrêtait-il pas de dire. Je hochais la tête à mon tour - j'avais mes propres raisons pour maudire cette guerre mais ne pouvais les partager avec qui que ce soit -.

Il s'écroula sur la table. J'avais passé une heure avec lui et il était temps pour moi de partir, d'autres clients potentiels devaient être sur le chemin de Pigalle.

À l'automne 1941, quelques mois après avoir quitté la famille Huberman, des rafles infâmes débutèrent à Paris. Les rues étaient envahies de gendarmes. « Ils cherchent les Juifs », me dit Christos. Désespéré, je regardais à la dérobée ces policiers français entrant dans les immeubles et ressortant avec leur prise dont le seul crime était d'être juif. Parfois, c'était toute une famille qu'ils emmenaient en les poussant brutalement dans des paniers à salade, sans distinction d'âge ou de rang social.

Madame Huberman avait eu raison pour les gendarmes; leur zèle était flagrant. Je n'ai jamais aperçu un seul SS ou quiconque de la Gestapo. La persécution des Juifs m'avait conduit d'Autriche en Belgique et maintenant en France où c'était encore pire: la complaisance d'une nation vaincue faisant le sale travail de leur ennemi.

Depuis quelque temps je savais beaucoup de choses sur la collaboration mais je voyais maintenant son aspect le plus immonde et c'était dur à avaler. Qu'était donc devenu la fière devise *Liberté, Égalité, Fraternité* ? Pour certains elle n'avait plus cours et beaucoup en étaient indignes.

Témoin de ces scènes, je me reprochai d'être celui qui avait abandonné son peuple. Il m'était impossible de ne pas m'identifier aux autres Juifs, ni ôter de mon esprit qu'aucun d'eux ne soit pas de ma famille à laquelle je pensais tous les jours. Le fardeau de mes origines cachées devenait de plus en plus lourd.

Un jour, Christos et moi étions assis dans notre bistro favori de la rue des Martyrs. J'avais beaucoup bu et me sentais en mal de confidences. Le restaurant était presque vide. « Pourquoi sembles-tu si triste aujourd'hui ? », me demanda-t-il. Mes relations avec lui avaient cessé d'être liées uniquement aux affaires. Nous étions devenus amis et je lui faisais entièrement confiance mais n'arrivais pas à lui dire ce qui me tourmentait.

Il persista gentiment : « Je suis ton ami, un véritable ami. Laisse-moi t'aider ».

Ses paroles me touchèrent au point que les larmes me vinrent aux yeux. « Christos, lui dis-je, merci pour ton amitié. » L'idée de lui révéler la vérité commençait à prendre le pas sur mon instinct de survie. J'avais assez vu de Juifs arrêtés dans les rues et m'étais suffisamment caché non seulement des Allemands mais également de moi-même. Je décidai donc de me mettre à table. « Je vais te dire pourquoi je pleure et suis si malheureux. Je mets ma vie entre tes mains en te disant cela. La vérité c'est que je suis juif, je viens de Vienne d'où j'ai fui Hitler et mon vrai nom est Freddie Knoller. »

J'attendis sa réaction. Il se redressa sur sa chaise, haussa les sourcils et hocha lentement la tête. « Je ne m'en serais jamais douté », murmura-t-il presque pour lui-même puis, immédiatement, il me demanda d'un ton alarmé : « Quel genre de papiers as-tu ? » Je lui parlai de mon passeport allemand avec le « J » dessus puis lui montrai ma fausse de médaille du sauveteur. Quand il vit cela, il explosa avec certainement autant de colère contre moi que contre lui pour n'avoir jamais vérifié mes papiers auparavant. « À quoi penses-tu, railla-t-il, te présenter devant les *Boches* avec une boîte pleine de trucs bidons de ce genre ? Es-tu devenu complètement fou ? » Et il répondit aussitôt à sa propre question. « Tu dois sûrement l'être. Tu veux moisir en prison ? Si la police jette un œil sur ça, tu es bon pour la Gestapo et je suppose que tu le sais. Et qu'est-ce que tu penses qu'il puisse m'arriver à moi, en tant qu'associé ? Ils me questionneront aussi et pas de la manière la plus tendre. Et quoiqu'ils décident de faire avec moi, je ne pourrai plus travailler, ça c'est sûr. » Il soupira, sa colère s'apaisant vite, comme d'habitude. » Je pense que tu as des couilles mais pas de cervelle ! » Puis il ajouta qu'il allait essayer de trouver une solution.

C'est ainsi que mon ami Christos s'adapta au fait que je n'étais pas Robert, parlant allemand parce qu'il était de Metz, mais un Juif qui s'était enfui de Vienne.

Je n'eus jamais à regretter cet aveu car très rapidement un de ses amis me présenta à Pierre Marcello, un jeune Corse bien habillé, grand, élancé, beau garçon aux cheveux coiffés élégamment et plein d'ostentation. Nous nous plûmes immédiatement.

Pierre avait un violon d'Ingres : les faux papiers.

« Ce sera cher, très cher ! dit-il. »

« Combien ? », lui demandai-je. Il me le dit et c'était effectivement très cher.

« Tu vas me donner tout ce que tu peux maintenant et le reste en plusieurs fois. Christos m'a dit que l'on pouvait te faire confiance. »

« Oui, vous pouvez me faire confiance. » Une autre idée me vint alors à l'esprit. « Dès que je serai Français, j'aurai besoin d'une carte d'alimentation. » En effet, à l'époque des Huberman, celle que m'avait donnée le Comité Juif n'avait duré qu'un temps, puis les réfugiés n'en ont plus obtenu ou bien on ne leur en donnait qu'une très provisoire ; je ne sais plus très bien. En fait, depuis que Madame Huberman avait rigolé en voyant mes vieux faux papiers, je n'avais plus jamais osé les présenter pour obtenir une nouvelle carte.

« Les documents que tu vas avoir pourront passer à travers n'importe quel contrôle, m'assura Pierre. »

Je pensai aussi à autre chose. « Peut-être, mais ces papiers disent que je suis Alsacien, et que... »

Pierre comprit de quoi j'avais peur. « Écoute, je peux te rassurer. Il n'y a aucune relation entre les autorités françaises ici et l'Alsace-Lorraine. Tu dois savoir que l'Alsace fait maintenant partie de l'Allemagne. » Je le savais mais j'avais besoin d'être rassuré.

Dans mon malheur il devint évident pour moi que Pierre m'avait à la bonne. Nous devînmes même bons amis. Il me fournit rapidement une carte d'identité française qui me convainquit totalement. J'étais certain qu'avec ce document j'étais un « Robert Metzner, né à Metz » beaucoup plus crédible. Cette identité alsacienne qui avait convaincu les soldats accréditait mon accent allemand. L'autre facteur entrant en ligne de compte était le grand nombre de réfugiés alsaciens à Paris; ainsi il n'y avait rien dans mon origine usurpée qui pouvait éveiller une quelconque suspicion.

Ma première visite à la Mairie pour obtenir une carte d'alimentation me remplit d'inquiétude. C'était la première fois que je me présentais quelque part avec ces faux papiers. Passeraient-ils à travers une vérification officielle, malgré les affirmations de Pierre ? Qui pouvait savoir ? Quoi qu'il en soit, il n'y eut aucun problème et j'obtins ma carte. Je pouvais de nouveau toucher mes rations.

Même si je croyais à moitié au récit que je servais auparavant aux militaires allemands, ces fabuleux papiers me donnèrent l'impression d'être une autre personne. Leur authenticité relative ratifiait mon histoire : *j'étais* un véritable Français d'Alsace-Lorraine, *j'étais* né à Metz. Je n'*étais* plus Freddie Knoller mais Robert Metzner. J'*étais* sauvé.

Ainsi ma vie de nomade continuerait et tout se passerait bien pour moi jusqu'à la fin de la guerre... mais ce n'en fut pas le cas.

Afin d'affiner ma profession de rabatteur, je jetai mon dévolu sur les officiers allemands dont les moyens d'accéder aux services de Madame Jamet et à son établissement haut de gamme semblaient plus évidents. Dans ce dessein, je dus opérer de la même manière qu'avec les soldats en les guidant vers des tentations plus fortes. Les prostituées qui me connaissaient bien et aguichaient les passants tout au long des rues que nous empruntions me supplièrent de les présenter à mes amis allemands en me proposant un pourcentage. « Plus tard », dis-je avec un grand sourire, ne voulant pas lâcher mes bonshommes. Assez hypocrite d'ailleurs, je pris l'habitude de dire : « Ces filles ne sont pas propres », et ces mots suffisaient généralement jusqu'au prochain coin de rue où la même offre m'était faite à nouveau.

À cette occasion, il me revient à l'esprit que comme beaucoup de femmes à l'époque elles enduisaient leurs jambes d'un genre de fond de teint qui imitait la couleur des bas extrêmement rares sous l'Occupation.

Une fois ma manœuvre réussie, je devais alors convaincre mes officiers qu'il y avait mieux que le Bal Tabarin où ils voulaient aller, le meilleur cabaret comme je l'ai déjà dit, mais où je n'avais pas de commission.

Finalement, je parvenais à les conduire à ma destination finale : le « One-Two-Two » de la rue de Provence. C'est à ce moment-là que mon groupe paraissait avoir des doutes sur mon jugement et c'était compréhensible car la grosse porte en chêne brillante avec la plaque de cuivre discrète portant le nom de Madame Jamet donnait une impression différente des devantures criardes de Pigalle. « Faites-moi confiance », disais-je, pour exhorter les hésitants à aller plus avant.

Je frappais à la porte, un petit panneau glissait au centre de celle-ci et les yeux de Madame Jamet apparaissaient. « *Robert ! Entrez ! Entrez !* » La porte s'ouvrait immédiatement. Et alors, derrière moi, j'entendais des murmures de surprise et ravissement. « Shöne Mädchen ! Sehr shöne ! » (*De belles femmes ! Très belles* !).

Juste devant, accoudées au bar, environ une douzaine de jeunes femmes, habillées de manière à ne rien cacher, souriaient aux arrivants.

Madame Jamet leur offrait du cognac et du champagne. Les officiers sanglés dans leurs uniformes gris étaient conduits vers l'une des tables et installés dans de confortables fauteuils. Les filles du « 122 » n'importunaient jamais personne ; elles attendaient d'être sollicitées. Mes officiers s'imprégnaient de l'ambiance du salon alors que leur hôtesse, une belle femme aux cheveux flamboyants, toujours vêtue de longues jupes élégantes, et d'une beauté éclatante malgré ses quarante ans, enjôlait ses nouveaux clients. Elle plaisantait, flirtait avec eux et ramenait par moments une mèche de cheveux en faisant ainsi tinter ses nombreux bracelets.

Comme je l'ai dit plus haut, son établissement était extrêmement attrayant. Ici et là, de grands vases de fleurs, des tableaux aux murs montrant des femmes du genre de celles des Folies Bergère et derrière le bar un très grand miroir dans lequel se reflétait une partie de la salle. Le plafond baroque n'aurait pas nuit à la beauté d'un palais vénitien tandis que, dans un coin, un gramophone débitait des chansons d'amour à la mode.

Les officiers jaugeaient les filles par-dessus le bord de leur coupe de champagne et celles-ci retournaient leur regard avec des sourires éblouissants. Ici aussi, j'étais parfois invité à me joindre au groupe. Je m'asseyais, souriais et buvais tranquillement sans m'attarder. Nous portions des toasts à notre nouvelle amitié et tout en appréciant le goût du champagne c'était à mon pourcentage auquel je pensais quand nous buvions aux victoires de l'armée allemande. Mes officiers aimaient se vanter de leurs campagnes en déclarant que seule l'Angleterre résistait encore mais que cela ne durerait plus longtemps. Dès qu'ils avaient fait leur choix, il était temps pour moi de partir, parfois lesté d'un rouleau de billets. « Robert, vous êtes un type formidable, un véritable ami », disaient-ils.

En mai 1942, je vis pour la première fois de ma vie des gens portant l'étoile jaune imposée aux Juifs. Ils étaient évidemment Français puisque aucun réfugié illégal ne se faisait enregistrer. Plusieurs descentes de police eurent lieu sur une grande échelle : il y eut la grande rafle des 16 et 17 juillet 1942 où je vis les rues envahies de gendarmes arrêtant tous ceux qui portaient l'étoile - leurs propres concitoyens, si facilement identifiables à présent. J'ignorais la destination de ces malheureux ainsi que ceux arrêtés auparavant jusqu'à ce que je devinsse l'un d'entre eux l'année suivante. Mais cela je ne le savais pas encore !

Un jour de cette période, je conduisais un groupe d'officiers de Pigalle à la rue de Provence quand deux jeunes gens, portant l'étoile jaune et marchant sur le trottoir, se dirigeaient vers nous. Dès qu'ils nous virent, ils traversèrent vers l'autre côté de la rue. J'en éprouvai une sensation très pénible et fus immédiatement saisi de l'envie de me dévoiler, de vivre de nouveau comme un Juif, d'être Freddie Knoller et non cet individu faisant la cour à l'ennemi pour de l'argent. J'étais coupé de ma judaïcité, ici à Paris. En optant pour cette nouvelle vie avec Christos, je n'étais jamais retourné voir les Huberman : j'éprouvais un grand malaise pour la manière dont je les avais quittés ainsi qu'Otto et de plus, je craignais les rafles et le risque de m'aventurer dans le quartier juif.

Un jour je fus pris avec un groupe dans le métro Pigalle et, environné de soldats allemands et de gendarmes français, je fus retenu avec d'autres personnes durant plusieurs heures.

Un officier remarquant mon accent allemand, me questionna : « Vous êtes Allemand ? »

« Non, je suis Alsacien », lui dis-je et une fois de plus j'ai cru à mon histoire et réagi avec aplomb.

Il examina mes papiers en hochant la tête:

« Qu'est ce que vous faites ? »

Je lui expliquai.

« C'est donc ce que vous êtes, dit-il avec un léger mépris, un *Schlepper*. » Ce terme, signifiant littéralement « un traîne-savates », était utilisé pour désigner un guide de condition inférieure, ce que j'étais. Quoi qu'il en soit, une telle insulte ne me dérangea pas et j'eus plaisir d'être ainsi catalogué.

Cette vie pittoresque dans les rues de Paris se poursuivit. J'eus des aventures amoureuses que je n'aurais jamais entreprises en Autriche car j'étais bien sûr hors de mon élément et talonné par l'adversité. J'entretins des relations avec des serveuses et des danseuses. En fait, je suppose que mon association avec Christos me procurait un certain avantage bien que je fusse toujours un jeune garçon dans un monde d'hommes.

Je me souviens tout spécialement de deux de ces aventures.

Je fus d'abord l'ami d'une danseuse du Moulin-Rouge appelée Yvette. Ce cabaret était un endroit où je n'amenais jamais mes clients car comme au Tabarin je ne bénéficiais pas de commission. Je rencontrai Yvette dans un bistro de la rue Lepic où Christos et moi mangions souvent, elle me fit des avances et j'y répondis.

146

« Elle a un petit ami corse, méfie-toi, me prévint Christos, si j'étais toi, je me tiendrais à l'écart. » Yvette me plaisant beaucoup avec ses longs cheveux blonds, ses yeux bleus, son joli corps et ses seins bien ronds - je le laissais dire. Elle était plus âgée que moi mais ne le paraissait pas trop. Nous commençâmes d'abord par prendre un verre de temps en temps et un jour elle me proposa d'aller danser avec elle chez Ledoyen, un endroit assez cher dans les jardins des Champs-Élysées. Les gens venaient y manger ou boire un verre en terrasse durant l'été. C'était un lieu très agréable et sa principale attraction à l'époque était l'orchestre d'Alix Combelle.

Yvette m'offrit de payer. C'était une fille généreuse qui savait que je n'avais pas beaucoup d'argent car, en dépit de mes gains, je continuais de rembourser Pierre pour mes papiers et Christos pour mon costume. De plus, le second costume que j'avais acheté avait sérieusement écorné mes économies. « Tu devras faire un effort vestimentaire pour aller chez Ledoyen, m'avait-elle prévenu. »

Je savais ce qu'elle concoctait. A Paris, à ce moment-là, tous les jeunes se voulaient « zazous ». On voyait des « zazous » partout. Ce culte des jeunes se résumait par un style de vêtements - pour les garçons, des pantalons tuyau de poêle, un ample veston aux épaules tombantes dont les pans descendaient jusqu'aux cuisses. Il fallait également que les chaussures ne soient pas cirées. Yvette pouvait s'offrir la tenue féminine avec une courte jupe plissée, des chaussures à hauts talons de bois - à la mode en ces temps-là - et également une veste aux épaules tombantes. Quant à moi, le mieux que je pouvais faire était d'acheter une paire de lunettes sombres et bon marché, autre pièce essentielle de l'accoutrement « zazou ». Ne pas avoir les chaussures cirées ne me posant bien sûr aucun problème.

Je ne suis jamais allé plus loin avec Yvette. Un jour que j'étais au bistro de la rue des Martyrs en train de prendre un verre en attendant Christos ou Pierre, un individu d'aspect quelconque vint vers moi. Il ne se présenta pas et me dit aussitôt de manière agressive: « Tu sors avec ma femme !

— Qu'est ce que vous voulez dire ? répondis-je innocemment, et à son air je sus tout de suite de qu'il s'agissait du Corse dont Christos m'avait dit de me méfier.

— Je parle d'Yvette, tu es sorti avec elle.

— Qu'est ce que ça veut dire, sortir avec elle. Je travaille à Montmartre, je vais dans tous les cabarets et je connais plein de filles, mais je ne sors avec aucune d'elles. De toute façon, je ne sortirais pas avec la femme de quelqu'un d'autre.

— Laisse-la tranquille, c'est tout, me dit-il.

— Je t'avais prévenu, me dit Christos un peu plus tard dans notre bistro.

— D'accord, d'accord, répliquai-je abattu, de toute manière, il n'y a jamais rien eu entre nous, rien du tout !

— Tu as eu de la chance ! En attendant, je propose que nous allions faire un tour au Hot Club de Paris, me dit mon ami. Christos n'aimait pas danser mais il adorait la musique « swing ».

Je fus très touché lorsque, quelques jours plus tard, il me glissa un ticket d'entrée dans la main. « Cadeau ! dit-il. »

Ainsi, installé avec Christos dans la foule venue Salle Gaveau, j'écoutai le grand violoniste de jazz, Stéphane Grappelli, accompagné de Django Reinhardt jouant sur sa guitare et que le doigt manquant à sa main droite ne semblait nullement gêner.

Les petits clubs foisonnaient dans le Quartier Latin et les consommations y étaient bon marché. Je m'y rendais souvent pour écouter de la bonne musique swing, parfois accompagné d'une danseuse rencontrée dans un cabaret.

Monique succéda à Yvette. Chaque soir j'allais seul ou avec Christos récupérer nos commissions. Monique chantait dans deux ou trois clubs dont le Paradis. Je la voyais souvent, perchée sur le tabouret de bar de l'un d'eux, buvant un verre après son tour de chant. Il m'arrivait de temps en temps de lui tenir des propos galants car je ne pouvais résister à l'envie de faire la cour aux femmes. C'était une jolie fille, blonde comme Yvette, avec les cheveux relevés de manière sophistiquée. A Pigalle, j'étais connu comme le loup blanc et la rencontrais souvent. Un soir je pris mon courage à deux mains pour l'inviter à dîner et à ma grande surprise elle accepta.

Nous allâmes le soir suivant au bistro de la rue des Martyrs où j'avais mes habitudes avec Christos et Pierre et

149

où le patron me connaissait bien. Il servit à Monique un verre de rosé et je pris mon pastis favori. J'avais bien choisi mon moment. Monique me raconta ses déboires avec son petit ami. « C'est un acteur et il m'a trompée. J'aurais dû me méfier après son premier mensonge.

— À propos de quoi, lui demandai-je ?

— Il m'a parlé mariage alors que j'ai découvert qu'il était déjà marié ».

Ainsi, un amoureux, une épouse et Monique, étaient impliqués dans l'histoire. Je la regardai avec compassion, prêt à lui offrir mon épaule pour s'épancher et lui dis pour changer de sujet : « Nous sommes tous deux musiciens, des personnes sensibles qui devraient bien s'entendre, et tu me plais beaucoup.

— Tu es musicien ? »

— Oui, je joue du violoncelle mais je n'en ai pas eu tellement la possibilité ces derniers temps.

— Je ne le savais pas. »

Une conversation de circonstance. Elle était déprimée, je jouais le rôle du consolateur et par-dessus le marché j'étais doué pour la musique.

Elle m'annonça qu'elle devait rentrer, vu l'heure tardive. Les clubs fermaient et les rues étaient désertes. « Je peux te raccompagner, lui proposai-je ». Et elle accepta.

Son appartement se trouvait rue Montmartre, pas très loin et proche de « Chez Huberman », mais j'avoue n'avoir plus tellement pensé à eux durant toute cette époque.

Une fois arrivés devant chez elle, elle m'invita à boire un café. Elle possédait un véritable appartement avec une salle de bain et non une chambre toute simple comme la mienne.

Notre aventure débuta cette nuit-là. Je n'oublierai jamais à quel point elle était adorable lorsqu'elle défit ses cheveux très longs et tombant en cascade sur ses épaules.

Même dans un tel moment, j'étais sur mes gardes. Je m'assurais que les lumières étaient éteintes et que j'avais sur moi un préservatif - en partie pour la bonne cause mais surtout pour cacher ma circoncision qui à cette époque était rarement pratiquée chez les *goyim* (non-Juifs). Je faisais toujours attention et lorsque j'allais dans une des nombreuses pissotières qui existaient à Paris j'étais toujours content de la trouver inoccupée.

Au Paradis, j'assistais tous les après-midi aux répétitions de Monique qui s'accompagnait au piano. Sa voix avait une extraordinaire tessiture et je l'entends encore chantant « *J'attendrai* » l'air à la mode du moment. Elle semblait heureuse de ma présence et appréciait ma compétence en matière d'arrangement. « Tu es un vrai musicien, Robert, s'exclamait-elle ! ».

Notre affaire ne dura pas longtemps. J'ai vite ressenti chez elle une certaine froideur, le sourire de plus en plus forcé et l'esprit ailleurs. « Ne viens pas à la maison ce soir, Robert, me dit-elle un jour que nous déjeunions rue des Martyrs

— Pourquoi pas ? »

— Je dois aller au Club des officiers allemands à Versailles. C'est bien payé? Ce serait donc mieux si...

— Je ne comprends pas. On pourrait se voir plus tard ou demain, lui dis-je.

— Cela ne va pas être facile. »

— Comment as-tu eu ce boulot ?, demandai-je, quelque peu jaloux.

— Eh bien, j'ai rencontré un officier allemand qui m'a demandé de venir chanter là-bas.

— Je vois, répondis-je.

— Ce n'est pas ce que tu penses !

— Tu ne vas pas me dire que tu l'as rencontré comme ça et que tout d'un coup il t'a proposé de venir chanter là-bas ?

— D'accord, je l'ai rencontré plusieurs fois, il est très gentil. »

J'imaginais cet officier, le successeur de l'acteur. Ils ne faisaient qu'un dans mon esprit, un homme affable, verbeux, plus âgé, avec des moyens à sa disposition pour impressionner Monique. En résumé, cet amalgame possédait toutes les qualités que je n'avais pas. Je la voyais avec cet Allemand qui sans doute lui avait déjà acheté des fleurs et probablement des bas et des bijoux. C'était un enchaînement normal. Tout était devenu très clair mais j'étais en colère. Quelle folie de n'avoir pas deviné que je n'étais qu'un intermède dans sa vie.

« C'est donc ainsi ! Tout est fini entre nous, tu as trouvé un plus gros poisson, lui dis-je.

— Ne sois pas fâché, Robert, nous avons eu de bons moments? Nous pouvons rester amis, tu sais ! »

Je n'ai jamais su d'où elle venait, si elle était de Paris ou d'ailleurs mais je ne la revis jamais. Elle disparut complètement de ma vie et je ne sais pas ce qu'elle devint.

J'essayai de me consoler. Tout le monde me considérait comme faisant partie de cette vie nocturne et j'étais toujours accueilli cordialement où que j'aille, que ce soit dans les bordels, les night-clubs ou les bars. J'eus souvent des propositions de la part de filles qui fréquentaient Pigalle mais ne fus jamais tenté, imaginant la quantité d'hommes et particulièrement d'Allemands qu'elles avaient dû s'envoyer en une seule journée.

Je rencontrais souvent Pierre et Christos dans notre bistro de la rue des Martyrs.

Pierre était un véritable souteneur avec une écurie de prostituées. Il haïssait les Boches et nous déclarait régulièrement : « Je prends leur pognon sans problème mais d'ici à collaborer avec eux ? », et une expression de dégoût apparaissait sur ses lèvres. Cette répulsion pour les Allemands me le rendait hautement sympathique.

Un soir, il se pencha vers moi d'un air de conspirateur. « J'ai de bons contacts avec la Résistance, me dit-il à voix basse. Nous aimerions en savoir le plus possible sur tes clients : où ils sont stationnés, le nom de leurs unités, leur armement et toutes les informations qui pourraient intéresser mes amis. » Je fis de mon mieux pour lui rendre ce service, essayant de me souvenir des bribes de conversation d'officiers que j'avais amenés chez Mme Jamet.

Un jour, après avoir intercepté deux officiers allemands au métro Pigalle, ceux-ci m'invitèrent à boire un verre avec eux. Nous terminâmes la nuit ensemble, allant d'un endroit à l'autre, mais uniquement bien sûr là où j'avais une commission. Ils burent beaucoup et au bout d'un certain temps devinrent très bavards. Ils commandaient une unité près de Versailles, spécialisée dans la recherche des « terroristes et des communistes. » Ils me confièrent qu'ils recherchaient une cellule communiste, dans un petit patelin voisin de Versailles, qui leur créait de nombreux problèmes en sabotant et crevant les pneus de leurs camions et de leurs automobiles. Ils se confièrent à moi non seulement parce qu'ils avaient beaucoup bu mais également à cause de mon histoire d'Alsacien et surtout parce que je leur avais dit qu'en tant que bon Allemand, j'étais très heureux que l'Alsace fît de nouveau partie de la Grande Allemagne.

Je me précipitai dés le lendemain chez mon ami Pierre lui rapportant avec le maximum de détails ce que j'avais appris des deux officiers. « C'est bon, c'est très bon, me dit-il. Écoute, il y a quelqu'un que tu dois rencontrer, un de mes amis. Je te retrouve au bistro ce soir. »

« Dis à André ce que tu m'as raconté, m'ordonna Pierre ce soir-là ».

L'homme qui était assis en face de moi était petit avec une moustache bien taillée, portant costume et lunettes et l'allure élégante d'un homme d'âge moyen. Cependant, dès qu'il commença à parler à André, il fit preuve d'une telle détermination qu'il attira tout de suite mon attention. Il écoutait attentivement et n'élevais jamais la voix ni ne montrait aucune excitation en posant ses nombreuses questions. Il m'interrogea ensuite sur moi-même. Il paraissait s'être bien préparé, avec une liste de questions qu'il avait déjà probablement posée plusieurs fois auparavant. Il voulut tout savoir sur mon passé à Vienne, ma période belge, les noms de mon oncle et de ma tante à Gaillac ; il voulut même savoir si j'étais circoncis. Il me demanda quelles étaient mes opinions politiques et je lui répondis que j'avais appartenu au mouvement des Étudiants Socialistes à Vienne et que je serai toujours socialiste. Je ne pus répondre à toutes les questions qu'il me posa sur les officiers mais il m'encouragea à continuer de laisser traîner mon oreille. « Chaque détail peut être important pour la France, insista-t-il ». J'étais heureux et fier lorsqu'il me félicita. Il m'ordonna de répéter à Pierre tout ce que j'apprendrai. « La Résistance t'en sera reconnaissante, conclut-il ».

J'étais animé d'un enthousiasme extraordinaire à l'idée que je pouvais contribuer à la guerre contre les Allemands.

Alors qu'un soir j'étais comme d'habitude à la sortie du métro Pigalle, un homme en civil s'approcha de moi. « Pouvez-vous m'indiquer la rue Victor Massé, me demanda-t-il ? » Je compris qu'il était allemand et devint soupçonneux. Bien qu'il ne portât pas de manteau de cuir, il pouvait être de la Gestapo. Je savais toutefois que la rue

Victor Massé foisonnait de bars d'homosexuels mais ne fis pas immédiatement la connexion avec lui.

Dès qu'il m'entendit parler, il me sourit. « Oh, vous parlez allemand ? Venez, allons prendre un verre. » Il me semblait gentil et assez doux, c'est pourquoi je l'accompagnais dans un de mes lieux de « travail » où il commanda du champagne.

« Je m'appelle Hans Kessler », commença-t-il, « Je suis acheteur pour nos forces armées d'occupation et je leur fournis toutes sortes de choses. Mon travail consiste surtout à rechercher ce que l'on me demande. Il y a des affaires à réaliser si l'on sait où s'adresser et je n'hésite pas à m'intéresser au marché noir si cela est nécessaire ». Mes oreilles se dressèrent. Voilà qui entrait tout à fait dans les cordes de Marcello.

« Racontez-moi d'où vous venez, questionna-t-il ». Je lui sortis alors mon histoire d'Alsacien et ma prétendue vie à Metz.

Hans semblait avoir beaucoup d'argent à sa disposition. Il devint de plus en plus bavard avec le champagne et en recommanda. J'étais flatté qu'il préféra me parler plutôt que de s'intéresser aux hôtesses. Au bout de quelques heures, il me dit : « Écoute Robert, ils vont bientôt fermer, pourquoi ne pas m'accompagner à mon hôtel ? Nous prendrons un dernier verre. Ce n'est pas loin. »

J'acceptais avec empressement car je ne m'étais pas ennuyé avec lui. C'était un type aimable qui ne m'importunait pas avec la grandeur de l'Allemagne et de plus je m'étais fait pas mal d'argent avec tout le champagne qu'il avait commandé.

Légèrement ivre, il continua de parler sur le chemin de l'hôtel en me faisant part de ses sentiments sur la guerre. « Tant de jeunes gens y trouvent la mort. » Et il secoua la tête tristement. « À propos », dit-il en changeant de sujet, « je suis à la recherche pour l'armée de seaux en aluminium et il m'en faut cinq mille ! »

« Je vais voir ce que je peux faire, répondis-je immédiatement, j'ai des contacts qui pourraient m'aider ». J'envisageai évidemment une commission pour moi si Pierre était intéressé.

Hans commanda encore du champagne qu'il fit porter dans sa chambre. J'avais à peine bu quelques gorgées qu'il mit son bras autour de mes épaules. J'ai tout d'abord cru qu'il s'agissait d'un geste de pure camaraderie encouragé par la boisson, mais quand son autre main s'attarda sur mon genou, je réalisai très vite que ce n'était pas le cas. Je me redressai d'un bond. « Écoute, me dit-il avec douceur, la vérité est que je ne suis pas intéressé par les femmes, je préfère les hommes. Serais-tu tenté ? »

« Non merci, dis-je froidement, je dois m'en aller. »

Je dois avouer que, devant ce refus, Hans se comporta en gentleman. « Je suis désolé, dit-il, dans mon pays, avec les nazis, l'homosexualité est un crime et je dois donc faire très attention en recherchant un partenaire. Cet endroit, rue Victor Massé, m'a été indiqué par un ami, tu

157

pourrais m'y servir d'interprète ? Je respecte ton point de vue et ne t'importunerai plus. Es-tu d'accord ? »

Je constatai qu'il était sincère et tellement différent des militaires que je fréquentais à Pigalle ; néanmoins, cet incident me rappela avec amertume qu'en dépit de mon allure fanfaronne et artificielle j'étais bien naïf et avait encore beaucoup à apprendre.

J'emmenai Hans rue Victor Massé le soir suivant. Je pris le propriétaire à part : « Je ne suis qu'un interprète », et lui expliquai que Hans était un type bien et qu'en plus il semblait avoir pas mal d'argent. Je fis signe à Hans et le présentai au patron qui nous conduisit au premier étage où il lui fit faire la connaissance de deux très beaux jeunes garçons. L'un d'eux parlait un peu d'allemand et je pus donc m'en aller. Hans me donna un généreux pourboire dont je le remerciai en ajoutant : « Je vous tiendrai au courant pour les seaux ». Et nous prîmes rendez-vous.

Christos et Pierre furent vivement intéressés par l'affaire. « Je trouverai sans problème, dit Pierre. Je te donnerai un échantillon et le prix. » Il m'assura en outre que je toucherai une partie de la commission.

Je rencontrai Hans de nouveau avec mon seau à la main. Il parut également très satisfait du prix et l'accepta en me donnant un bon de commande officiel ainsi qu'une adresse. Le délai de livraison fut fixé à deux semaines. Nous prîmes un verre dans un bar où il me remercia chaleureusement de mon intervention auprès des jeunes garçons. La transaction suivit son cours et je touchais ma commission.

Mon aventure parisienne toucha soudainement à sa fin. Quelques jours après ma dernière rencontre avec Hans, j'étais en train de faire mon travail avec des soldats lorsque deux civils habillés de longs manteaux de cuir, indubitablement de la Gestapo, s'approchèrent de moi. J'étais pétrifié. Ils me demandèrent mes papiers en français et j'eus la présence d'esprit de leur répondre en allemand.

« Je vois que vous êtes Alsacien Monsieur Metzner, remarqua-t-il, sur un ton plus aimable. Votre allemand est très bon.

J'acquiesçai.

— Que faites-vous avec ces soldats allemands ? »

Le cœur battant je cherchai la réponse la plus naturelle.

— Oh, je suis un simple guide. Je promène les soldats, leur fais visiter la ville, les emmène dans des endroits où ils peuvent voir des spectacles, dans les cabarets, ce genre de choses, rien de bien méchant et comme je parle allemand ainsi que vous le constatez, tout se passe bien. »

Ils hochèrent la tête. « Vous devez venir avec nous Monsieur Metzner. »

Ils me conduisirent vers une voiture et nous partîmes. L'esprit vide, je regardai défiler par la vitre ce beau Paris que je n'étais pas certain de revoir un jour.

Le quartier général de la Gestapo occupait un élégant immeuble près de l'Opéra. Un énorme drapeau à croix gammée et un grand panneau sur lequel était inscrit *Kommandantur* surplombait le porche voûté et monumental par lequel on me fit entrer pour aller vers le bureau de réception situé dans un hall sonore et cauchemardesque. Je me sentis aussi insignifiant qu'un insecte perdu dans un vaste espace. Des saluts à bras levés furent échangés puis je fus dirigé par un large escalier dans un autre bureau succinctement meublé.

Un grand portrait de Hitler trônait sur le mur ainsi que le drapeau noir, blanc, rouge avec l'emblème nazi. Mes yeux furent immédiatement attirés par le moulage en plâtre d'un crâne humain placé sur la table comme une sorte de décoration et à côté duquel je pouvais apercevoir une feuille de papier couverte de caractères hébraïques.

Un des hommes quitta la pièce tandis que l'autre s'installa derrière le bureau en m'indiquant une chaise. Il m'observa avant de me poser une première question sur ma famille. Je m'étais préparé à cette situation dans le cas où elle se présenterait et mes paroles furent d'un débit facile. Je lui racontai avoir été emprisonné par les Français à cause de mon accent et de mes origines allemandes. « Je me considère allemand, au même titre que vous », continuai-je, en ajoutant combien j'étais heureux que l'Alsace appartienne de nouveau à la Mère Patrie.

« Comme tout bon Allemand, vous devriez contribuer à la victoire du Reich et ne pas vous contenter de cette activité dépravée, me dit-il ». Je pris un air penaud et docile comme si la dure épreuve de la guerre me concernait directement, mais je me demandai si la bienveillance apparente de l'officier était une comédie à dessein de me désarçonner ou de me piéger.

Il tourna alors vers moi la feuille de papier aux caractères hébraïques : « Savez-vous ce que c'est, me demanda-t-il ? »

Je mentis de nouveau. « Eh bien, on dirait du Grec ou de l'Arabe. »

« Faux ! Ce sont des caractères hébreux », dit-il avec un sourire rayonnant me donnant l'impression d'avoir en face de moi la caricature grotesque d'un instituteur tout fier de montrer son savoir à un élève stupide. Il sembla remarquer mes coups d'œil nerveux en direction du crâne et pour montrer sa compétence en la matière, il ajouta en fixant l'objet : « Ceci est un crâne typiquement juif », et d'expliquer que c'était son domaine d'intérêt. « J'ai étudié le sujet de très près, dit-il fièrement, et sais faire sans me tromper la distinction entre la tête d'un Juif et celle d'un Aryen », et semblait tout heureux de sa science. Il se leva alors et m'observa de nouveau en faisant le tour du bureau pour se tenir derrière moi. Il prit ma tête entre ses mains et je sentis ses doigts commencer à palper mon crâne sur tout son pourtour avec une délicatesse attentionnée frisant l'indécence. Étais-je un être humain ? Les doigts inquisiteurs semblaient rechercher autre chose... éventuellement une appartenance à la catégorie des sous-hommes. J'étais paralysé par l'angoisse; envahi par la crainte que cet examen de ma tête ne le conduise plus bas et qu'il me demande de baisser mon pantalon. La vérité sur mes origines ne serait plus un secret. Mais, au lieu de cela, il conclut d'un air satisfait : « Bien, je constate que vos origines allemandes sont indéniables. J'en étais d'ailleurs certain dès que je vous ai vu. »

L'enquête était terminée. Sa propre vanité avait occulté la réalité de mes origines.

Il m'avertit alors d'une voix qui surgit des brumes de ma frayeur qu'il ne voulait plus jamais me voir à Pigalle. Il retourna devant son bureau et commença à griffonner laborieusement sur une feuille de papier. Le son de sa plume exacerba ma nervosité comme s'il écrivait sur ma propre peau.

« Voici l'adresse du bureau qui emploie des gens parlant allemand, m'annonça-t-il finalement en me tendant la feuille, le salaire est confortable et vous serez au contact de vos coreligionnaires. »

Je ne me souviens pas comment je suis sorti de ce bureau mais seulement de m'être retrouvé dans la rue au beau milieu de la foule. Je riais tout seul, dans un état d'hystérie uniquement tempéré par le soulagement. Tu vois ! Tu vois ! Maintenant tu es un vrai Aryen, me dis-je in petto.

Je n'avais compris qu'une chose : dès maintenant il devenait trop dangereux pour moi de continuer à travailler à Pigalle. Je rencontrai Christos et Pierre dans notre bistro favori et leur racontai ce qui m'était arrivé. « Je dois partir, leur dis-je. »

« Je vais voir André, me dit Pierre. Il saura quoi faire. »

« On ne doit plus me voir à Pigalle, ajoutai-je. »

Mon temps à Paris tirait à sa fin. André devait me revoir dans trois jours et entre temps j'en profitai pour voir de nombreux films car Paris était La Mecque du cinéma toutefois, je ne me souviens d'aucun de ceux que j'ai vus.

Je revis André, Christos et Pierre au même endroit, comme convenu. « À partir de maintenant tu vas pouvoir combattre vraiment les Allemands, me dit André. Je vais t'envoyer voir quelques-uns de mes amis dans le Sud-Ouest. »

Autant j'avais adoré ma période parisienne, autant j'étais excité à l'idée d'aller me battre contre l'ennemi.

Une fois encore je me reposai dans ma chambre en sachant que ce serait la dernière fois, mais sans savoir pour autant ce que l'avenir m'apporterait.

J'embrassai Christos avant de partir. « C'était merveilleux, vraiment merveilleux de t'avoir connu. Bonne chance, Robert, me dit-il ». Je lui dis la même chose car ce fut réellement une fantastique aventure, sans oublier le fait que nous étions devenus si proches.

Je réunis mes maigres possessions dans ma petite valise, me rendis à la gare d'Austerlitz où j'achetai un billet pour Figeac, une petite ville du Sud-Ouest - ma destination décidée par André. Le train démarra lentement et bientôt les lumières de Paris disparurent dans la nuit.

En combattant

Le voyage en provenance de Paris fut sans histoire. La ligne de démarcation n'existant plus depuis le 11 novembre 1942, il n'y avait plus aucun contrôle à l'ancienne frontière entre zone libre et zone occupée.

Figeac se trouve dans le département du Lot et, d'après les instructions d'André, je devais aller jusqu'à un village du nom de Cardilliac. Figeac n'est pas très loin au nord de Gaillac mais non étions maintenant en 1943, j'avais été témoin de rafles de Juifs à Paris et savais dès lors qu'il eût été téméraire de me mêler à d'autres Juifs. D'ailleurs, dans le cas où j'aurais été avec ma famille, une famille juive - à Gaillac, et s'ils étaient toujours là, mes chances d'être en sécurité seraient devenues très aléatoires. Des liens familiaux que les nazis avaient fait voler en éclats, je ne gardais qu'une certitude : je ne pouvais compter que sur moi et mes faux papiers. Rien d'autre, j'en étais certain, ne m'aiderait à m'en sortir.

Mon rôle de bon petit gars au service de l'ennemi était terminé et ne plus voir, impuissant, les Juifs se faire embarquer de force, me soulageait. J'aurais aimé rester à Paris jusqu'à la fin de la guerre, mais cette période de mon existence était révolue et j'en étais bien aise ; je désirais seulement combattre les Allemands même si pour cette cause je devais faire le don de ma vie.

André m'avait ordonné d'aller au restaurant « Chez Marcel » et de demander « Robert ». L'endroit fut facile à trouver et dès que je prononçai ce nom, le patron hocha la tête et donna un coup de téléphone.

Peu de temps après, j'entendis le vrombissement d'une motocyclette et un jeune homme entra dans le restaurant et parla au patron qui me désigna de la tête. Je mentionnai le nom d'André et le jeune homme me répondit avec l'accent rocailleux de la région. Je ne compris pas un mot de ce qu'il disait mais il me sembla évident de le suivre. Il attacha ma petite valise, grimpa sur la moto et me fit signe de m'installer derrière lui.

Cette première expérience en moto fut passionnante. Ainsi qu'il me l'indiqua, je m'agrippai fortement à sa taille, la machine trépida et nous prîmes de la vitesse. J'étais surexcité par le grondement du moteur et le souffle impétueux du vent dans mes oreilles. Plus nous grimpions dans les collines, plus belle était la vue sur la vallée qui s'étendait au-dessous de nous.

Nous nous arrêtâmes au milieu d'un amas de petites collines parsemées de baraques.

Mon compagnon me dirigea vers l'une d'elles et frappa à la porte. Un personnage sévère, petit et musclé, affublé d'une moustache noire et coiffé d'un béret, ouvrit et me fit entrer. J'entendis la moto redémarrer derrière moi, le son du moteur s'évanouissant à mesure qu'elle s'éloignait. Je serrai la main de mon nouveau contact. Son allure avait une raideur militaire en accord avec ses premières paroles : « Je suis le colonel Albert, dit-il en m'indiquant une chaise. Je commande ce groupe. » Puis il commença à me questionner. « J'ai entendu parler de vous par André, mais je veux tout savoir de votre propre bouche. Commencez par vos origines familiales. »

Je racontai donc encore mon histoire, avec de fréquentes interruptions de sa part pour des détails supplémentaires. Il sembla heureux d'apprendre ma qualité de membre de l'Association Universitaire des Étudiants Socialistes. Il nota le fait que des membres de ma famille avaient vécu à Gaillac, non loin d'ici. Mais j'ajoutai que je n'avais aucune idée de ce qu'il était advenu d'eux si ce n'est que mes cousins Leo et Maxl étaient passés me voir un jour à Paris, malgré l'Occupation. Je lui parlai aussi de mes faux papiers.

Il parut satisfait de mon récit. « Nous sommes ici une petite cellule. Il est temps que je vous présente au groupe. Venez avec moi. »

Le colonel avait trois baraques en tout et pour tout sous son commandement - c'était ce qu'il appelait sa cellule - et il me conduisit vers celle qui était la plus proche. Dès qu'il entra, les hommes qui bavardaient assis sur des paillasses, firent immédiatement silence. Il semblait clair qu'ils éprouvaient du respect pour leur chef, et une certaine crainte également.

« Voici votre nouveau camarade, Robert », dit le colonel. Les six hommes se levèrent et me serrèrent la main avec des paroles de bienvenue. Je me sentais fier d'être considéré comme leur camarade et d'appartenir à cette petite armée de résistants luttant contre les Allemands.

167

Je mangeais le soir avec mes nouveaux compagnons. Nous fîmes cuire de la viande dans notre baraque - quelle expérience ! Le dîner fut très bon et chacun me raconta son histoire. Nous étions comme des naufragés rejetés sur le rivage de la guerre. Il y en avait deux qui avaient refusé d'aller travailler dans des usines en Allemagne pour le STO (Service du Travail Obligatoire), institué pour les chômeurs Français de vingt et un à trente-cinq ans. Il y avait également quelques Juifs comme moi et un prêtre catholique qui avait été dénoncé aux nazis et était là pour éviter d'être arrêté. Quel groupe !

À part trois ou quatre, j'ai oublié la plupart des histoires racontées ce soir-là. L'un d'eux, Jacques, était communiste et les SS le recherchaient dans son village de Bretagne. Caché dans une grange, il vit ses parents entraînés hors de la maison. Les SS frappèrent sa mère qui se mit à crier, son père se précipita alors pour la défendre et ils l'abattirent sur place. Un autre, plus âgé, dont j'ai oublié le nom, fut aussi arrêté comme communiste. C'était un dirigeant local connu. Ce ne furent pas les Allemands mais des Français de la police de Vichy qui le torturèrent pour avoir des noms. Il me montra de profondes cicatrices sur ses jambes et son dos m'expliquant comment ils l'avaient attaché nu sur une planche de bois, le battant avec un fouet et versant de l'eau bouillante sur ses blessures. A la fin, il donna quelques noms à ses bourreaux, mais tous avaient déjà fui en Espagne depuis longtemps. Il y avait aussi un Juif français appelé Maurice. Ses parents avaient été déportés comme Polonais d'origine à la suite d'une rafle à Paris. Il ne savait pas ce qu'ils étaient devenus. Son frère et lui avaient fui en zone libre. Ils s'étaient cachés dans des granges ou chez des particuliers, mais le frère de Maurice fut surpris se glissant hors d'une ferme et remis à la police de Vichy tandis qu'il réussissait à s'échapper. Un autre Juif, d'à peu près mon âge qui s'appelait Armand Lipschitz me raconta qu'il venait de Limoges, où il était étudiant en médecine. « Je travaillais à mi-temps pour le Comité Juif de cette ville qui avait une communauté juive importante. Après que les Allemands eurent emmené beaucoup d'entre nous, je suis venu ici. De toute façon, en décembre 1942, la nouvelle loi nous obligeait à avoir le mot *Juif* inscrit sur nos papiers d'identité et nos cartes d'alimentation. J'ai commencé à fabriquer des faux papiers pour les Juifs. J'ai été arrêté en mars 1943, pris en flagrant délit avec de nombreux jeux de fausses cartes. » Il ajouta que ses amis réussirent à le faire disparaître pour aboutir ici et travailler avec le colonel.

Notre baraque se trouvait au sommet de la colline avec une vue sur la vallée en contrebas et la route de Figeac à Rocamadour. Nous avions des postes de guet pour surveiller l'approche éventuelle de véhicules allemands ou de la Milice. Je dormais avec mes camarades sur des paillasses et nous nous lavions dans un ruisseau voisin. Le soir, nous nous vivions à la lueur des bougies.

Nos déplacements dans les collines étaient déterminés par la nécessité. Nous faisions de petits travaux dans les fermes avoisinantes pour de la nourriture ou de l'argent et quelques fermiers favorables à la Résistance nous fournissaient des vivres même s'ils n'avaient pas de travail à nous donner.

Certains nous étaient hostiles. L'un d'eux, près de St-Perdoux, était spécialement odieux avec nous. Il nous abreuvait d'injures du genre : « Bâtards ! Communistes bons à rien ! », et autres épithètes désobligeantes. Quelque temps après mon arrivée, il y eut pénurie d'approvisionnement et nous complotâmes entre nous sans en informer le colonel. De nature très autoritaire, nous savions qu'il n'approuverait pas notre décision de dérober quoi que ce soit à ce fermier. Nous l'avions prise pour trois raisons : par bravade contre la règle de fer du colonel, pour nous venger du fermier et enfin nous procurer un peu de viande.

Par une nuit sans lune, nous nous approchâmes de la ferme, munis de sacs et de couteaux aiguisés. Nous savions où se trouvaient les poulaillers et les clapiers. Nous nous séparâmes par groupes de trois car nous devions agir avec efficacité et nous éloigner rapidement avant que le fermier ne s'en aperçoive. Mon groupe était chargé des lapins et un de mes camarades me renseigna sur la manière de les tuer. J'ouvris une cabane, attrapai un lapin endormi et, comme je l'avais appris, lui coupa le cou d'un mouvement rapide. Le sang jaillit sur moi mais, sans mollir, je jetai l'animal dans mon sac avant de m'enfuir. L'opé-ration fut un succès et nous avions deux lapins et trois pou-lets. Ce soir-là, nous nous régalâmes. Ces temps étranges et quelque peu violents nous paraissaient justes et naturels et je mangeais pour la première fois de la viande grillée au feu de bois.

Le colonel tenait parfois des réunions politiques auxquelles nous étions priés d'assister. C'était un communiste convaincu qui pensait qu'il était de son devoir de nous endoctriner. S'il semblait nonchalant de nature, sa ferveur politique ne souffrait aucune opposition. Comme beaucoup de communistes il s'exprimait par clichés, comme s'il récitait un texte appris d'avance. « Après cette guerre, les communistes dirigeront le monde. Le fascisme est le dernier spasme du vieux système capitaliste. Dans ce nouvel ordre des choses, la pauvreté n'existera plus car les biens des exploiteurs de la classe ouvrière seront expropriés. »

« Qu'en est-il du pacte que Staline a signé avec Hitler ? », questionna l'un de nous un jour sous des murmures d'approbation, « Le camarade Staline avait besoin de temps pour respirer. Cette disposition était provisoire », répondit-il, sûr de son fait.

J'entretenais avec le colonel des relations amicales. En dépit de ses manières austères, je l'aimais bien et ne prenais jamais la parole quand je n'étais pas d'accord lors de ses réunions politiques. Je le considérais comme un père, peut-être parce que son caractère rigoureux me rappelait le mien. Il dut certainement s'en apercevoir et c'est pourquoi il fit de moi son officier de liaison. « Votre allemand peut nous être utile si jamais on vous arrête. Vos papiers stipulent que vous êtes Alsacien et, dans le cas où vous seriez en mauvaise posture, vous pourriez raconter votre histoire », me dit-il en m'expliquant mes nouvelles attributions. « Il y a plusieurs groupes de résistants dans ces collines. Votre travail consistera à porter des messages. Tout ce que vous verrez ou entendrez sera confidentiel. Vous n'en parlerez qu'avec moi. »

C'est ainsi que je découvris les charmants villages de cette région, soit à bicyclette, soit à pied selon la disposition du terrain.

J'avais une prédilection particulière pour les villages de St-Bressou et le Bouyssou, avec leurs belles petites églises et leurs maisons joliment fleuries. Je distribuais mes messages à des personnages très divers et rapportais leur réponse.

Ces missions m'amenaient parfois jusqu'à Roca-madour ou Figeac et il m'arrivait de prendre le car. Les gendarmes ne semblaient pas faire attention à moi, pour autant qu'ils aient suspecté quoi que ce soit à mon sujet. Seule m'inquiétait la Milice, la terrible police de Vichy. Il arrivait quelquefois que mes allers et retours se fassent en très peu de temps.

Notre groupe se déplaçait dans les collines pour aller d'un camp à un autre et ne demeurait jamais longtemps au même endroit. Nous avions quelques armes, de vieux revolvers, des fusils et notre préférée - une mitraillette Sten - que le colonel nous avait appris à utiliser. Il nous initia également au fonctionnement des explosifs mais ne nous permettait pas de les manipuler. Nous le craignions et le respections à la fois et les règles qu'il avait établies nous inculquaient juste assez de professionnalisme pour nous différencier d'un ramassis de vagabonds en rupture de bans.

Nous écoutions la BBC et suivions la progression des armées alliées, les bombardements de Rennes et de Rouen ou la libération de Tunis. Il m'arrivait parfois de broyer du noir et m'éloigner comme un chien malade pour m'isoler dans un lieu retiré des collines. Là, il m'arrivait de pleurer en me demandant ce que mes parents étaient devenus et m'inquiétant de savoir s'ils avaient été forcés de retourner en Pologne comme ils me l'avaient dit dans leur dernière lettre reçue en Belgique. Je croyais vraiment à l'époque que c'était le pire qui puisse leur arriver de la part des nazis. Grâce à mon optimisme indécrottable, je cherchais surtout à me rassurer étant vraiment persuadé de les revoir à la fin de ce cauchemar. Ces pulsions émotives et solitaires me rassérénaient tout en renforçant mon humeur combattive et je rejoignais mes camarades, regonflé d'une vigueur nouvelle. J'étais conscient du rôle minime que jouait notre groupe dans ce combat mais pour moi, il avait une importance capitale. J'appartenais au maquis et j'en étais fier.

Notre chef informa un jour notre cellule que nous devions faire sauter un train transportant des troupes allemandes et qui passait par Figeac tôt le lendemain matin. Nous frémissions d'excitation - enfin nous allions pouvoir combattre les forces ennemies. Nous dormîmes peu cette nuit-là et le colonel Albert nous rejoignit dès les premières heures du petit matin. Avec un autre groupe de résistants, nous mîmes une heure et demie en camion pour aller jusqu'à la voie de chemin de fer et arrivâmes à l'aube. Bien que les membres des différents groupes se mêlassent rarement ensemble je reconnus quelques visages parmi ceux qui vinrent avec nous, grâce à mes responsabilités d'agent de liaison se déplaçant souvent d'une section à l'autre.

Le colonel définit les tâches de chacun d'entre nous - une douzaine environ - affectés surtout à porter les équipements; ce fut lui qui fixa les explosifs sur les rails. Une fois terminé, nous nous étendîmes par terre pour attendre. Dès que l'on entendit le train approcher, nous courûmes à couvert dans les collines situées derrière nous. De là, nous perçûmes l'éclair et l'explosion; la locomotive et les wagons déraillèrent devant nous dans un saisissant spectacle nous donnant l'impression d'assister aux effets spéciaux d'un film catastrophe. Sachant que les Allemands nous rechercheraient bientôt, notre retraite s'effectua en bon ordre vers des grottes situées dans les montagnes à une trentaine de kilomètres de là. Nous apprîmes plus tard qu'ils eurent quelques blessés et arrêtèrent dix personnes des villages avoisinants qui n'avaient évidemment rien à voir avec ce sabotage. Aujourd'hui, avec le recul, je regrette qu'aucun de nous n'ait eu une pensée pour ces malheureux innocents.

Il y avait un marché à Figeac deux fois par semaine. J'adorais y aller et voir malgré la guerre des gens affairés et pressés comme si de rien n'était. Les paysans des villages voisins y venaient pour vendre aubergines, carottes, tomates, épinards et concombres ainsi que tout ce qui était achetable sans cartes d'alimentation. Naturellement d'autres produits, les poulets et les œufs par exemple, étaient strictement rationnés, mais ici et là le marché noir prospérait sans vergogne et l'on pouvait trouver de tout. J'aimais également traînasser parmi les étals de brocante et ne pouvais détacher mes yeux de ces vieux tableaux, verrerie, ou sculptures en bois parmi lesquels se trouvaient parfois des trésors très abordables. J'en oubliais la guerre et ne pensais à rien d'autre, comme si ses implications n'avaient rien à voir avec moi.

C'est au cours d'une de ces flâneries que je remarquai une très belle fille aux cheveux roux abondants. Je notai son chemisier déboutonné jusqu'au nombril, permettant d'apercevoir le creux de ses seins lorsqu'elle se penchait, et aurais dû prendre garde face à un tel étalage mais la tête me tournait ne sachant quelle partie de son corps regarder en premier. Je la suivis en fixant mon attention sur ses jolies jambes. Comme elle était seule et portait un cabas avec ses emplettes, je m'approchai et offris de l'aider. Elle accepta en souriant et ce fut à cet instant que je notai le vert de ses yeux. Son nom, me dit-elle, était Jacqueline et elle ajouta qu'elle faisait des courses pour sa mère qui était souffrante. Je cheminai à ses côtés et lui racontai que je venais de Metz et travaillais chez un fermier, là-haut dans les collines. Nous allâmes dans un bistrot où elle me fit part de sa récente rupture avec son petit ami.

Nous commençâmes à nous voir le soir et allions nous promener dans les bois autour de Figeac. Nous choisîmes un endroit appelé « Le chemin des amoureux ». A l'écart, au milieu des arbres, nous nous étendions et faisions l'amour sur la mousse réchauffée par l'ardeur du soleil. Comme à Paris, je préférais la pénombre et utilisais un préservatif pour cacher mes origines. Ce fut ma première petite amie de mon âge et je pensais avoir découvert l'amour. Dans un moment de faiblesse, j'avouais que je ne travaillais pas dans une ferme mais me cachais avec de faux papiers pour ne pas ne pas être réquisitionné par le STO en Allemagne.

Jacqueline était une fille lunatique et nous eûmes de nombreuses disputes. Je la trouvais butée - peut-être parce que je l'étais moi-même. Elle voulait toujours en faire à sa tête. Un jour que nous avions pris rendez-vous dans un bistrot de Figeac, elle me posa un lapin. Une heure plus tard je tombai sur elle au marché. « J'avais autre chose à faire », m'expliqua-t-elle, « tu es puérile et totalement égoïste », lui rétorquai-je. La discussion s'envenima et je m'en allai. Quelque temps plus tard elle s'excusa mais le germe de notre mésentente venait de s'introduire entre nous. Décidé à rompre, je tentai de le faire gentiment mais elle se mit en colère et nous eûmes notre dernière querelle. Elle m'accusa d'avoir pris mon plaisir avec elle parce qu'elle n'était bonne qu'à ça et de l'abandonner maintenant sans tenir compte de ses sentiments. M'ayant giflé et craché à la figure, elle s'en alla à mon grand soulagement.

Une semaine plus tard, Albert m'ordonna de porter un message à un autre groupe de résistants à Bergerac.

Cela voulait dire prendre le train. Je me souviens parfaitement de cette date parce que c'était l'anniversaire de ma mère - le 5 août 1943 - et pensais beaucoup à elle ce jour-là. J'étais assis tranquillement dans un compartiment avec quelques paysans et leur famille quand le train s'arrêta soudain. Je ne m'inquiétai nullement jusqu'à ce que j'aperçoive des uniformes noirs de la Milice un peu partout. Mon cœur se mit à battre très fort et je fus soulagé de savoir que je ne transportais pas de documents dangereux puisque ma mission était uniquement verbale. J'étais seulement inquiet pour mes faux papiers. J'avais la prémonition que les choses allaient mal se passer et que mon capital chance était en train de s'épuiser. La Milice pénétra dans le wagon et contrôla les papiers de tout le monde. L'un d'eux, un officier je crois, prit les miens et consulta un carnet qu'il avait sur lui ; il me regarda en souriant et m'ordonna de le suivre. Je fus enfourné dans un camion couvert avec d'autres jeunes gens et nous fûmes emmenés au commissariat de police de Figeac où l'on nous enferma pour la nuit dans une cellule dotée de bas flancs pour dormir.

Je n'arrêtai pas de penser au carnet que le milicien avait consulté. Qu'est ce que ce sourire voulait dire d'autre sinon qu'il y avait trouvé mon nom ? Qui, en dehors du colonel Albert et de mes camarades, connaissait ma fausse identité ? Je pensai immédiatement à la colère de Jacqueline quand elle m'avait quitté. Elle savait que mes papiers étaient faux. Mes soupçons se portèrent sur elle et je m'en voulus pour mes folles confidences sur l'oreiller.

Le lendemain matin, je fus interrogé par un officier français de la Milice. Mes papiers devant lui, il s'adressa à moi en haussant la voix : « Nous savons que vos papiers sont faux, nous savons que vous appartenez à un groupe de terroristes. Avant que je vous brise la mâchoire, dites-moi qui vous êtes et pour qui vous travaillez. » Il était debout avec une expression cruelle sur le visage en serrant et desserrant ses poings de manière menaçante. Je criai à mon tour, « Je ne suis pas terroriste ! » Ceci le rendis fou furieux et il m'asséna un coup très violent sur le visage. Le sang se mit à couler sur ma chemise tandis qu'il hurlait, « Nous savons que ce n'est pas votre vrai nom ! Dites-le nous ainsi que ceux de votre groupe ! Nous pouvons vous faire parler ! » Il me frappa de nouveau d'un coup de poing et je tombai en heurtant ma tête contre le mur. Je dus m'évanouir et me souviens être revenu à moi lorsque l'on jeta de l'eau froide sur ma figure. Je pris ma décision calmement, connaissant les méthodes brutales de la Milice et ne voulant trahir personne et encore moins souffrir. Je fis donc ma confession: « Je suis Juif autrichien. Je viens de Vienne et m'appelle Alfred Knoller, je me cache et n'ai rien à voir avec la Résistance. » Étonné, l'officier m'observa quelques instants puis tourna les talons et se précipita dans la pièce voisine où je l'entendis parler au téléphone. Il m'emmena ensuite au quartier général de la Gestapo où je répétai mon histoire. Je fus interrogé le lendemain par la Gestapo. Je leur fis un récit très flou sur la manière dont j'avais obtenu mes faux papiers.

Quoique sans preuves réelles, j'étais certain de la trahison de Jacqueline. Toutefois, le sourire du milicien devant mes papiers pouvait tout simplement signifier qu'il venait de découvrir quelqu'un fuyant le STO. Si c'était ça, pourquoi ce carnet ? Je me trompais peut-être pour Jacqueline mais réalisais en même temps que mes faux papiers, si onéreux soient-ils, n'étaient pas aussi bons que je le pensais.

Jacqueline est peut-être toujours en vie. Elle seule connaît la vérité et l'emportera sans doute dans sa tombe. De toute façon, comment aurait-elle pu savoir que sa trahison, si trahison il y eut, me conduirait directement à Auschwitz ? Les circonstances exactes de mon arrestation - véritable origine de mon malheur - demeureront à jamais un mystère.

Escorté d'un gardien armé, je fus mis dans un train pour Paris et conduit à Drancy, près de Bobigny, au centre de détention avant la déportation vers l'est.

Drancy

Drancy était l'antichambre d'une destination indéterminée, un ailleurs qu'aucun de nous ne connaissait si ce n'est qu'il se situait vers l'est. « En Allemagne », disaient les uns, « Non, en Pologne », assuraient les autres. Soudain projeté dans le monde imaginaire de l'enfance afin de définir ce lieu mystérieux, « Pitchipoi » jaillit résonnant comme dans une comptine. Un mot sans signification, merveilleux et terrible à la fois, pour désigner l'inconnu. *Pitchipoi* ! *Pitchipoi* !

Des éléments de l'efficace garde mobile française escorta onze d'entre nous au camp de Drancy. Ils nous conduisirent à travers une grande cour bondée de civils hagards dont les yeux aux aguets m'observaient d'un air anxieux. A part les aménagements classiques destinés à l'internement, miradors, fils de fer barbelés, gens en uniforme, Drancy ne ressemblait à rien d'autre qu'un vaste groupe d'immeubles d'habitation bon marché.

La police nous abandonna dans un bureau. Des hommes arborant l'étoile jaune sur la pochette de leur veston étaient assis à des tables tandis que des SS se tenaient discrètement derrière eux. Ces prisonniers peu ordinaires portaient, en plus de l'étoile, un brassard blanc indiquant les initiales « MS ». Tout en réalisant qu'ils semblaient investis d'une sorte de pouvoir, je découvris rapidement leur qualité de « Membre du Service » - des

Juifs désignés par les Allemands pour administrer leur propre peuple.**(1)** Lorsque mon tour approcha, je vis quelques-unes des personnes devant moi se dépouiller de quelques valeurs, généralement de montres, d'alliances et parfois d'argent. Le MS griffonnait sur un morceau de papier qu'il leur remettait. « Ne perdez pas ce reçu ! », avertissait-il. Les objets étaient déposés dans ce qui ressemblait à des sacs en papier. Ce fut enfin à mon tour d'avancer. Le MS inscrivit mon nom et mon lieu de naissance. Il jeta un coup d'œil à mes vêtements et je ne fis pas tout de suite attention au fait qu'il vérifiait si je portais l'étoile. Il en prit une et me la tendit. « Cousez-la sur vos vêtements, me dit-il. Si vous avez des valeurs, vous pouvez les déposer maintenant. Vous faites comme vous voulez mais il y a des voleurs dans le camp. » À part les vêtements que je portais je n'avais rien d'autre que ma montre et très peu d'argent. Je lui déclarai que je garderai tout. Il hocha la tête sans répondre et ajouta : « Si vous rencontrez un officier allemand, vous devez vous arrêter et vous mettre au garde-à-vous jusqu'à ce qu'il soit passé. Avez-vous compris ? ». Je fis oui de la tête et son regard se dirigea sur la personne suivante.

Je portais donc le misérable morceau de tissu portant l'emblème de mon appartenance que j'avais si souvent vu dans les rues de Paris - l'étoile jaune frappée du mot « Juif » en lettres noires inscrites au centre. J'avais si longtemps réussi à l'éviter que je m'en croyais libéré à jamais. Mais, dès lors, c'était comme si l'ennemi m'avait brutalement attrapé par l'épaule en me disant « Réveille-toi, pauvre fou ! Tu vivais dans un rêve. Comment as-tu pu croire un seul instant pouvoir t'en sortir ? Nous savons qui tu es, et dans le cas où tu l'aurais oublié, cette étoile te le rappelle. »

En même temps, j'éprouvais un étrange soulagement de retrouver mon appartenance. À Paris, j'avais accumulé nombre de sentiments coupables et les avais repoussés au fin fond de ma mémoire pour répondre aux exigences du moment. J'avais abandonné Otto Geringer et les Huberman, vécu des Allemands en leur offrant la luxure tout en étant le témoin passif des rafles de mes compatriotes juifs. Ce temps-là était révolu et j'avais retrouvé ma vérité. De plus, je pressentais au plus profond de moi-même, bien que sans en être certain, que cette étoile était aussi le lot de mes chers parents. Et c'est presque par bravade, me souvenant qu'à Vienne je n'étais rien d'autre qu'un Juif parmi les Gentils, que je décidai d'assumer cette identité et non celle d'un Autrichien.

Je retournai dans la vaste cour, me mêlant à la masse agitée que j'avais remarquée auparavant. De nombreuses questions se bousculaient dans ma tête. Il me fallait me familiariser avec ce nouvel endroit. « Fais attention à Brunner et au Boxeur », m'avertit un de mes compagnons d'infortune **(2).** Brunner, me dit-il, était le commandant du camp, un homme brutal. « Et ce boxeur, demandai-je, est-ce un champion allemand ? » Et l'homme de m'expliquer, « nous l'appelons ainsi parce qu'il aime frapper les gens. »

Je m'efforçai de m'adapter à cette dure réalité pendant qu'une femme du camp cousait l'étoile jaune sur la poche de poitrine de ma veste. Je compris qu'il ne m'était plus possible d'envisager un quelconque moyen d'action, n'étant désormais qu'un spécimen de cette multitude arborant le même signe distinctif. Le lent processus de déshumanisation nazi commençait ici, à Drancy.

Je dormis dans une vaste pièce où étaient disposées deux rangées de doubles couchettes en bois superposées, si proches l'une de l'autre que la place manquait pour ranger ses affaires et j'étais enchanté d'en avoir si peu.

Il n'y avait pas de travail pour nous, à part jardiner si nous le désirions, mais personne ne nous y contraignait. J'écrivais des lettres et jouais aux cartes dans des salles situées au rez-de-chaussée, où nous disposions de tables et de chaises. La nourriture était à peine suffisante, café, pain, margarine et un peu de jambon le matin, soupe à midi et le soir. Hypothèses et controverses meublaient les discussions. Je m'y joignais n'ayant rien d'autre à faire qu'attendre la décision des Allemands. Et celle-ci était associée aux listes.

Les listes ! Les listes ! Cette vague définition était le poison qui pénétrait chaque pore de notre peau. On ne savait jamais lequel d'entre nous serait inscrit sur le tableau du bureau de l'administration, mais l'information se répandait comme une traînée de poudre dès qu'elle arrivait. Il y avait peu de chance de rater son nom parmi le millier d'inscrits pour la déportation - il y avait toujours mille noms

- et la liste était par ordre alphabétique. Etant donné ma vue défaillante, ma seule difficulté consistait à rester près du tableau pour déchiffrer les lettres.

Quelques-uns, surtout ceux qui avaient été arrêtés et maltraités par la police durant les rafles ne croyaient pas un mot de la version officielle qui nous était donnée.

Vous travaillerez dans nos usines !

Nous avons besoin de votre compétence !

Quiconque, qu'il soit menuisier, maçon ou horloger, nous sera utile !

Quant aux autres, nous leur trouverons du travail !

J'avais du mal à partager leur pessimisme. C'était dans ma nature. « Ils nous tueront », disaient certains. D'autres avaient une opinion contraire. « Nous auraient-ils donné un reçu pour nos biens ? La plupart d'entre eux est en train de se battre. Ils auront certainement besoin de notre compétence. « Même les nazis ne tueraient pas des enfants. »

D'autres encore parlaient de s'évader. « Vous êtes fous ? Ils tuent tous ceux qui s'y risquent ! »

« Comment le savez-vous ? »

Il n'y avait aucune preuve mais la seule éventualité d'un tel châtiment nous remplissait de terreur et rendait docile la plupart d'entre nous.

Le comportement même du commandement SS de Drancy ne pouvait se comparer à la tranquille menace des listes, car les SS n'étaient que la charpente de cet édifice. Si on les évitait on pouvait raisonnablement se sentir en sécurité. Je vis Brunner par hasard, le visage sans expression sous sa casquette. Je détournais mon regard de peur qu'il me regarde. Un jour toutefois, caché par la foule, je pus l'observer. Il planta un couteau dans le sol, dirigea son stick vers quelqu'un et se mit à crier. Le pauvre type qui avait sans doute oublié de s'arrêter lorsque Brunner s'approchait se mit à courir autour du couteau et, chaque fois qu'il passait devant l'officier, celui-ci le frappait avec son stick. Ce fut à cet instant que je vis l'expression de ses yeux, celle d'un homme résolu à infliger de plus en plus de souffrances jusqu'à ce que son sadisme soit satisfait. La victime de Brunner s'écroula finalement épuisé sur le sol.

« Le Boxeur » était sous les ordres de Brunner. Son sobriquet ne venait pas seulement du fait qu'il aimait frapper les gens mais surtout parce qu'il portait un gant de boxe à la main droite pour le faire. Je fus un jour témoin de son aptitude à cet exercice lorsqu'il frappa une femme avant de s'éloigner tranquillement. Il n'avait nullement besoin d'un motif, il aimait tout simplement ça.

Une autre fois, le camp entier fut obligé d'assister au spectacle de deux hommes se frappant mutuellement plus d'une vingtaine de fois à coups de cravache pour avoir tenté de faire sortir du courrier. Brunner avait prononcé la sentence et les deux hommes furent ensuite jetés dans un cachot.

Il y avait aussi des suicides. J'assistais au dénouement de deux d'entre eux et vis la foule hébétée contemplant les formes inertes sur le sol. Drancy était l'endroit idéal pour ce genre de chose. Il n'y avait jamais personne pour empêcher qui que ce soit de grimper au dernier étage et se jeter dans le vide.

J'étais jeune et, comme tous les jeunes, me croyais immortel mais l'effet que le port de l'étoile avait sur moi commençait à occulter quelque peu ce sentiment. Toutefois, j'étais convaincu qu'ils ne m'auraient pas. Les SS étaient des criminels pathologiques enivrés par leur pouvoir, rien de plus. Je ne mourrais pas comme ces pauvres diables et mon nom ne sera jamais sur aucune liste. Je me précipitais d'ailleurs souvent au bâtiment de l'administration pour vérifier l'affichage des nouvelles listes et, à chaque fois que j'en revenais heureux de n'avoir pas été sélectionné, je pouvais voir autour de moi le visage fermé de ceux qui y figuraient. Je vivais dans cette crainte et un sentiment d'injustice empoisonnait mon séjour à Drancy.

Mon voisin de couchette était un garçon d'à peu près mon âge. Il venait d'Allemagne et se nommait Bernard, mais nous l'appelions Bernie. La sympathie s'installa entre nous et il me présenta son copain, allemand également. Nous traînions ensemble et le fait d'être avec des garçons de mon âge atténua mon anxiété. Un jour que nous étions en train d'errer dans un sous-sol, l'un de nous sauta sur une dalle de ciment en s'exclamant: « Eh ! Venez ici ! Ecoutez donc ! », attirant notre attention sur le son creux qui se dégageait de la plaque. Nous en soulevâmes un des côtés et aperçûmes avec étonnement qu'une cavité amorçait l'entrée d'un tunnel long d'à peine cinq mètres qui conduisait vers le mur adjacent aux barbelés. Il semblait récent et, en dépit du danger, nous décidâmes de continuer son percement. Ne parlant à personne de notre découverte nous travaillâmes nuit et jour espérant en arriver à bout avant la prochaine liste. Ayant des outils de fortune et trimbalant la terre dans des endroits où l'on ne la remarquerait pas, la tâche n'était pas évidente et notre progression s'en trouvait ralentie. En réalité, l'entreprise était presque irréalisable mais, tout en en étant conscients, elle nous permettait de passer notre temps à autre chose que jouer aux cartes, parler de nos malheurs et avoir l'esprit obnubilé par la liste suivante. Finalement, nous eûmes la chance que ce soit la police juive qui découvrit notre activité. « Vous êtes complètement fous ! Si les Allemands vous découvrent, vous êtes morts ! » Ils nous entraînèrent hors du tunnel et anéantirent ainsi notre rêve d'évasion.

Nous étions le 5 octobre 1943 quand la liste où figurait mon nom fut affichée. Je la contemplais, n'en croyant pas mes yeux, puis j'eus moi aussi le regard fixe, comme les autres.

Je tournais le dos au tableau et me retrouvais face à quelqu'un que je ne connaissais pas. Nous nous sourîmes de la manière résignée de ceux qui se trouvent dans la même situation et devînmes immédiatement amis. Il s'avéra que nous étions tous deux de Vienne et du même arrondissement.

« Mais pourquoi t'appelles-tu Pierre ? », lui demandai-je.

« Oh, mon vrai nom est Peter Heimrath, mais je suis allé directement à Marseille et je suis devenu Pierre. J'aime cette ville et j'aurais pu y rester jusqu'à la fin de ma vie », dit-il avec une mine réjouie sur le visage.

Pierre m'impressionna tout de suite. Il avait un visage avenant et un sourire éclatant. Son visage imberbe était accentué par des pommettes haut placées. Je devinais qu'aucun problème ne pouvait advenir avec lui tant il semblait plus expérimenté que moi.

« Qu'est-ce qui te plaisait tant à Marseille ? lui demandai-je. »

Il sourit de nouveau. « La nourriture et les femmes », répondit-il. Ces Français sont si forts en gastronomie. J'ai appris à faire cuisine, la bouillabaisse. Et leurs femmes sont si belles, ajouta-t-il. »

« Raconte-moi, lui dis-je. »

Et durant ces derniers jours à Drancy, Pierre me régala de ses aventures féminines. J'étais du genre impétueux et crédule mais son apparence et son charme suffisaient pour croire aisément à ses succès. Je le regardais et riais lorsqu'il me répétait sans cesse : « Je changeais de femmes comme de chaussettes. »

Peut-être fut-ce plus mon admiration pour lui que son goût pour les femmes qui me fit réaliser qu'il était un authentique survivant. Un homme qui pouvait quitter si facilement l'Autriche pour la France, se changer de Peter en Pierre, d'aller d'une femme à l'autre, un tel personnage si inconstant, éventuellement futile, avait toutes les qualités requises pour se débrouiller là où nous allions.

Je lui parlai du tunnel. « Dommage que je n'en aie rien su, dit-il. »

De retour au dortoir, le visage sombre de Bernie me confirma qu'il était lui aussi sur la liste.

Le 6 octobre 1943, rassemblés sur la place principale pour être contrôlé, on nous distribua un morceau de pain et de la margarine pour le voyage. L'administration juive m'avait fourni des vêtements chauds que j'avais rangés dans une modeste valise que nous étions autorisés de prendre avec nous.

Je m'arrangeai pour m'asseoir avec Pierre dans le bus gardé par des SS et des gendarmes qui nous conduisirent dans un dépôt ferroviaire, pas très loin, mais dont j'ignorais le lieu. Le quai où l'on nous mena était à l'écart, ce qui m'alarma. Je vis des SS munis de fouets et accompagnés de chiens. Il me sembla que nous étions des centaines. **(3)** Les Allemands nous mirent en lignes pour nous compter et nous séparèrent en rangs devant des wagons sans fenêtres avec des barbelés sur les ouvertures du toit. Je pouvais lire l'inscription sur le côté d'un des wagons: « 40 hommes ou 8 chevaux ». Pierre et moi commençâmes à parler d'évasion pour nous redonner de l'espoir.

Les SS ouvrirent les portes coulissantes. Je regardais alternativement les gens autour de moi et le wagon prévu pour quarante personnes. Comment était-ce possible ? Tant de gens pour un si petit espace ? Les cris des SS se firent entendre et l'on nous fit entrer à coup de matraque alors nous hésitions. Nos rangs bien ordonnés se disloquèrent en une masse d'individus terrifiés se précipitant dans la gueule béante du wagon. J'étais poussé par derrière et poussais à mon tour ceux qui me précédaient ne me souciant d'aucune manière si c'était un homme, une femme ou un enfant mais voulant surtout éviter les coups des SS. En grimpant je tentais d'apercevoir Pierre, mais en vain. Le chaos qui m'accueillit à l'intérieur était pire qu'à l'extérieur. Quelques-uns, vraisemblablement les premiers entrés, s'étaient déjà assis par terre avec leur famille. On entendait des cris de colère et des vagissements de bébés serrés dans les bras de gens poussés et bousculés de tous côtés. J'aboutis dans un petit espace à l'opposé des portes. Il faisait encore jour et je pus voir une partie du monde extérieur avant la fermeture de celles-ci. Les SS reculèrent alors, les verrouillèrent et éteignirent toutes les lumières. Les cris de colère se transformèrent en cris de terreur et je me joignis aux autres pour frapper à coups de poing sur les cloisons de bois qui nous entouraient. Je crus que j'allais devenir fou dans cet endroit.

Mon cœur palpitait d'épuisement du fait de mes efforts et, sentant presque avec soulagement survenir une faiblesse, je m'effondrais sur moi-même.

Une voix stridente se fit entendre à travers un haut-parleur: Vous allez être conduit dans un lieu où vous travaillerez à la gloire du Reich ! Les familles demeureront ensemble et l'on donnera du travail à tous ceux qui seront aptes. Votre voyage en train durera environ deux jours. Quiconque essaiera de s'échapper sera abattu ! Vous devez tous empêcher les évasions car si quelqu'un essaie de s'échapper tout le wagon sera sévèrement puni.

La secousse du départ nous poussa hors de la gare tandis que de maigres rais de lumière commençaient à filtrer à travers les étroites ouvertures du wagon. Puis surgit une voix profonde et forte en contraste avec notre désarroi. Je cherchai d'où elle provenait et aperçu, adossé contre une des parois du wagon, un homme que je pensais avoir déjà vu à Drancy. « Nous devons faire quelque chose car nous ne pouvons rester comme ça assis par terre, c'est clair. Si nous ne nous organisons pas, nous ne survivrons pas à ce voyage. » C'était la voix de quelqu'un dont la clarté démontrait la volonté d'un homme responsable prêt à tout tenter pour rejeter cet enfer suffocant. Il nous conseilla de réserver un espace pour que les plus âgés, les infirmes et les femmes avec des bébés puissent s'asseoir tandis que les autres se tiendraient alternativement debout ou assis, chaque deux heures durant la journée et toutes les trois heures pendant la nuit. Tout le monde l'écouta et il organisa les choses pour que la situation soit plus supportable pour nous dans cet univers confiné.

Bientôt, des odeurs inévitables se répandirent pour se transformer en puanteur. Comment pouvait-il en être autrement alors que nous n'avions qu'un seau pour faire nos besoins ? Heureusement, nous disposions d'un autre récipient contenant de l'eau qui se trouva rapidement vide. Ces deux seaux furent très vite remplis d'urine et d'excréments; nos visages reflétaient autant le désespoir que le dégoût car il n'y avait pas d'autre alternative que se soulager directement sur le plancher. « Le plancher ! »

s'exclama notre organisateur, « nous pouvons faire un trou pour y vider nos seaux et permettre ainsi aux hommes d'uriner. » Plusieurs personnes sortirent des canifs, des ciseaux ou autres instruments et un petit trou fut foré rapidement. D'autres voix, jeunes cette fois-ci, se firent entendre. « Si nous agrandissions le trou suffisament nous pourrions peut-être nous échapper. » Je me joignis à ces voix car si je pouvais sortir de ce train j'étais certain que ma chance me sourirait de nouveau. De toute façon, rien ne pouvait être pire à l'extérieur que ce que nous vivions actuellement. Malheureusement, les plus vieux étaient majoritaires et totalement opposés à toute évasion. « Vous êtes fous, criaient-ils, la voix empreinte de frayeur, vous avez entendu ce que les Allemands ont dit, qu'ils nous tueraient si nous sommes pris et que les autres seraient punis ! De toute façon, nous sommes trop vieux pour fuir et c'est nous qui serions châtiés à cause de vous. » Quoi qu'il en soit, nos petits outils émoussés auraient été peu efficaces face aux solides madriers du plancher et le trou que nous avions fait était à peine suffisant pour que les hommes puissent uriner au travers.

Malgré tous les efforts de notre organisateur, l'ambiance était continuellement troublée par des récriminations concernant l'espace. Je me joignis à d'autres pour ramener le calme mais nos efforts pour raisonner les gens étaient souvent accueillis par des paroles désagréables. Les périodes de silence étaient également interrompues par le bourdonnement bruyant des prières des croyants qui m'exaspérait. Constatant que d'autres faisaient de même, je détournais les yeux du douloureux spectacle de femmes obligées de satisfaire la faim de leur bébé devant nous. Il est vrai que donner le sein en public ne se faisait pas à l'époque.

Je perdis toute notion du temps, me transportant dans un monde illusoire pour me perdre, tout en supportant les discussions qui se déroulaient interminablement. Un homme d'âge moyen près de moi dont l'aspect et l'allemand parfaits dénotait un homme cultivé se mit à parler : « Les nazis nous traitent en accord avec le statut qu'ils nous ont octroyé, celui de sous-hommes. Nous devons donc leur prouver qu'ils ont tort, en ne renonçant à aucun de nos critères de morale. Même dans ces horribles circonstances nous devons nous assurer que notre intelligence prédomine afin que nous puissions apparaître comme un peuple digne et juste. » Un jeune homme qui se tenait près de lui ne put se contenir plus longtemps et lui rétorqua avec colère: « Vous ne savez pas de quoi vous parlez avec votre *leur prouver qu'ils ont tort*. Vous pensez peut-être gagner leur respect ? Ah ! Ils se fichent pas mal de notre manière de vivre exemplaire. Ils veulent débarrasser le monde de notre présence. « Mein Kampf le décrit très clairement. Avez-vous déjà lu cet inestimable document ? Les nazis n'arrêtent pas de hurler « Mort aux Juifs » et ils feront de leur mieux pour que cela devienne réalité. N'y a-t-il pas assez de preuves pour vous dans ce wagon ? Je vous le dis donc, allez au diable avec vos cours de décence et de morale. La morale est morte, morte, vous ne le voyez donc pas ? Tu devons tout faire pour rester en vie, même si nous devions nous voler les uns les autres. C'est notre seul espoir. C'est chacun pour soi. Le monde n'a aucune idée de ce qu'ils font de nous. Nous devons nous échapper pour clamer la vérité. C'est tout ce que nous pouvons espérer faire. »

L'homme cultivé semblait frappé d'épouvante. Des voix ainsi que la mienne s'élevèrent pour protester. « Vous êtes fou, dis-je au jeune homme, vous n'avez pas le droit de bouleverser ces gens avec vos paroles. N'avons-nous pas des reçus pour nos affaires qui nous seront rendues à l'arrivée. Ils ont besoin de nous, après tout, leurs jeunes sont à l'armée. Nous devons lutter pour rester des êtres humains, ou apparaître comme tels. Les Alliés sont en Sicile, Mussolini est fini, les Russes ont stoppé l'avance allemande...». Et je continuais ainsi, toujours plein d'espoir.

J'avais décidé de m'occuper d'un vieil homme qui était assis près de moi. Il me rappelait mon père. Enfin, pas tout à fait mon père, mais un peu dans le même style et c'est la première fois que ça m'arrivait depuis mon départ de Vienne. Je lui fis de la place pour l'isoler un peu des autres. Je lui racontai mon histoire et il me sourit gentiment, semblant en écouter chaque mot. Cela me permit de me remonter le moral. « Tu es jeune, Freddie, ton avenir est devant toi. N'aie pas peur et ne perds jamais espoir. Nous devons garder notre sang froid pour rester vivant. Les nazis ne se débarrasseront jamais de nous, jamais. » Il s'appelait Robert Waitz et était médecin à Paris. Pas loin de nous était assis un pauvre homme qui respirait difficilement, un asthmatique dont les crises fréquentes étaient aggravées par la situation. Robert l'examina avec une grande inquiétude et lui donna une pilule, « pour l'aider à dormir », me dit-il. Le lendemain matin, l'homme qui ne semblait pas plus vieux que Robert Waitz était mort et je me suis toujours demandé quel genre de pilule il lui avait donné. L'asthmatique fut transporté avec les autres cadavres entassés près des portes. La plupart d'entre eux étaient âgés et n'avaient pas eu la force de supporter plus longtemps cette dure épreuve.

Nous voyagions dans une puanteur renforcée par l'odeur des cadavres et par la diarrhée qu'avaient contractée certains d'entre nous qui ne pouvions même pas atteindre les seaux. Il n'y eut bientôt plus d'eau et, comme les autres, je commençais à être torturé par la soif.

À un moment donné, le train s'arrêta offrant à nos regards un panorama de champs anonymes. Je vis des SS apparaître à la porte et j'en déduisis que nous étions en Allemagne bien que ce n'eut aucun intérêt pour moi. L'un d'entre eux pointa son doigt sur deux des nôtres qui se trouvaient près des portes leur ordonnant de prendre les seaux et de le suivre. Ceux-ci quittèrent le wagon avec cette puanteur débordante. Les SS désignèrent d'autres personnes pour s'occuper des cadavres. Un chariot apparut, tiré par d'autres prisonniers, et les corps y furent placés avant de repartir. Cet enlèvement provoqua un certain soulagement et nous permit de profiter de la place ainsi récupérée. Le pauvre asthmatique, auquel je ne pensais vraiment plus, n'était maintenant qu'un corps supplémentaire dans le tombereau. Pour survivre dans de telles circonstances il était nécessaire de faire abstraction des meilleures vertus de sa psyché.

Les deux prisonniers revinrent finalement avec les deux seaux remplis d'eau. Je me souviens que nous avions également de petits récipients que certains d'entre nous avions emportés. Notre organisateur s'empara des seaux et remplit les récipients pour les faire circuler dans le wagon toujours bondé. Je dois avouer que je n'ai jamais bu une eau si délicieuse de ma vie.

Les portes se refermèrent une fois de plus, le train se remit en branle et l'obscurité s'installa de nouveau. L'épuisement m'aida à m'endormir et oublier ainsi ma faim et ma soif.

Le train s'arrêta ensuite plusieurs fois sans que l'on ouvre les portes. Nos réserves d'eau étant de nouveau épuisées et mourant de soif, nous hurlâmes le plus fort possible. Je pouvais entendre des voix allemandes à l'extérieur, des sons bizarres et des cris, probablement ceux des SS, nous ordonnant de nous taire.

Le train continuait sa progression et une température de plomb s'installa à l'intérieur du wagon. Il neigeait et nous tentions de récupérer quelques gouttes d'eau en disposant des bouts de tissu ou divers récipients à travers les rares orifices. Un de nos jeunes compagnons s'assura que chacun reçut un peu de liquide. J'appris son nom mais l'ai complètement oublié depuis.

À un moment, s'élevant par-dessus la rumeur perpétuelle de nos criailleries, un hurlement de femme jaillit nous contraignant au silence. « Mon bébé, mon bébé, elle ne bouge plus. Aidez-moi ! Aidez-moi ! » Mon nouvel ami Robert Waitz se leva et alla voir l'enfant.

« Le bébé est mort, dit-il à voix basse. »

La mère se mit à pleurer en s'agrippant à son bébé. Un homme pieux portant la barbe réussit à le prendre dans ses bras, récita une prière et couvrit l'enfant avec un châle de prière qu'il sortit de sa valise. Le wagon entier psalmodia alors le Kaddish (prière juive pour les morts) et cet ancien rituel nous rapprocha les uns les autres pour un court moment.

Combien de temps avons-nous voyagé ? Je ne saurais le dire.

Où étions-nous ? Tout ce que je savais c'est qu'il faisait bigrement froid.

Enfin le train s'arrêta. Les portes du wagon s'ouvrirent violemment faisant entrer une lumière froide et diffuse comme je n'en avais jamais vue auparavant. Je vis des SS plus nombreux avec des chiens. Ils plaquèrent leurs mains sur leur visage dès que notre odeur les atteignit. Hébétés par la fatigue et la faim et sur leur ordre nous nous écroulâmes hors du train alors que certains d'entre nous ne pouvions même pas bouger. J'entendis une voix à travers un haut-parleur qui nous exhortait à garder notre calme: « *Bienvenu au camp de travail d'Auschwitz! Vous venez de faire un dur voyage en train, mais vous êtes maintenant arrivés à destination! Vous êtes priés de descendre des wagons et de vous aligner. Prenez seulement le strict nécessaire avec vous et laissez les bagages les plus encombrants dans le wagon. Ils vous* seront remis ultérieurement. *Vous serez séparés temporairement. Les femmes, les enfants et les personnes âgées seront transportés jusqu'au camp en camion. Les hommes iront à pied. On vous réunira plus tard. Il y aura du travail pour tout le monde. Ceux qui seront inaptes au travail en usine feront du jardinage et de petits travaux. Chacun doit obéir aux instructions des officiers aussi bien ceux qui iront à pied que ceux qui prendront les camions. Le plus vite vous aurez fini, le plus tôt vous mangerez et boirez !* »

Jusqu'ici, tout allait bien, pensais-je, retrouvant lentement mes esprits en dépit de ma fatigue et de la morsure du froid. Ces Allemands étaient durs, c'est sûr, j'en vis qui giflèrent quelques vieilles personnes trop lentes à descendre. Quoiqu'ils n'auraient pas dû frapper ces vieux, ils ne semblaient pas véritablement brutaux. Après tout, il y aurait du travail pour nous tous.

À ma grande surprise j'entendis une voix allemande appeler, « *Professeur Waitz ! Professeur Waitz ! Avancez s'il vous plaît !* » J'ignorais que mon ami était un professeur suffisament éminent pour que les Allemands le différencient.

Mes pensées furent interrompues par une étrange vision. Des gens vêtus de vêtements rayés crasseux assortis d'une casquette se dirigèrent vers nos rangs. Ils aidèrent quelques personnes à sortir des wagons, prirent les bagages à l'intérieur et les empilèrent non loin de nous. **(4)**

199

La femme au bébé mort criait d'une manière hystérique devant un SS: « *Mon bébé est mort ! Mon bébé est mort !* » Puis elle se dirigea vers les camions.

Un officier SS sélectionna ceux d'entre nous qui devions marcher jusqu'au camp. Je fus content de voir mon ami Robert à côté de moi et nous marchâmes ensemble. Cette marche dura une quinzaine de minutes jusqu'à ce que j'aperçoive au loin un portail avec l'inscription: *Arbeit Macht Frei* (Le travail rend libre), une devise qui semblait sur le coup bizarre à la vue des barbelés et des soldats avec des mitrailleuses sur des miradors.

Une musique nous accueillit, jouée par des musiciens affublés des mêmes pyjamas rayés et des officiers SS nous attendaient à l'entrée. Nous étions à Pitchipoi, notre nouveau domicile.

Le camp de transit de Drancy. On y aperçoit Leo Bretholz, un paquet blanc sous le bras avec une écharpe et coiffé d'un béret. Nous n'étions pas à Drancy en même temps.

Pitchipoi

Tous les évènements de ma vie aboutissent à Auschwitz et aucun souvenir ni aucune action de mon existence future n'ont réussi à effacer ce camp de la mort de ma mémoire. Jusqu'à aujourd'hui et devant la mine consternée de ma chère Freda, j'engloutis la nourriture comme si c'était mon dernier repas et dès que mon assiette est vide, je lorgne aussitôt la sienne.

Toute personne ayant été précipitée dans une bétaillère à Drancy perd une fois pour toute sa jeunesse si ce n'est sa naïveté. La machine à déshumaniser nazie commença pour moi dans l'espace restreint de ce wagon à bestiaux et, bien que cette expérience préluda au cauchemar d'Auschwitz, elle fut également un préambule édifiant et utile.

J'étais si fatigué que je ne pus saisir l'aspect bizarre de l'accueil en musique dans un pareil endroit, tout en étant également bien incapable de mesurer la justesse inquiétante de la définition puérile du lieu : Pitchipoi ! Ainsi, on pouvait voir des miradors, des fils de fer barbelé et des SS, terrifiantes manifestations du barbarisme, tandis que d'authentiques musiciens accompagnaient notre marche vers l'intérieur du camp.

Comme nous passions le portail, un individu vêtu d'un étrange pyjama et portant un brassard sur lequel figurait le mot « Kapo se tenait près des SS. Il cria

« *Mützen Ab* ! » (Ôtez vos chapeaux !) tout en faisant brutalement tomber celui d'un homme d'âge moyen qui avait tardé à obéir à cet ordre. On nous fit ensuite défiler devant des bâtiments sans étage jusqu'à une grande place où nous fûmes alignés en rangs par cinq.

Là, un prisonnier s'adressa à nous - peut-être celui qui avait fait tomber le chapeau. Je remarquai soudain que son pyjama paraissait de meilleure qualité que ceux portés par l'orchestre.

À voix haute, il s'adressa à nous en allemand : « je suis votre *Lageraelteste* (Chef de camp). Vous appartenez au *Arbeitslager Buna* (Camp de travail de Buna), qui fait partie du camp de concentration d'Auschwitz.

Vous êtes ici pour travailler et obéir... »

J'avais grand peine à rester au garde à vous et à écouter avec attention car l'épuisement me donnait des vertiges. La voix rauque continuait son énumération, aboyant la liste de sévices qui me seraient infligées. Je serai enregistré puis désinfecté pour que mes poux immondes n'enveniment pas tout le camp. Je prendrai une douche, aurai la tête rasée et serai tatoué. Et finalement, au bout de tout cela, j'aurai la possibilité de faire la seule chose que je désirai ardemment: manger et boire.

La voix s'arrêta. Et puis, plus rien. Un millier d'êtres humains envahis d'angoisse se tenaient debout en silence en attendant la suite. Ma seule ressource était le stratagème que j'avais appris dans le wagon et qui consistait à me désolidariser de mon corps. C'est peut-être grâce à cela, je crois, que j'ai pu endurer cette longue attente alors qu'une autre voix se faisait entendre pour annoncer le début du recensement. Malheureusement, étant donné le nombre, un certain temps s'écoula avant que le lent processus arrive jusqu'à mon rang et que je me retrouve devant un bâtiment près de l'entrée du camp. Quand vint mon tour, j'entrai dans une pièce et me tins devant un prisonnier assis à une table, juif ou prisonnier politique si mes souvenirs sont exacts. Il me demanda mon nom, ma date de naissance et je crois aussi mon lieu de naissance. Ce sera d'ailleurs la dernière fois que l'ennemi et ses suppôts me demanderont de tels détails personnels. Il consulta une liste. « Avez-vous une profession ou un métier ? ». « Non, j'étais étudiant, c'est tout. »

Une bien mauvaise réponse !

Il inscrivit quelque chose sur sa liste et me désigna la baraque d'à côté où j'aperçus le chiffre 2 libellé sur la façade.

Je me retrouvai brutalement absorbé par le chaos et l'humiliation. Un prisonnier brandissait une cravache d'un air peu engageant. « Salopards de Juifs ! Déshabillez-vous ! Posez vos vêtements par terre, et soigneusement ! Sortez tout ce qu'il y a de vos poches et n'essayez pas de cacher quoi que ce soit ! Nous le trouverons et vous serez battus à mort ! »

Je me déshabillai avec les autres et, empli de honte, me tins debout parmi eux. Je levai les yeux et vis Pierre. Mon cœur se mit à battre. Nous nous rapprochâmes l'un de l'autre.

« Nous devons rester ensemble, lui dis-je ! »

Il hocha la tête. La voix du prisonnier nous écorcha les oreilles. « Juifs ! Courez au block suivant pour l'épouillage ! Dépéchez-vous ! »

Nus, nous courûmes dans l'autre section du block. Je ne me souviens pas si nous sommes passés par-dehors ou par une porte communicante. Et là, d'autres prisonniers nous aspergèrent avec des produits chimiques nauséabonds qui enduisirent nos corps d'une matière blanchâtre avant que les kapos nous conduisent vers un autre block. Je grelottais dans l'air glacé, notre destination se situant à plusieurs blocks où se trouvaient les douches. Nous étions entassés debout, l'eau se mit à couler et nous levâmes nos visages pour avaler le plus de liquide possible. Mais même pour cela, ils ne nous laissèrent aucune chance et les douches furent coupées. Sous les coups et les vociférations, avec des *raus* et des *schnell* (dehors) (vite), ils conduisirent nos corps mouillés et peu reluisants de nouveau dehors vers ce qu'il me semblait être la direction d'où nous venions, tandis que l'eau sur ma peau amplifiait encore plus la torture du froid glacial.

Je me retrouvai au Block 2 où une file de prisonniers attendait placidement notre groupe, ciseaux et rasoirs à la main. Une fois assis pour être rasé, j'entendis quelques-uns des plus âgés essayer d'engager la conversation avec eux. « Où sont nos femmes et nos enfants », demandèrent-il. « Oubliez-les, répondirent nos figaros. Vous ne les reverrez plus. Ils sont morts et leurs âmes s'en sont allées au ciel, via la cheminée. »

Horrifiés par ces remarques, Pierre et mois nous regardâmes alors que quelques-uns d'entre nous reprochaient aux barbiers leur sens de l'humour déplacé. Je frissonne encore aujourd'hui au souvenir de ces hommes supportant ces diatribes avec autant d'indifférence. Résigné, je m'asseyais pour subir mon calvaire.

Me trouvant à nouveau en train de faire la queue, je passai dans une autre section de la baraque. Il y avait là un grand nombre de détenus armés de courtes seringues électriques. Je tentai de parler avec l'homme qui m'enjoignait de lui présenter mon bras gauche, en lui demandant s'il était Juif. Il travaillait vite et mécaniquement, ne regardant que mon bras. « Non, je suis un prisonnier politique polonais », répondit-il. Je vis le triangle rouge avec la lettre P mais j'ignorais sa signification. L'outil faisait son œuvre inscrivant des chiffres sur mon avant bras.

« C'est ton numéro : le 157103. C'est ainsi que l'on t'appellera désormais. Jamais plus par ton nom. »

J'éprouvai l'étrange sensation du froid sur la peau de mon crâne rasé tandis que les kapos nous emmenaient vers un block portant le numéro 54. Difficile de décrire à quel point nous étions devenus si impersonnels, sans vêtements et le crâne rasé. Rien que des individus blêmes et grelottants.

Hors du block, l'attente nous sembla interminable. Finalement, je fus à l'intérieur avec neuf ou dix autres compagnons. Deux prisonniers nous inspectèrent de haut en bas, estimant apparemment notre taille. De longues rangées de bancs étaient disposées dans la salle. On nous tendit à chacun une pile composée d'un pyjama et de méchantes chaussures en toile et à semelles de bois. « Aux bancs et habillez-vous ! », nous ordonnèrent les kapos. Nous obéîmes mais ne pûmes nous empêcher de rire en réalisant les tailles disparates des vêtements, certains trop grands et d'autres trop petits. Affublé d'une veste et d'un pantalon trop longs, ils se déchaînèrent particulièrement face à mon allure clownesque. Quand je mis mes chaussures, je découvris qu'elles avaient deux pieds gauche et regardai désespérément autour de moi dans l'espoir de trouver celui qui avait deux pieds droit. Je pris le lacet d'une des chaussures et me confectionnai une ceinture pour mettre autour de ma taille. Je découvris l'homme aux deux pieds droits mais il ne voulait naturellement pas de chaussure sans lacet. J'eus heureusement la chance d'en trouver un dans un coin.

Les kapos nous alignèrent et une voix étonnement jeune nous ordonna de sortir de la baraque. Je levai les yeux et mon regard tomba sur un jeune détenu qui semblait n'avoir guère plus de quatorze ans. *Raus* !, s'écriat-il, et je me mis immédiatement à craindre ce beau jeunot, flairant la cruauté potentielle d'un gosse ayant tout pouvoir sur ses aînés. Nous le suivîmes sur une courte distance jusqu'à une baraque portant le numéro 53. « Alignez-vous ici ! », hurla-t-il devant l'entrée d'une petite pièce. La présence de Pierre toujours à mes côté était pour moi d'un grand réconfort.

Soudain, la stature imposante d'un prisonnier apparut à la porte d'entrée. Bien qu'il portât un pyjama, je remarquai combien celui-ci était élégant et bien coupé. Il avait un triangle vert sur la poitrine et se mit à nous invectiver. « *Franzosen* (Français), je suis votre *Blockkaelteste* (Chef de block) et ceux-ci... », il montra une paire de matraques accrochée au mur derrière lui, « ... sont mes assistants. Je les utiliserai si j'ai des problèmes avec vous. Vous vivrez et dormirez dans cette baraque. Choisissez un compagnon de lit car vous serez deux par couchette et dormirez en tête-bêche. On va vous donner une cuillère et un bol. Si vous perdez un seul objet, que ce soit bol ou chaussure, rien ne sera remplacé. Ne les quittez pas des yeux une seconde sinon ils disparaîtront, puisque vous êtes tous des voleurs. Je vous conseille d'attacher le bol autour de votre taille et de garder la cuillère dans votre poche. »

Je compris immédiatement qu'ici la loi était simple : pas de gamelle, pas de nourriture. Néanmoins, à cet instant, ne pensant qu'à manger, je ne cherchais même pas à imaginer ce que serait la perte d'une chaussure.

Muni d'un bol en métal et d'une cuillère, seule m'obsédait durant ce discours l'odeur de la nourriture sortant d'un grand chaudron derrière le *Blockkaelteste*. Je n'avais qu'une idée en tête, me fourrer quelque chose dans le ventre et aurais fait n'importe quoi pour ça. « Alignez-vous ! », dis le chef de block « vous annoncerez votre numéro en prenant votre ration ! » Je pris place dans la queue qui progressait en piétinant comme un long supplice. Devant le chaudron, un individu versait une pleine louche dans chaque bol. *157103* !, dis-je une fois devant lui tandis qu'il plongeait sa louche dans une substance aqueuse qui emplit mon bol et je m'éloignais en avalant aussi vite que possible ce brouet au goût insipide.

Le visage des hommes plus âgés qui avaient une famille reflétait le doute le plus horrible. Proche de Pierre et de moi, un homme entre deux âges se mit à pleurer. « Où sont-ils ? », gémissait-il d'un plaintif. Comme si je pouvais lui répondre ! « J'ai une femme et un enfant de trois ans », s'écria-t-il en baissant la tête. Je mis mon bras autour de ses épaules en signe de sympathie. « A partir de maintenant », l'exhortai-je, « n'agis qu'en fonction de ce que tu vois, efforce-toi de tenir le coup et ne songe qu'à rester en vie quoiqu'il t'en coûte ». Piètre réconfort pour ce malheureux qui m'offrait un regard fixe et sans expression.

Un autre individu se tenait près de moi. J'ignorais la signification de son triangle rouge et en particulier celle de son tatouage - j'appris que plus bas était votre numéro sur le bras, plus longtemps vous étiez à Auschwitz - et je sus vite traiter avec respect ce genre de prisonnier ayant réussi à survivre si longtemps. Dans cet univers, c'étaient souvent des privilégiés et avaient une certaine in-fluence. Je vis même des Juifs qui, à Auschwitz de longue date, portaient le triangle rouge des dissidents politiques et non l'étoile. Ceux-ci étaient également privilégiés.

En fait, ma question à ce prisonnier au triangle rouge me parut tout à fait naturelle lorsque je lui de-mandais s'il était Juif. Il me répondit en souriant d'un air sympathique: « Non, je suis un prisonnier politique polonais. Je m'appelle Tadek ». Il parlait un allemand parfait et, semblait également quelqu'un de gentil et bien éduqué, je n'hésitai donc pas à lui poser une autre question. « Savez-vous ce qu'il advient des gens qui ont disparu ? Certains s'inquiètent pour leur famille. »

Tadek eut un geste fataliste. « Ici personne ne sait rien, mais chaque fois qu'il y a un nouveau convoi eh bien, l'air a une odeur différente et douceâtre de quelque chose qui brûle. Ce que nous croyons tous, bien que nous n'en ayons aucune preuve, c'est qu'ils tuent les femmes et les vieillards, peut-être même aussi les enfants, en les brûlant. Regardez autour de vous, en admettant qu'ils mettent les femmes et les enfants quelque part, vous ne voyez ici aucun vieillard, n'est-ce pas ? Mais attention ! Ne répétez jamais ce que je viens de vous dire…, ajouta-t-il à mi-voix. »

Bientôt une rumeur s'infiltra dans la baraque aussi insidieusement que l'odeur dont Tadek m'avait parlé. Nous avions parmi nous des religieux arrivés avec une famille nombreuse qui se mirent à se lamenter en se frappant la poitrine. Ils se tournaient vers l'est en chantant le Kaddish, la prière des morts. Pris de colère, Pierre les invectiva. « Arrêtez de prier pour les morts ! Vos invocations ne les aident en rien ! Nous devons rester forts sinon nous serons les prochaines victimes. » Les autres et moi-même abondèrent en ce sens mais un des religieux rétorqua, « Nous survivrons seulement si Dieu le veut ! Dieu désire-t-il la mort des enfants ? » Pierre se tut, réalisant subitement qu'il était impossible de trouver le moindre point de convergence entre des opinions aussi différentes.

L'assistant du chef de block nous observa tandis que nous choisissions nos couchettes, et il me sembla tout à fait naturel de partager la mienne avec Pierre. Etagées par trois, elles étaient équipées d'un mince matelas, de deux oreillers remplis de paille et de deux couvertures. La nôtre était une de celles du milieu. J'étais si fatigué que j'aurais pu dormir dans un endroit encore plus inconfortable. De plus, Pierre avait la même corpulence que moi, ce qui était un avantage dans un si petit espace. « Je vous conseille d'envelopper votre bol et votre cuillère dans votre chemise et de dormir dessus si vous ne voulez pas qu'on vous les vole ! », nous avisa le chef de block. Nous les plaçâmes donc sous nos oreillers et je m'endormis aussitôt.

Un hurlement répété à plusieurs reprises s'infiltra dans mon inconscient. *Aufstehen ! Aufstehen !* (Debout ! Debout !) J'essayai d'obéir mais n'y parvins pas. Quelqu'un me secoua avec insistance. Une voix près de mon oreille se fit pressante. « Réveille-toi, Freddie ! Réveille-toi donc ! » Je fus soudain pleinement conscient. Des hommes s'habillaient rapidement autour de moi et je bondis hors de la couchette, me souvenant d'attacher le bol autour de ma taille et de mettre la cuillère dans ma poche.

On nous dirigea à l'extérieur, dans l'obscurité, vers un endroit pour se laver. J'avisai une cuvette ronde avec six robinets devant laquelle se formait une queue. Aussi frigorifié qu'impatient, je doublai la queue et allai me déshabiller devant un lavabo placé à l'écart. J'avais à peine ôté ma veste que je fus saisi brutalement et qu'un coup violent atterrit sur mon visage. Mes lunettes se brisèrent et tombèrent par terre. Mon agresseur hurla, « ce lavabo est réservé aux kapos, espèce de sale Juif ! » Le sang jaillissant de mon nez je tremblais encore sous le choc quand une fois de plus Pierre vint à mon secours, me conduisit à notre cuvette et fit couler de l'eau froide sur ma nuque. « Tu es dingue, Freddie, complètement dingue, gronda-t-il. Qu'imaginais-tu quand tu n'as vu personne devant ce lavabo ? Pensais-tu qu'il était là seulement pour toi ? » J'étais incapable de répondre ne sachant pourquoi je me jetais toujours et encore la tête la première au-devant des ennuis. Le lendemain matin, au moment de me laver, je découvris enfin le panneau au-dessus du lavabo avec l'inscription « Pour les kapos seulement. »

Les jours suivants, je remarquai que certains d'entre nous négligeaient de se laver sérieusement, se tapotant seulement le visage avec l'eau glacée. D'autres ne quittaient même pas la baraque pour se laver. Pierre et moi étions parmi ceux qui se lavaient soigneusement et j'ai compris ce qui faisait la différence entre ceux qui survivaient et ceux qui n'y parviendraient pas.

De retour à la baraque, le chef de block et ses assistants nous donnèrent à chacun de l'ersatz de café, un petit morceau de pain et une fine tranche de margarine, notre seule ration de nourriture pour toute la journée. Ce premier jour, il y eut même une tranche de salami mais je ne réalisai pas alors que c'était un luxe. Assis par terre, Pierre et moi nous jetâmes sur le pain et le salami en avalant le café fade et brûlant.

Un homme de petite taille que je reconnus comme mon voisin de couchette vint s'asseoir avec nous. Hagard et anxieux, il commença à se plaindre amèrement. « Je partage ma couchette avec un type impossible. Avez-vous vu sa taille ? Je n'arrive pas à dormir et suis obligé de me mettre sur le bord tellement il tient de place. C'est terrible. Je n'en peux plus. Quand il va pisser et qu'il me réveille, il s'en fiche totalement. »

Nous essayâmes de le réconforter mais comme j'avais vite compris que c'était chacun pour soi, je remerciai le ciel d'avoir Pierre comme compagnon de lit.

« Terminez et retournez à votre couchette ! » intervint le chef de block.

Je regardai Pierre anxieusement, mon visage portant encore la trace du coup du kapo. « Qu'est-ce qu'il veut ? »

« Ne t'inquiète pas, rétorqua mon copain. »

Nous rejoignîmes notre couchette lorsqu'un assistant du chef de block, un homme avec un triangle rouge, apparut. « Vous les nouveaux, venez autour de cette couchette ! Je vais vous montrer ce que vous devez faire tous les matins ! Nous appelons cela *Bettenbauen* (faire son lit). » L'assistant aplanit le matelas, plia soigneusement la couverture et la plaça avec soin sur le mince oreiller empli de paille. Quand il eut terminé, l'ensemble ressemblait à une structure en angles droits. Je l'observai d'un air consterné. « Vous avez cinq minutes et je contrôlerai ensuite. Allez-y, je chronomètre... »

Pierre et moi retournâmes à notre couchette pour entreprendre ce travail. Ce fut d'abord une catastrophe, six d'entre nous se heurtant et se maudissant en s'efforçant d'organiser les couchettes sur trois étages. Nous comprîmes vite que celle du haut devait être faite en premier et ses occupants se tenir debout sur les bords de celle du milieu, la nôtre, pour réussir. Le « service de chambre » n'étant pas satisfait de nos efforts, rejeta les couvertures avec colère. « Encore ! » ordonna-t-il. » Alors, nous comprîmes qu'il était plus facile de faire ce *Betten-bauen* à trois seulement. « Je ferai la nôtre », annonça Pierre », et je m'assis à côté avec gratitude. Quand le « service de chambre » revint il sembla satisfait mais distribua quand même quelques gifles douloureuses à un malheureux d'une autre couchette. Notre groupe de six devint un spécialiste du *Bettenbauen*. Celui de la couchette du haut se tenait sur le bord de celle du milieu tandis que celui de la couchette du bas faisait son lit en mômo temps que lui. Ensuite Pierre faisait le nôtre en dernier.

Le chef de block apparut de nouveau et s'adressa à nous. « Maintenant je vais vous apprendre comment vous comporter dans le camp. » Il fit la démonstration du *Mützen auf* et *Mützen ab* (Mettre le chapeau et ôter le chapeau), le rituel lorsque l'on passait devant un officier SS. « D'abord, vous vous mettez au garde à vous ! Vous claquez votre chapeau contre la cuisse et si un officier s'adresse à vous, vous répondez avec votre numéro ! »

J'écoutai avec beaucoup d'appréhension cette litanie de règlements. « La réputation de cette baraque dépend de vous ! » continua le chef de block. « Si j'entends ne serait-ce qu'une plainte, je m'occuperai personnellement de vous, soyez-en sûr ! » Et je pensais aux deux matraques que j'avais vues sur le mur du *Tagesraum*.

Le chef de block se révéla à la hauteur de notre environnement. Le jour suivant mon arrivée une altercation se produisit avec un prisonnier polonais de notre baraque. Le Polonais qui portait un triangle rouge frappa au visage un nouvel arrivant et celui-ci, un homme bien bâti et hargneux lui rendit son coup. Une bagarre s'ensuivit et le chef de block surgit avec sa matraque alors que nous étions en train de séparer les combattants. « Ecoutez-moi, les Juifs ! Ce prisonnier..., et il montra le Polonais, travaille au bureau de l'administration. C'est un de mes assistants dans ce block ! Il a pour tâche de maintenir l'ordre, en vertu de quoi il a tous les pouvoirs sur vous ! Je vais donc punir cet individu. Baisse ton pantalon et penche-toi !, ordonna le chef de block. » Il le frappa durement sur les fesses de dix coups qui résonnèrent d'un bruit sourd et lui donna ensuite la permission de se rendre au *Krankenbau* (l'infirmerie du camp). Il revint presque aussitôt en nous disant: « Ils m'ont mis un peu de crème, je n'ai que des ecchymoses et des coupures. »

Cet incident m'apprit qu'il ne fallait pas avoir d'histoires avec des détenus qui portaient un triangle vert ou rouge.

De vieux prisonniers - ceux avec des numéros anciens - m'éclairèrent sur la signification des symboles portés à Auschwitz - le triangle noir pour les tsiganes, le rose pour les homosexuels, le violet pour les prêtres et les Témoins de Jéhovah, le vert pour les criminels de droit commun et le rouge pour les politiques. Nous autres Juifs avions seulement l'étoile de David. Seuls les triangles rouges et verts avaient des positions privilégiées et il fallait, soit s'en méfier, soit les courtiser.

Ce fut également ce deuxième jour que je pus prendre la mesure de mon environnement. Il y avait sur les murs du *Tagesraum* des fleurs artificielles et des journaux. Six couchettes y étaient disposées, une pour chaque assistant et au-delà de cette pièce, il y en avait une autre dont je n'ai jamais pu voir l'intérieur car c'était le domaine du chef de block. Il vivait là avec son *Pipel*, le garçon qui nous avait conduit dans notre baraque le premier jour et je ne fus pas long à apprendre le rôle de ces « jeunes assistants », ce qui faisait partie des particularités du camp. Le père de ce dernier était un Juif polonais de notre baraque. À Auschwitz, les Juifs polonais, endurcis par les épreuves subies bien avant l'arrivée des nazis, étaient des spécialistes en matière de survie. Je vis un soir ce père pleurant sur sa couchette et ne pouvant plus supporter ce qui arrivait à son fils. « Le chef de block... j'ai déjà assez mal de le voir tripoter mon garçon mais il faut qu'en plus il l'... » Sa seule consolation résidait dans les rations supplémentaires que recevait son fils et dont il bénéficiait.

Nous, les *Haeftlinge* (prisonniers ordinaires) vivions dans une autre partie de la baraque occupée par des rangées de couchettes divisées par deux couloirs. Nos seuls meubles se réduisaient à une longue table avec des bancs.

Les menaces du chef de block sur les manquements à la discipline s'incrustèrent dans ma mémoire longtemps encore après que cette horreur eut pris fin. A Paris, j'aimais être le point de mire pour profiter des plaisirs de la vie nocturne de Pigalle dans une ambiance de copains. Ici, je réalisai que la seule stratégie valable consistait à être servile et à observer le profil le plus bas.

J'étais en train de faire la queue pour la soupe ce soir-là lorsque, m'approchant du chaudron, je vis le chef de block une liste à la main répondant par un numéro à celui que donnait le détenu. *157103* annonçai-je et le chef de block consultant sa liste, répondit: *Kommando 95* ! (Groupe de travail 95).

Je fus déçu que Pierre soit affecté à un autre Kommando, le 43, mais il eut son sourire habituel et me dit: « T'en fais pas, Freddie, nous discuterons de ça demain soir. »

Cette première nuit à Auschwitz je découvris que malgré mon jeune âge je devais me lever quatre ou cinq fois pour aller pisser. Cela résultait du fait que la base de notre alimentation était en grande partie liquide. Ainsi cette première nuit, de même que les suivantes, furent marquées par de continuels va-et-vient qui s'ajoutaient au manque de sommeil de nos corps exténués.

Il va sans dire que cette péripétie physiologique s'ajoutait au rituel d'Auschwitz fondé sur les privilèges, l'humiliation et la corruption. L'unique seau de toilette partagé par tout le block - et nous étions trois cents - était sous la responsabilité d'un détenu appelé *Nachtwache* (gardien de nuit). C'était un Juif polonais du nom de Moische. Il dormait toute la journée sur sa couchette et recevait des rations supplémentaires en contrepartie de quoi il surveillait la nuit le seau placé à l'intérieur près de la porte de la baraque, personne n'ayant le droit de sortir sans sa permission. Ce très grand seau était disposé sur un large drap afin d'absorber toute la pisse qui avait manqué son but. Si vous pissiez et bavardiez sous son nez il pouvait s'il le voulait rapporter ce manquement à la discipline au chef de block qui vous punissait de cinq coups de cravache sur les fesses. Son travail consistait également de s'assurer que le seau ne déborde pas et la corvée de vidange tombait sur le malheureux qui s'en était servi le dernier.

Ceci m'arriva plusieurs fois. « Ton numéro ? », demandait le gardien et je savais ainsi que j'avais tiré le gros lot et devais vider cet énorme seau. Le gardien ayant noté mon numéro, je devais retourner misérablement à ma couchette et, selon le règlement, remettre mon pantalon et ma chemise. Je revenais ensuite vers le gardien qui me donnait une paire de sabots en bois. Je n'ai d'ailleurs jamais su pourquoi nous ne pouvions utiliser nos propres chaussures pour ça. Le seau était extrêmement lourd et, bien qu'il fut tout près de la porte, il fallait faire attention de ne rien renverser, même à l'extérieur. En dépit de mes efforts, j'ai souvent échoué et couvert mon pantalon d'urine et même de merde. La corruption étant chose courante, le gardien de nuit pouvait, moyennant un peu de pain ou de soupe, faire exécuter ce travail exténuant à un autre mais j'ai toujours préféré le faire moi-même plutôt que de me départir d'une miette de mes rations. Un prisonnier plus ancien me confia : « Si j'ai envie de pisser, je reste dans mon lit et attend que quelqu'un d'autre y aille parce que je peux dire où en est le seau rien qu'en écoutant le bruit du jet. » Je retins ce conseil et essayais d'évaluer ce fameux son dans le seau. C'était facile quand le seau était presque vide et que l'on entendait résonner le métal mais au fur et à mesure qu'il se remplissait, ma perception auditive devenait nulle et je n'arrivais jamais à juger à l'oreille où en était approximativement le niveau et ne devait compter que sur ma chance.

Les *Raus* ! et les *Aufstehen* ! hurlés par le chef de chambrée me réveillèrent.

Je n'oublierais jamais ce premier jour de travail. Je courus me laver avec Pierre alors que les autres faisaient d'abord leur couchette - il n'y avait pas de règle pour ça du moment que les lits soient faits correctement -. Après le café et la distribution de notre ration de pain pour la journée, nous fûmes rassemblés devant la baraque. Le chef de block nous compta et donna les ordres. Kommando 95 ! Suivez ce kapo ! Et tous ceux qui appartenaient à mon kommando suivirent le kapo vers notre emplacement sur l'aire d'appel. Tout était parfaitement organisé. Devant nous le Kommando 94 et derrière le Kommando 96. Le kommando au numéro le plus bas était le plus proche de la porte d'entrée du camp. Quelle était la tâche de nos kommandos respectifs ?

J'étais rempli d'appréhension et je ne réalisais pas encore à quel point je comptais sur la solidarité de Pierre dont le calme et la compétence me faisaient défaut. J'avais encore en tête ses mots de la veille : « *Nous discuterons de tout ça dans la soirée.* »

Le kapo nous ordonna d'avancer et je passai avec le kommando par la porte où j'étais arrivé deux jours plus tôt. Nous fûmes comptés à nouveau et le kapo annonça à son assistant SS : *Arbeits Kommando 95 mit 154 Haeflinge zur Arbeit* ! (Kommando de travail 95 avec 154 prisonniers travailleurs). Il cria *Mützen Ab* (Chapeaux bas) lorsque nous passâmes devant les SS et nous nous recouvrîmes la tête de la manière prescrite tandis que l'orchestre du camp jouait pour saluer notre sortie vers notre lieu de travail. Je me sentais étrangement vulnérable sans la sensation familière de lunettes sur mon nez quoique leur absence n'eût qu'une importance relative puisque nous n'avions rien à lire si ce n'est l'inscription déplaisante au-dessus du portail d'entrée.

Au bout de trente minutes de marche incon-fortable dans nos galoches de bois qui blessaient dou-loureusement ma peau, mon kommando arriva vers une usine qui semblait en construction. Des membres d'autres kommandos, au numéro inférieur au nôtre et qui avaient donc dû quitter le camp avant nous, étaient déjà au travail, creusant, transportant des barres métalliques et poussant des wagonnets de chemin de fer. Ils semblaient tous fournir un effort terrible. Des civils surveillaient les opérations et disparurent bientôt de ma vue. C'étaient des *Meisters* (maîtres), des civils allemands. Ils n'étaient pas chargés de la discipline mais signalaient le moindre problème aux SS.

Notre kapo nous conduisit à une rangée de wagonnets chargés de sacs de ciment autour desquels de nombreux prisonniers étaient réunis. Des hommes juchés dessus prenaient sur leurs épaules ces sacs que d'autres leur tendaient d'en bas tandis que certains d'entre eux jetaient des pelletées de ciment dans des brouettes qu'ils poussaient vers un des nombreux bâtiments en construction.

Je fus saisis par la réalité de ce que représentait le Kommando 95 : un gros effort physique pour des estomacs vides. Cela me rappelait un film que j'avais vu à Vienne montrant des esclaves égyptiens flagellés pour encourager leur ardeur. Ici, les kapos criaient *Faster* ! (plus vite) en utilisant leur cravache. Notre kapo ordonna à deux d'entre nous d'aller vers un wagonnet et à deux autres de se rendre au pas de course dans le bâtiment. « Vous, une fois dans le bâtiment et dès que les sacs arrivent vous les ouvrez et mettez le ciment en tas. Le reste des *Franzosen* (Français) transportera les sacs jusqu'au bâtiment », et il nous indiqua un bâtiment situé à une cinquantaine de mètres. *Franzosen*, c'est ainsi que le chef de block nous appelait dans la baraque 53, tandis que pour les nazis nous n'étions que le numéro que nous portions sur le bras.

On nous avait rasé la tête au point que plus rien ne nous distinguait à part nos traits. En fait, ils gommaient l'histoire d'une vie qui définissait l'identité de tout être humain. Allemand, Autrichien, Français ou Hollandais, peu importe ! Nous étions Français parce que nous venions de Drancy ; c'était la seule part de notre passé qu'ils nous accordaient.

J'eus très peu de temps pour m'habituer, aucun prisonnier ne m'aidant à mettre le sac de ciment sur mes épaules et je titubais sous son poids jusqu'au bâtiment. Je déposais le premier sac, m'arrêtais pour reprendre mon souffle mais, aux *Schnell* ! du kapo, moitié courant, moitié marchant, je prenais un autre sac. A chaque voyage le sac devenait de plus en plus lourd et la distance de plus en plus longue. Je n'osais lever les yeux sur aucun de ceux qui appartenaient à cette chaîne de travail impitoyable. Je compris alors qu'il s'agissait d'un instinct de survie animale. Dès qu'un officier SS s'approchait, le kapo faisait montre de zèle pour justifier son statut et utilisait alors sa cravache sur le premier infortuné qui tombait sous sa main en lui lançant des *Los* ! et des *Schnell* ! pour le faire aller plus vite. Tout le reste était interdit. Le seul moyen d'avoir un peu de répit était de demander la permission au kapo d'aller aux latrines pour pisser, et même ceci n'était autorisé que deux fois par jour, une fois le matin et une fois l'après-midi. Le travail facile de surveillance des latrines était dévolu à un des sous-ordres du kapo. Celui-ci connu sous le nom de *Scheissmeister* (le maître de la merde) était généralement un prisonnier plus ancien. Il s'assurait que nous ne restions pas longtemps. D'autres prisonniers privilégiés nous surveillaient également - habituellement des triangles rouges ou les préférés du kapo.

J'avais dévoré ma ration de pain du matin dès je l'eus entre les mains et, tandis que je peinais dans le froid sous le poids du sac de ciment, je ne pensais à rien d'autre qu'à la soupe de midi. J'avais toujours envie de manger et appris ainsi que l'on ne s'habituait jamais à la faim à Auschwitz.

Les constructeurs de l'usine de Buna n'étaient pas tous des prisonniers. Quelques-uns étaient des ouvriers polonais et les autres des travailleurs sous contrat, généralement des Français. Ils étaient payés et, plus important encore, bien nourris. Il nous était interdit de leur adresser la parole et eux de nous parler mais j'ai quand même essayé. J'aurais fait n'importe quoi pour de la nourriture ou pour une cigarette que j'aurais pu échanger. Je m'approchais de temps en temps des travailleurs français, espérant quelque avantage puisque je parlais leur langue mais terrorisés par les SS, ils m'ignoraient et regardaient autour d'eux avec nervosité si bien que j'en ai rarement profité.

Finalement, la sirène de l'usine retentit pour annoncer la fin du travail aux civils allemands et aux autres travailleurs. J'allai à la marmite de soupe espérant y trouver quelques légumes mais malheureusement le liquide était si clair qu'il y avait peu à espérer et bien que le kapo y plongea profondément sa louche je ne voyais rien qui puisse révéler quoi que ce soit de consistant. Je bus jusqu'à la dernière goutte et souffrant de partout me laissais littéralement tomber par terre pour dormir, uniquement pour dormir le plus possible bien que nous n'ayons qu'une demi-heure de repos. A peine avais-je fermé les yeux que je fus ramené à la cruelle réalité par les bruits et les coups de sifflet des kapos. Une fois de plus, je recommençai à charrier les sacs de ciment du train au bâtiment. J'entendis un peu plus tard les sirènes rappeler les ouvriers allemands de leur pause repas et cela me parut assez injuste, moi qui travaillais déjà depuis une heure.

Parmi notre groupe, un Français nommé Marcel semblait peu affecté par l'ambiance et j'avais reconnu grâce à son numéro qu'il avait fait le trajet de Drancy avec moi. Il avait environ vingt ans et avait du faire des poids et haltères. Ses larges épaules en témoignaient et la facilité avec laquelle il soulevait un sac de ciment allait de pair avec son attitude pleine d'entrain. A chaque fois que je passais devant lui pour prendre un autre sac, il chantonnait calmement: « Courage camarade ! On les aura ! » Nous cherchions tous à nous mettre dans son orbite. Moi, qui me considérais comme un éternel optimiste, je ne pouvais que chercher à suivre son exemple et encourager autant que possible les autres prisonniers. Pierre et moi aimions parler avec lui. « Courage », disait-il toujours à chaque fois que nous entendions des rumeurs sur l'avance des Alliés. L'entendre me réchauffait le cœur d'espoir. Son état d'esprit n'était pas celui d'un fou irréfléchi ou trop optimiste mais venait du plus profond de lui-même où seule régnait la certitude du triomphe du bien sur le mal. L'avoir connu fut pour moi une leçon d'humilité mais, bien qu'il dormait non loin de nous dans la baraque, je n'ai jamais su s'il avait survécu à Auschwitz.

Le kapo siffla enfin la fin de la journée de travail. Je n'avais jamais connu une si grande fatigue et fus alors certain que ce kommando du ciment serait ma fin. Ceux qui étaient autour de moi paraissaient aussi exténués.

Nous rentrâmes au camp à pied, marchant durant une demi-heure comme une troupe de soldats en retraite. J'aperçus le portail et entendis la musique, une marche militaire me sembla-t-il. Je jetais un coup d'œil à l'inscription et réalisais amèrement que si le travail rendait libre, ici il nous tuerait et alors nous serions libres. Je regardais de nouveau l'orchestre et remarquais qu'il y avait seulement deux violoncelles et une idée germa immédiatement dans mon esprit : il me fallait absolument essayer d'entrer dans l'orchestre.

Le kapo cria *Mützen Ab* ! 154 pauvres hères épuisés soulevèrent leur chapeau et entrèrent dans le camp, alors qu'il annonçait notre retour aux SS qui nous attendaient: *Arbeits Kommando 95 mit 154 Haeftlinge zurück im Lager* !

Enfin arriva le gruau du soir. « Il est plus épais le soir », me dit un ancien prisonnier de notre baraque. Il me fallut plusieurs jours pour apprendre une astuce fonda-mentale qui consistait à ne pas être parmi les premiers servis, cela surtout pour profiter des rares morceaux de légumes restants au fond de la marmite.

J'essayai de me lier d'amitié avec un personnage important de notre baraque. N'ayant pas toujours eu de succès en la matière, s'en fut un avec ce prisonnier politique tchèque appelé Janek et parlant très bien allemand. Comme la plupart des gens de notre baraque étaient des Français, je sortais de l'ordinaire en lui parlant allemand sous le premier prétexte venu. Il sembla nous apprécier Pierre et moi et nous parlions souvent politique ensemble. Pierre et lui étaient d'authentiques communistes qui discouraient éloquemment de leur foi en une société juste qui jaillirait des cendres du cauchemar fasciste. Janek était sûr que les Russes domineraient le monde et qu'une telle société arriverait au pouvoir. Toutefois, sa voix s'adoucissait lorsqu'il parlait de son amie qui l'attendait dans un petit village de son pays. Le plus important pour nous était que Janek distribuait souvent la soupe. Il fouillait le fond de la marmite pour essayer de nous trouver des morceaux de légumes et nous donnait une ration de pain plus grosse que celle que nous recevions d'habitude.

Je fus surpris de retrouver Pierre qui semblait moins fatigué que moi après notre première journée de travail. « Qu'est-ce que tu fais ? Je suis mort de fatigue. J'ai transporté des sacs de ciment toute la journée. Je ne sens plus mes pieds. Quel est ton travail ? »

« Je suis dans un kommando de *Schlosser* (serrurier) et nous ne sommes pas nombreux. »

227

J'en étais abasourdi. « Comment t'es-tu arrangé pour l'obtenir ? »

« Oh, tu sais, me répondit-il en souriant avec sa désinvolture coutumière, quand on nous a enregistré et que l'on m'a demandé ma profession, j'ai dit que j'étais serrurier et que j'avais travaillé un moment à Marseille. »

Plus tard, en pensant à la tournure que prenaient les évènements, je n'étais pas vraiment surpris de l'assurance de Pierre. Quelqu'un comme lui comprenait instinctivement que quand on vous posait une question. il fallait louvoyer, surtout quand la réponse ne pouvait être vérifiée. Je m'en voulais d'avoir été si bêtement naïf et imprévoyant en déclarant que j'étais étudiant.

Je décidai de sortir de la mauvaise situation dans laquelle je me trouvais et mes pensées se tournèrent vers l'orchestre.

Nous avions le droit de flâner à l'intérieur des limites du camp après notre journée de travail jusqu'à ce que l'on nous ordonne de retourner à notre block. Dès que j'eus lapé le fond de mon bol de soupe, je découvris que les musiciens étaient au block 33 près de l'entrée du camp où ils jouaient tous les jours. Tout en faisant route vers ce groupe de baraques je me persuadais que s'en était terminé de mes ennuis. Je me voyais déjà assis avec mon violoncelle en train de jouer plutôt que de mourir à petit feu. Je me félicitais d'avoir appris à jouer de cet instrument. Quel extraordinaire coup de chance, me dis-je, qu'un hasard de jeunesse puisse me sauver du dur labeur du kommando du ciment ! Empli d'optimisme j'approchai de la baraque 33, frappai à la porte et sourit de manière engageante au prisonnier juif d'âge moyen qui m'ouvrit et me regarda d'un air interrogateur. Je lui expliquai que j'étais violoncelliste. Il me regarda et éclata presque de rire. « Quel âge as-tu ? Seize, dix-sept ans ? Ici, nous n'avons pas d'amateurs ». » J'insistai et il me dit d'attendre un instant. Un moment plus tard un homme apparut que je reconnus comme le chef d'orchestre. C'était un prisonnier politique polonais d'âge moyen également et plutôt grand. J'expliquai d'un ton suppliant que je jouais du violoncelle depuis l'âge de six ans. « Et j'en ai vingt-deux aujourd'hui, lui dis-je, j'ai donc joué pendant plusieurs années. »

Le chef d'orchestre me regarda d'un air sympathique. Il savait pourquoi j'étais là et ce que j'essayais d'éviter. « Parle-moi de ton expérience avec orchestre, me demanda-t-il. »

Avec hésitation et le cœur battant je lui dit avoir joué avec l'orchestre de mon école et en trio avec mes frères de la musique légère pour des réceptions, des œuvres de charité et autres manifestations. Je n'avais aucune raison de mentir car il aurait pu s'en rendre compte.

Il secoua la tête tristement. « Ecoute, les musiciens de cet orchestre sont des professionnels et nous avons même des professeurs d'académies de musique. Je ne peux pas prendre d'amateurs, je ne le peux vraiment pas. Je suis désolé. » Il me souhaita bonne chance et me mit dehors.

J'étais profondément déçu. Mon rêve d'une vie différente et plus facile s'en allait en lambeaux. Il me sembla que ma faim inextinguible et mon travail d'éclopé demeureraient mon lot à jamais.

C'est à cet instant-là que j'eus un coup de chance extraordinaire. Comme je retournais à ma baraque, j'aperçus le visage familier du professeur Waitz. Je l'appelai en me précipitant vers lui. Il me vit et m'accueillit chaleureusement. « Freddie, c'est si bon de vous voir ! Que vous est-il arrivé depuis que vous êtes ici ? »

Je ne perdis pas de temps à raconter mes malheurs. Nous parlâmes en français comme je le faisais souvent avec Pierre bien que nous y mêlions parfois des mots d'argot viennois. « Si seulement j'avais réfléchi avant de dire que j'étais étudiant et j'ajoutai, ... je viens de tenter ma chance avec l'orchestre mais ils m'ont refusé. » Le kommando du ciment me fera crever. Je me suis fait un ami qui partage ma couchette et qui est dans un kommando de serrurier où il est très heureux. »

« Écoute, Freddie. Comme tu as été gentil avec moi dans le train et que j'ai un bon travail à l'hôpital, viens me voir chaque soir si tu peux et j'essaierai de te trouver des rations supplémentaires. Quant à ton travail, je verrai ce que je peux faire. »

Je le remerciai du fond du cœur et le quittai en songeant que ma bonne fortune ne m'avait pas encore abandonné. Je croyais que j'avais de grandes chances de survivre dans cette dure épreuve pour raconter plus tard au monde entier ce que les nazis avaient fait aux Juifs.

J'annonçais la bonne et la mauvaise nouvelle à Pierre.

« Si ce professeur est aussi bien qu'il me paraît, il fera quelque chose pour toi, me répondit-il. »

« Si seulement je pouvais entrer dans ton kommando, lui dis-je avec espoir. »

Le professeur Waitz se révéla à la hauteur de ses promesses. Chaque soir quand je pouvais aller à l'hôpital dans la partie est du camp, et bien que souvent occupé à soigner des gens, il me faisait signe en souriant de prendre un peu de soupe et du pain. Il était devenu un personnage important et c'est pourquoi il avait toujours de bonnes rations.

Et c'est ainsi que mon amitié avec le professeur me sauva la vie. J'étais devenu une sorte de privilégié par personne interposée. Je rapportais de temps en temps un morceau de pain à Pierre et lui rendais ainsi la pareille pour ce qu'il avait fait pour moi et surtout parce qu'il s'occupai de notre lit chaque matin.

Je n'étais pas encore sorti du kommando du ciment. Soutenu par les rations supplémentaires j'étais en mesure de supporter le poids des sacs mais cette alimentation d'appoint ne libéraient pas mon corps des douleurs ni de ma peur des coups de matraque si je ne travaillais pas assez vite. Chaque jour, ma seule préoccupation consistait uniquement à manger et dormir.

Mes pieds se couvrirent rapidement d'ampoules à cause du poids pharamineux des sacs de ciment. Je remarquais que certaines crevaient et que la grosse toile des galoches frottait impitoyablement sur ma peau insuffisamment protégée. Je rendis visite au professeur. Il parut inquiet à la vue de mes pieds. « Avant peu Freddy, dit-il, ceci peut devenir dangereux, voire incurable. »

Il me regarda de façon significative et ajouta, « les gens avec *dicke Füße* (pieds enflés) disparaissent. Prends cette pommade...»

Ce fut Janek qui me parla de la graisse de machine que les détenus utilisaient pour frotter la toile de leurs galoches. « Tu peux en obtenir du chef de block. Il en fait le trafic. » Comme le devoir du chef de block consistait à s'assurer que ses hommes soient en état de travailler, il en distribuait quand il réussissait à en trouver. De cette manière, je pus soulager quelque peu ma souffrance.

Ma chance survint d'une autre façon car je fus muté aux brouettes après quelques jours et mon travail devint ainsi plus aisé. Deux journées particulières de ce kommando du ciment me restent cependant en mémoire.

Une de ces journées où il pleuvait, j'étais aligné avec mon kommando sur la place d'appel. A la pensée que les sacs de ciment seraient encore plus lourds à cause de la pluie, je ruminais de sombres pressentiments lorsqu'une bonne nouvelle survint à l'usine. Le kapo nous informa que le ciment n'était pas arrivé. « Aujourd'hui vous creuserez des routes, dit-il. » Mon cœur fut soulagé quand on nous mit par groupes de dix avec des pelles et qu'on nous mit à l'ouvrage sous les ordres d'un assistant qui disparut rapidement dans sa cabane. Cet homme était un communiste français ; il haïssait les Nazis et nous laissa livrés à nous-mêmes.

Non surveillés, nous pûmes parler ensemble tout en ne quittant pas des yeux les SS ou les kapos les moins sympathiques. Mais de quoi parlent les Français, les vrais Français, pas les *Franzosen* comme nous appelaient les kapos ? De nourriture, où le vin, l'ail et les herbes aromatiques prédominaient. Chacun prônait les spécialités de sa région. « Freddie, qu'est-ce que tu te ferais ? », me demanda-t-on à tout hasard. Je dus avouer que je n'avais jamais fait la cuisine de ma vie et à la place me mis à leur parler de mes fantasmes culinaires. Cela vint tout seul : j'étais libre et retournais dans mon petit appartement de Pigalle. J'entrai dans ma kitchenette, remplissais jusqu'à ras bord un grand seau en aluminium avec du chocolat fondu et l'installait, avec une grande quantité de biscuits sur le sol près de mon canapé-lit. Je m'allongeais sur le canapé, allumais la radio qui jouait soit la « Symphonie du Nouveau Monde » de Dvorak, soit la « Rhapsodie en Bleu » de Gershwin. J'avais une tasse en porcelaine que je remplissais continuellement de chocolat jusqu'à ce que le seau soit vide. Je finissais alors les biscuits et restais là allongé en écoutant la musique et m'imaginant en train de jouer du violoncelle dans l'orchestre. Mon rêve naïf créa de gros rires mais mon estomac n'aima pas trop cette histoire. J'avais raconté ce rêve uniquement pour rester dans l'ambiance générale. L'assistant kapo avait rejoint notre groupe et, semblant amusé d'entendre nos histoires, ne nous remettait au travail que dès qu'un SS approchait.

Quand les sirènes sonnèrent, je courus vers la cabane où la marmite de soupe nous attendait. Puis ce moment idyllique prit fin brutalement. « Le ciment est arrivé » nous informa le kapo, et le cœur gros je m'apprêtais à un long et dur après-midi.

L'autre événement mémorable du kommando du ciment fut assez déplaisant.

Ce fut la seconde fois où je fus confronté personnellement à la violence. Comme d'habitude, ce fut mon impulsivité qui en fut la cause.

Je savais qu'il y avait des POWs (prisonniers de guerre) britanniques à Auschwitz. Tout le monde le savait et ces prisonniers de guerre étaient réputés pour leur bienveillance envers les prisonniers comme nous. Ils travaillaient à l'usine sous un régime totalement différent du nôtre, bien habillés et recevant régulièrement des colis de la Croix-Rouge. Un prisonnier de notre block nous avait montré deux cigarettes qu'il avait reçues de l'un d'eux.

Ce jour donc, je vis un de leur groupe en train de travailler non loin de nous. Je demandai au kapo la permission d'aller aux latrines mais me dirigeai au contraire vers les prisonniers Anglais qui n'étaient pas séparés de nous par des clôtures en fil de fer barbelé. Avec leur veste doublée, ils semblaient avoir bien chaud et je les enviais. Je leur demandai une cigarette et l'un deux m'en jeta une à moitié fumée. Je la mis dans la poche de mon pantalon et m'en retournai convaincu que tout allait bien, ayant omis de vérifier si quelqu'un m'observait. J'entendis alors un bruit et vis notre kapo me courant après. Il me frappa en plein visage. Une fois de plus le sang se mit à couler. Il me poussa dans sa cabane où il prit la cigarette dans ma poche puis s'empara de sa matraque en caoutchouc, m'ordonna de baisser mon pantalon et me donna dix coups sévères sur les fesses. La douleur fut terrible mais je gardai le silence jusqu'à mon retour sur mon lieu de travail où je me mis à pleurer. Les mots du kapo résonnaient encore dans ma tête : « Tu as de la chance de ne pas avoir les vingt-cinq coups prévus. Je suis de bonne humeur aujourd'hui. »

J'avais trouvé dans un coin un sac de ciment vide qui pouvait me protéger du froid cuisant et le cachai sous ma chemise. Naturellement, si j'avais été pris j'aurais été sévèrement puni mais c'était le risque à courir parce que ce sac, que je remplaçai de temps en temps par un neuf, était un parfait isolant.

Le professeur Waitz organisa mon transfert. Un soir, alors que cela faisait à peu près deux semaines que j'étais à Auschwitz, j'étais en train de manger ma soupe avec Pierre et le chef de block inscrivait certains membres de ma baraque pour l'hôpital lorsqu'il appela mon numéro: 157103. ! « Vous êtes maintenant au Kommando 43 ! Vous commencerez demain matin. » Je me tournai vers Pierre, tout joyeux. « Nous allons travailler ensemble, dit-il, aussi heureux que moi. » Il ne perdit pas de temps pour me mettre au courant. « Tu n'auras aucun problème avec le kapo, ni même avec le *Meister* allemand qui est un vrai nazi, avec badge du parti, un peu brusque avec nous mais sans exagération. »   Plus tard, il ajouta : « Freddie, je te montrerai comment voler. »

Le professeur fut mon protecteur. Il avait une position qui le plaçait hors du monde des prisonniers ordinaires. Quand je vins la fois suivante prendre mes rations supplémentaires, je le remerciai de tout mon cœur. Il mit son bras autour de mes épaules, comme un geste de réconfort paternel, et me dit: « Tu es un ami, Freddie, un ami. » De tels actes d'amitié me rappelèrent que j'étais toujours un être humain en dépit de ce que les nazis essayaient de faire de moi.

Cependant, même la vie d'un « privilégié » pouvait se terminer violemment. Je travaillais au kommando de serrurerie depuis environ un an lorsqu'un soir du printemps 1944 nous rentrions péniblement en foulant la terre polonaise, nos galoches faisant souffrir nos pieds malgré la graisse de machine. J'étais au moins protégé des éléments par mon sac de ciment.

L'orchestre du camp, qui pour moi n'était plus qu'une musique de fond, jouait comme d'habitude et notre kapo nous annonça qu'il était aujourd'hui au grand complet sur ordre des SS.

La routine était toujours la même mais ce jour-là, au lieu de nous diriger vers notre baraque, on nous fit aligner sur la place d'appel. Le puissant projecteur du mirador illuminait dans le crépuscule un groupe de trois gibets sur une estrade et trois chaises vides attendant leurs victimes. Pierre et moi échangèrent un regard. C'était comme une scène de théâtre. Soudain les acteurs apparurent, d'abord les SS avec leurs mitraillettes prenant position dans le périmètre, puis le colonel Schwarz avec sa cohorte d'officiers. **(1)** Les kapos nous hurlèrent *Mützen Ab* !, et quinze mille prisonniers épuisés ôtèrent la loque humide qu'ils avaient sur la tête. Le chef de camp se rendit avec les SS dans une casemate voisine et ramena trois hommes, les mains attachées dans le dos. Quand la lumière éclaira leurs pâles visages, je les reconnus sur le champ. C'étaient trois privilégiés que tous enviaient parce qu'ils travaillaient dans les baraques des SS, ce qui améliorait considérablement leur ordinaire. Trois kapos les prirent en main et ceux que je pus observer regardaient les gibets d'un air de défi. Les SS avaient leurs mitraillettes braquées sur nous. Les kapos leur mirent la corde autour du coup et les forcèrent à s'asseoir sur les chaises. Un officier nous adressa alors d'une voix forte ces mots grandiloquents : « Au nom du Peuple allemand et par ordre du Reichsführer Himmler les trois prisonniers, Nathan Weissman, Janek Grossfeld et Léo Diament sont condamnés à mort par pendaison pour leurs activités subversives envers le Reich allemand ! » On ne nous précisa pas le genre d'activités mais, entendre trois d'entre nous nommés par leur propre nom, fut une étrange expérience.

Il y eut un court silence et, soudainement, une voix claire s'éleva des gibets: *Kopf hoch, Kameraden, wir sind die letzten* ! (Courage camarades, nous sommes les derniers). Un autre condamné cria: *Es lebe die Freiheit* ! (Vive la liberté). Des bribes d'espoir m'envahirent en

237

entendant ces mots courageux offrant une image suprême du genre humain que j'avais presque occultée dans l'univers obscur d'auto-survivance dans lequel j'étais obligé de vivre. L'officier ainsi que ses compagnons bourreaux devinrent furieux face à cette défaite psychologique. « Allons-y ! », cria-t-il aux trois kapos qui renversèrent aussitôt les chaises. Cette perte de maîtrise nous encouragea et, comme si nous nous étions passé le mot, nous criâmes tous *Servus* !, à la fois un salut et un adieu. Cette manifestation de notre part fut marquée par des regards d'incertitude de la part de nos bourreaux Ils semblaient ne pas savoir quoi faire et mon esprit s'enflamma en constatant leur impuissance face à notre multitude. Néanmoins, ce grand moment, cette immense sensation générale de puissance s'effaça rapidement lorsque nous retournâmes vers nos baraques. Mais pour Pierre et moi, l'enivrement de cet instant de défi et l'unanimité qui avait régné entre nous ne nous abandonna pas. Nous discutâmes tous avec chaleur de la manière dont les Allemands avaient si peu prévu notre réaction à leur horrible spectacle et combien braves avaient été ceux qui ont péri sur le gibet en narguant l'ennemi. C'était presque une victoire.

Pourtant chacun d'entre nous retrouva vite ses propres préoccupations. Tout ce qui m'importait était de rester en vie. Ma vision de l'avenir n'allait pas au-delà de mon prochain bol de soupe et de l'amitié que Pierre me dispensait; même si, allongés en tête-bêche sur notre couchette, nous étions inconsciemment incommodés l'un et l'autre par l'odeur de nos pieds, particulièrement les miens dont la puanteur provenait de la suppuration causée par mes galoches en bois, pour laquelle il y avait peu de chose à faire. Nous avions aussi des rumeurs qui circulaient à propos des trois pendus; on disait qu'ils avaient été complices du *Schreibstube* (bureau de l'administration) ou d'un chef de block qui avait tenté de sauver des gens destinés aux « sélections ». Personne ne savait la vérité avec certitude et peu d'entre nous avaient assez d'énergie pour s'en préoccuper.

Passer une « sélection » n'était pas évident. Les prisonniers polonais qui étaient toujours les premiers à sentir venir la prochaine, couraient partout en clamant *Selectja ! Selectja* ! J'attendais chacune d'elles avec une seule détermination : « passer au travers ».

Ma toute première eut lieu juste avoir rejoint le kommando de serrurerie. « Vous ! Restez dans la baraque ! » annonça le chef de block - c'était toujours un dimanche et toujours ces mêmes mots - et nous sûmes ainsi que les Polonais avaient eu raison. « À votre couchette ! Déshabillez-vous ! » m'ordonna le chef de block. Assis l'un à côté de l'autre, nous attendions Pierre et moi l'arrivée des Allemands en nous encourageant mutuellement. « *Je n'ai pas l'air malade ? Bien sûr que non. Suffisamment fort pour les travaux manuels ? Certainement ! Redresse-toi et bombe le torse lorsque tu seras devant eux, marche avec confiance et aie l'air résolu. C'est ce qui les impressionne. Est-ce que j'ai l'air d'un musulman ? Es-tu fou ? Regarde-les bien en face.* »

Les musulmans, ainsi que nous les appelions, étaient nombreux autour de nous et quelques uns d'entre eux passaient en ce moment par la cheminée, transformés en fumée. Nous étions bien sûr des sacs d'os mais les musulmans étaient dans un état lamentable. Non seulement marqués par leur teint jaunâtre, ils étaient voûtés, résignés, et se déplaçaient difficilement. Ils avaient souvent les larmes aux yeux et j'évitai de les regarder dans l'angoisse qu'un simple coup d'œil puisse m'infecter moi-même. Je ne ressentais pour eux que de la pitié, la sympathie étant un sentiment appartenant à un autre monde. Le chef de block n'avait parfois même pas besoin d'attendre l'avis des SS. Il leur arrivait de sélectionner un ou deux musulmans avant qu'ils le fassent eux-mêmes, car garder de tels individus voués inévitablement à la liquidation était une perte de temps qui aurait pu le mettre en difficulté face aux autorités du camp.

« *Tu n'as rien à craindre ! Tu es est très fort et tu as le moral... !* » Mais ces mots n'avaient plus d'importance, les SS étaient là et parmi eux, un docteur en blouse blanche. Ils s'installèrent avec le chef de block. Nous étions nus et alignés devant l'entrée. Devant moi, des êtres humains forcés de travailler pour les Allemands annonçaient leur numéro en passant un par un devant leurs juges. Les SS leur ordonnaient de tourner sur eux-mêmes tandis que le docteur examinait rapidement ce qui était supposé être leur fessier avant de les renvoyer. Pourquoi ? J'appris vite que ces fesses décharnées et flasques présentaient le signe incontestable de l'inutilité d'un individu qui offrait tous les symptômes du musulman. Dès lors, à la vue de telles fesses, le docteur n'avait plus qu'à cocher le numéro de leur propriétaire.

« *Eins fünf sieben eins null drei* ! » (un, cinq, sept, un, zéro, trois). J'annonçai mon numéro en passant devant leurs visages impassibles, la tête haute dans une absurde parodie de confiance en moi. Tournez-vous, dis l'un d'eux en examinant mes fesses. Puis un silence, le temps d'une expertise impitoyable. Allais-je vivre ou mourir ? Ils me laissèrent enfin partir. Avais-je réussi ? Je ne le savais pas encore mais au bout d'une journée, comme il ne se passait rien, je sus que pour cette fois j'étais sauvé. Je remerciai le destin en rendant grâce aux rations supplémentaires de Robert Waitz qui avaient rembourré mes fesses.

Je ne me souviens plus du nombre de sélections par lesquelles je suis passé. Est-ce parce que je ne me souviens que de la première ou est-ce parce qu'elles se sont toutes confondues en une seule ? Un cauchemar répétitif qui ne se différenciait que par un infime détail. Néanmoins, chacune d'elles confirmait à nouveau l'insignifiance de mon existence aux yeux des Allemands, m'obligeant ainsi à me cramponner à la vie avec opiniâtreté. Celui qui lit ces lignes pourrait s'imaginer que je fais peu de cas de l'alternance des saisons mais il n'y avait pas de saisons à Auschwitz et s'il a fait chaud un jour, je ne m'en souviens même plus. Je subsistais sans être conscient d'autre chose que la faim, le travail et les sélections.

Je devins un voleur au détriment de mes compagnons de misère qui, comme moi, évoluaient aux confins de la mort.

Agissant ainsi, je faisais fi de valeurs humaines comme la confiance et la solidarité avec une seule et unique raison: manger.

Peu de temps après être arrivé au camp je remarquai qu'un homme de mon kommando ne mangeait que la moitié de son pain et qu'il ne s'était certainement pas rendu compte que quelqu'un l'avait vu cacher l'autre moitié sous sa paillasse. J'avais pris le pain de cet homme, seule source de son alimentation, sans même y réfléchir et quand il revint et se mit à fouiller désespérément sous son matelas en hurlant, l'expression de son visage était telle que j'ai encore de mal aujourd'hui à l'oublier. Ce fut la première fois mais non la dernière. Je me souviens d'une autre de mes victimes, un pauvre Hongrois, mais je me moquais pas mal de son angoisse.

Pour ce qui me concerne, la chance fut de mon côté et, m'arrangeant tous les jours pour traîner un peu dans la baraque afin de découvrir des aliments cachés, je trouvais souvent une bonne occasion pour m'emparer de quelque nourriture.

Un jour que j'étais au garde-à-vous au milieu de mon kommando dans l'attente de partir travailler, un incident attira mon regard vers un autre kommando. Un kapo avait saisi un prisonnier et je reconnus Bernie que je n'avais plus revu depuis notre départ de Drancy. Nous nous rencontrâmes un soir entre l'heure de la soupe et l'extinction des feux et bavardâmes ensemble avec émotion. « Ils m'ont tabassé parce que je ne me tenais pas bien au garde-à-vous, me dit-il. » Nous parlâmes également du tunnel que nous n'avions pu finir tout en constatant amèrement l'impossibilité de s'évader d'où nous étions. Ce fut la dernière fois que je vis.

Le kapo de mon nouveau kommando était un prisonnier au triangle vert qui, comme Pierre me l'avait annoncé, semblait plus tolérant que mon kapo du ciment. On nous avait mis dans un bâtiment où nous déplacions de lourdes pièces métalliques d'un endroit à un autre. Notre kapo ayant allumé un feu dans un baril, ce travail était agréable comparé à celui de l'extérieur car après avoir entassé nos pièces de métal, nous pouvions réchauffer nos mains durant quelques secondes tout en testant la mansuétude du kapo jusqu'à ce qu'il décide à nous envoyer ailleurs.

Pierre m'initia à ses activités et me fit une démonstration de son système de contrebande qui ne pouvait être accompli que lorsque nous étions détachés dans une autre partie du bâtiment. « Freddie, regarde et apprends. Tu fais un paquet avec ça… », et il enveloppa quelques clous dans un chiffon. Ensuite, il prit un bout de fil de fer, l'enroula autour du paquet, baissa son pantalon jusqu'aux genoux et attacha le tout autour de sa taille. Le prix à payer si l'on était pris par un kapo était de vingt-cinq coups de fouet dont parfois certains mourraient si c'était un SS qui s'en chargeait. Pierre réussit même un jour à voler un petit marteau après l'avoir attaché dans son dos avec du fil de fer. Nos portions ces objets à notre kapo - dix clous équivalant à un bol de soupe. Janek nous avait parlé de l'huile de machine pour graisser les galoches. Nous en faisions le trafic en la faisant entrer au camp dans des paquets de chiffon. Si notre chef de block avait encore suffisamment de cette huile ou d'autres produits que lui apportions, on pouvait écouler notre stock dans une autre baraque. Nous arrivions à survivre grâce à çà.

Six mois environ après mon arrivée à Auschwitz, c'est-à-dire en mai 1944, les nazis organisèrent une autre manifestation. Il y avait dans le camp un boxeur français qui s'appelait Victor Perez et avait été champion du monde poids plume. Je parlais souvent avec lui bien qu'il fût d'esprit assez lent et difficile à comprendre, probablement à cause des coups reçus sur le ring. Comme boxeur, il avait une position privilégiée en cuisine et, à Auschwitz, son cerveau handicapé n'avait jamais été un réel désavantage. Il venait de Tunis et me raconta qu'il avait été arrêté à Paris dans le quartier de Belleville. Il s'avéra qu'il était venu de Drancy dans le même convoi que moi. Il semblait avoir de bonnes relations avec tout le monde et je crois, étant donné son passé sportif, que même les SS l'admiraient. Au printemps 1944 une nouvelle filtra comme quoi Perez et quelques autres allaient faire un combat de boxe. Un ring fut érigé sur la place d'appel avec des sièges disposés tout autour réservés pour les SS et les officiels. Nous savions que ce serait un dimanche après la soupe du soir. Ce jour-là, Pierre et moi errions sur la place. Deux cents SS de tous grades, beaucoup d'entre eux venant d'autres camps, étaient assis le long d'un des côtés du ring. Le chef de camp et les personnages importants étaient installés de l'autre et nous nous tenions derrière ces derniers pour assister au match. Perez grimpa sur le ring et s'échauffa avec une corde à sauter et quelques coups d'essai dans le vide. Son adversaire, un homme beaucoup plus corpulent qui fut annoncé par un SS comme appartenant à la Wehrmacht, s'avança alors. Le combat étant prévu pour trois reprises. Perez évita plusieurs coups, en donna quelques-uns à l'Allemand et à la fin l'arbitre déclara le match nul. Perez n'aurait jamais osé infliger de coups sérieux à son adversaire et ce dernier savait probablement que s'il avait essayé, son expérience de boxeur aidant, Perez aurait fait plus que se défendre**. (2)**

Ce fut en juin 1944 qu'arrivèrent les Juifs Hongrois, convoi après convoi. Ils envahirent toutes les baraques, prenant les places de ceux qui avaient disparu. Personne ne pouvait parler cette langue bizarre et leur allemand, si on pouvait l'appeler ainsi, autant que leur accent était impossible à comprendre. Quelques-uns se retrouvèrent dans notre baraque, dont celui que j'avais volé. L'un d'entre eux parlait l'allemand assez correctement. C'était un homme grand, très maigre du nom d'Imre, venant de Budapest **(3)** auquel je racontai mes vacances au lac Balaton. « Ecoute, Je sais même une chanson hongroise pour enfants, rythmée sur le son d'une locomotive, dis-je », et je m'y mis aussitôt. C'est ainsi que je chantais phonétiquement cette innocente onomatopée : *Ozem*

Roszam Voshutosh, Voshutosh, Hotch a nemshock Osutosh, Mündiar Mageloel...

Cela le fit rire et il me complimenta même sur mon accent. J'omis de lui dire que j'avais appris cette chanson avec la jolie Rozsa dont j'étais tombé amoureux à quatorze ans. J'en avais aujourd'hui vingt-trois et les neuf ans me qui me séparaient de cette époque me parurent une éternité.

Il me parla de la Hongrie : « un pays de paysans et d'ouvriers avec quelques intellectuels, comme moi. J'étais à l'université... ».

Il dut me dire ce qu'il y étudiait mais j'ai oublié depuis. « J'ai été arrêté avec ma femme et ma petite fille. Si seulement je pouvais savoir dans quel camp les nazis les ont mises... »

Je baissais les yeux devant une telle naïveté. Lui ayant dit de les oublier il me regarda horrifié mais je continuai quand même, « Oublie d'être un gentleman. Si tu veux survivre, tu dois te débrouiller pour trouver un supplément de nourriture car tu ne pourras pas vivre avec ce qu'ils te donnent. Voles-en ou bien fais-toi tes amis bien placés. Crois-moi, c'est comme ça ici : survivre et rien d'autre, ce qui veut dire que tu dois manger ». Je voyais qu'il ne me croyait pas et qu'il lui serait impossible de s'adapter à Auschwitz. Je vis aussi que, dégoûté, il évitait mon regard. A ses yeux, je n'étais qu'un monstre et il évita désormais de me parler. Je le revis quelques semaines plus tard alors qu'il présentait déjà les stigmates d'un musulman.

Un jour d'été 1944, alors que nous retournions du travail, épuisés comme d'habitude, nous eûmes une vision étrange. Un groupe de prisonniers très excités se tenaient autour d'une affiche placardée sur une baraque. De quoi s'agissait-il ? Quelle raison pouvaient-ils y avoir de communiquer ainsi avec nous qui n'étions rien de moins que des esclaves ? En me rapprochant je pus enfin lire ce qui était écrit. Cela s'avéra être une concession proclamant que chacun d'entre aurait la possibilité d'écrire une lettre à leur famille. Il y avait toutefois plusieurs conditions: la lettre devait être en allemand et ne pouvait être adressée que dans un pays occupé, soit en Allemagne soit dans un pays allié de celle-ci. Nous ne pouvions réclamer aucune nourriture mais il nous était permis de remercier nos familles pour tous colis ou lettres reçus. La lettre devait être écrite d'une façon qui nous serait indiquée par le chef de block. Quelques-uns d'entre nous, incapables de résister à cette opportunité de communiquer avec leur famille, furent séduits par cette offre. Leurs yeux brillaient tout en parlant entre eux avec animation. Durant un court moment, je faillis m'y faire prendre mais cette proposition douteuse ne réussit finalement pas à nous convaincre Pierre et moi, et cela se voyait sur notre visage crispé. Peut-être était-ce parce que nous venions de Vienne et avions été témoins du comportement des nazis après l'Anschluss. De toute façon, comment pouvions-nous nous imaginer la situation actuelle de nos familles. Nous étions certains que nos parents n'étaient plus à Vienne, pour autant qu'ils soient quelque part comme Tadek l'avait observé le premier jour

en disant: « *Voyez-vous ici une seule personne âgée ?* »
Mais quelques-uns de nos compagnons originaires de pays
occupés, espéraient toujours, voulant y croire malgré tout.
« Allons !, leur dis-je, « vous êtes tous inconscients ? Qui
parmi vous a jamais reçu un colis ? » Pierre se joignit à moi
en s'exclamant: « Qu'est-ce que vous croyez ? Essayez
donc de réfléchir ! Les nazis montreront ces lettres à la
Croix-Rouge et aux journaux pour leur démontrer que les
Juifs sont très bien traités ! » Il y eut quelques murmures
de désaccord et certains parurent décontenancés. L'un
d'eux proposa une idée de lettre : « Je vais écrire à une
famille catholique qui connaît la mienne, mes mots auront
un double sens qui leur permettra de connaître la vérité…
on peut toujours essayer ! »

« *Les Alliés ont débarqué en Normandie !* »

L'annonce s'était répandue dans le camp comme
une trainée de poudre. Les supputations sur la conduite
des opérations s'amplifièrent. Survint la nouvelle que les
Russes étaient entrés en Pologne. Enfin, nous entendîmes
des bruits d'artillerie et plus ils semblaient se rapprocher
mieux nous nous sentions, bien que cette allégresse se
mêlât avec la terreur d'être tué. « Que vont-ils faire de
nous ? » C'était tout ce à quoi Pierre et moi pouvions penser.

« Ils nous abattront, dit quelqu'un et ne voudront
pas que les Russes nous trouvent. » Je pris le contre-pied
de cette affirmation : « Nous sommes trop nombreux. Ils
nous évacueront ». » Ce qui se révéla exact.

Jusqu'à ce jour, aucun d'entre nous ne connaissait toute la vérité sur Auschwitz. Nos camarades disparaissaient et nous savions qu'ils étaient morts. La lourde odeur du crématorium nous rappelait que l'assassinat était la routine mais personne ne se rendait compte de la véritable ampleur du carnage. Birkenau où l'on transportait les gazés était un camp à part et nous ignorions totalement que la mort en était l'industrie principale.

Un beau jour d'août 1944, les alliés laissèrent leur carte de visite. C'était un dimanche, jour où nous ne travaillions pas. Nous étions réunis par petits groupes et entendîmes ce matin-là un son familier mais inhabituel à cette heure : la sirène de Buna. Nous vîmes courir des SS. Nous étions tous déconcertés lorsque le ciel se remplit des formes sombres d'une grande quantité d'avions. Nous retournâmes à nos baraques, emplis de joie et heureux de constater que nos libérateurs arrivaient enfin.

Voir des Allemands courir pour sauver leur vie nous remplissait de bonheur ! Aucun de nous, et moi pas plus qu'un autre n'avions peur de mourir puisque la mort était devenue notre lot quotidien. Seuls ceux qui la craignaient en avaient peur. Le son des bombes qui pleuvaient était une douce musique à nos oreilles - ils visaient l'usine de Buna -. Comme des gens y travaillaient ce jour-là, ma joie fut de courte durée en voyant des prisonniers revenir de l'usine en transportant des morts et des blessés. L'un de ceux-ci nous apprit que les bâtiments avaient été presque entièrement détruits et que quelques SS ainsi que des surveillants avaient été tués, ce dont je fus enchanté. Les kapos redoublèrent de férocité pour freiner toute manifestation de notre part. Nous passâmes plusieurs jours à nettoyer les débris du raid. Je fis partie de ceux qui débarrassèrent les routes des gravats pour que la reconstruction de certaines parties de l'usine puisse commencer. Tout le monde devait y travailler afin que les ateliers de fabrication de caoutchouc synthétique soient de nouveau opérationnels. Dans les décombres, je découvris un journal allemand récent que je réussis à cacher sous ma chemise. Je dois avouer que jamais lecture ne me procura une telle émotion et la proclamation de bulletins de victoire imaginaires sur ces barbares de Russes ne nous impressionnèrent pas outre mesure. Nous nous jetâmes dessus avec avidité, retrouvant grâce à cette lecture notre condition d'être humain capable de penser, de réfléchir et de comprendre la différence entre la vérité et le mensonge. Nous étions également grisés par les reportages de bombardements alliés sur des civils allemands, « *un boche de moins*, disions-nous avec enchantement », nous repaissant de ces nouvelles qui nous ramenaient dans un monde réel.

Tout ce qui se passait autour de nous me faisait subodorer la vérité cachée par les journaux. Les tirs d'artillerie de plus en plus bruyant la nuit quand le silence régnait dans le camp nous confortait dans l'idée que notre internement allait bientôt prendre fin. Autres sons et autre spectacle comme celui de ce jour où, déblayant des gravats à Buna, nous entendîmes de jeunes voix chantant des airs nazis et aperçûmes des Jeunesses hitlériennes défilant avec des fusils sous commandement SS. Les

Allemands en étaient donc réduits à retirer les enfants des écoles pour les envoyer comme chair à canon contre l'artillerie russe. Deux d'entre eux avaient arrimé un drapeau nazi sur un bâtiment et nous nous rendions compte que le but de ce défilé consistait à leur montrer ces sous-hommes, sales, loqueteux, juifs et ennemis du Reich. Ils nous regardaient avec répugnance, nous considérant comme les responsables de leur condition actuelle puisqu'on leur avait seriné que les Juifs étaient leur malheur.

La nuit du 17 janvier 1945, le chef de block nous annonça que nous quittions le camp. On entendit dire que les malades et les blessés ne viendraient pas avec nous. « Ils vont les tuer, dit un prisonnier. »

« Où crois-tu qu'ils nous emmènent, demandai-je à Pierre ? »

« Je ne sais pas. De toutes façons ce sera sûrement à pied car les voies de chemin de fer ont été détruites par les bombardements. »

Cette dernière nuit à Auschwitz fut très froide. Je ne pus dormir tant j'étais tourmenté par des sentiments contradictoires : la mort, l'évasion et la liberté.

Le matin du 18, nous reçûmes des rations de pain et de soupe supplémentaires et fûmes alignés, recroquevillés sous des couvertures que l'on nous permit d'emporter mais grelottant malgré tout dans nos pyjamas. J'étais avec Pierre tandis que des SS chaudement vêtus nous gardaient. Il neigeait. J'étais avantagé par les sacs de ciment qui me protégeaient et par ma condition physique améliorée par les soins attentifs que le bon professeur Waitz m'avait prodigués durant mon séjour ici.

Un parmi tant d'autres dans une colonne de pauvres hères, je me mis en route vers l'inconnu.

La marche de la mort
Janvier 1945

Dés le départ, nous avançâmes péniblement dans une neige épaisse, flanqués de SS armés et prêts à tirer. Je me retournai pour jeter un dernier coup d'œil sur l'enseigne du camp que nous abandonnions: *Arbeit Macht Frei*.

Le son de l'artillerie, annonciateur de notre liberté, se rapprochait aussi rapidement que nous nous en éloignions. « Pour combien de temps allons-nous marcher ainsi, murmurai-je à Pierre ? ». « Ne pense à rien d'autre, marche, tu devrais savoir ça maintenant, me répondit-il. »

Monument élevé par les nazis afin de nous réduire en esclavage, Buna, désormais sombre et désert, s'estompa promptement derrière nous.

En arrivant sur les routes de campagne, la chaussée gelée et glissante rendit notre marche plus pénible. Il recommençait à neiger et le vent glacé giflait nos visages tandis que des amoncellements de gadoue se collaient à nos galoches. Un prisonnier à l'avant de notre colonne glissa et tomba; comme il ne semblait pouvoir se relever, un SS lui tira une balle dans la tête et ordonna de jeter son corps dans le fossé.

Alors que la route traversait une forêt, une évasion nous sembla envisageable et je me voyais déjà zigzaguant entre les balles. Je murmurais à Pierre ce à quoi je pensais mais il me répondit d'attendre la tombée de la nuit. Nous étions en meilleure condition physique que nos compagnons, pour ma part grâce aux rations du professeur Waitz et Pierre avec ses trafics divers.

Proche de moi, un prisonnier éprouvait des difficultés pour suivre notre rythme. Je le vis s'avancer vers le bord de la route, s'asseoir sur un tas de pierres pour arranger ses lacets de chaussures mais un SS courut vers lui et l'abattit. Cette fois-ci, il ne nous fut pas demandé de le jeter le corps dans le fossé car il en était si proche que le SS s'en chargea lui-même. Les claquements secs de coups de feu se répétaient si souvent dans l'air glacé que je n'osais regarder d'où ils venaient. Ce simple geste aurait diminué l'énergie dont j'avais besoin pour rester en vie. Certains aidaient leurs camarades à se mouvoir mais je n'aidais personne. Rester debout étant notre seule chance, je n'étais pas sûr qu'être à deux m'éviterait de glisser.

Nous traversâmes des villages abandonnés devant l'avancée des Russes alors qu'au loin l'artillerie tonnait sans répit. Nous cheminions d'un village à l'autre comme des automates, espérant une halte qui nous permettrait d'avoir au moins quelque chose à manger. Survint un moment où l'humidité aidant, je ressentis une douleur aux pieds provoquée par le frottement de mes galoches et je m'encourageai à rester debout. Quelques instants plus tard, comme il faisait plus sombre, deux hommes se précipitèrent hors de la colonne et coururent vers les sous-bois. Un coup de feu claqua et ils tombèrent. Nous comprîmes alors qu'il était impossible de fuir.

À la nuit tombée, nous nous arrêtâmes enfin et fûmes parqués par groupes dans des granges abandonnées. Je trouvai un endroit sec avant de m'écrouler. Je me mis à rêver que j'étais de nouveau à Vienne avec ma famille mais à peine débuta ce rêve que je fus soudain réveillé par des cris. *Raus* ! *Raus* ! *Aufstehen* ! (Dehors ! Dehors ! Levez-vous !)

Il faisait encore nuit quand on nous rassembla, pour autant que le mot rassemblement soit approprié pour la bande de pauvres hères que nous étions. De nouveau, par un froid glacial, on nous aligna par rangs de cinq sur dix colonnes. Mais où était Pierre ? Paniqué par son absence, je regardai autour de moi mais ne le vit nulle part, que ce soit à l'avant ou derrière. Sa disparition m'isola de mon appartenance au genre humain et de cette période de ma vie qui me liait à lui depuis Drancy. Ayant d'autres priorités à affronter, je m'efforçai d'exorciser cette perte. Je n'avais rien mangé depuis notre départ de Buna et tout autour de moi beaucoup saisissaient de la neige à pleine main pour calmer leur soif. Je suivais la foule sans espoir de pouvoir endurer une journée supplémentaire de ce calvaire. J'avançais à seule fin d'éviter d'être abattu, sans état d'âme, soutenu uniquement par l'instinct de survie. Le claquement des coups de fusil, nets, secs et violents dans la froidure n'était rien d'autre pour moi que quelques vies supplémentaires anéanties par des balles. Au loin grondaient toujours les canons des conquérants qui s'érigeraient sans doute en juges pour ordonner de terribles condamnations à nos assassins.

Je remarquai à peine, gémissant à mes côtés, l'homme aux jambes douloureuses et aux pieds gonflés affirmant ne plus pouvoir continuer, prêt à s'arrêter, se coucher et accepter le pire. Je l'invectivai et le pris par le bras, « Continue ! Ne t'arrête pas ! Je t'aiderai. » Il pleurait en me suppliant de l'abandonner à son destin. Il dégagea son bras de mon emprise, se laissa tomber dans le fossé dont il savait déjà qu'il serait sa tombe et lorsque j'entendis le coup de feu, je ne me retournai pas.

L'après-midi du second jour, nous parvînmes à une petite ville du nom de Gleiwitz. Mon groupe fut parqué dans une briqueterie où je m'affaissai sur un sol dénudé. N'ayant aucun signe de Pierre, je me pressai contre le prisonnier le plus proche de moi.

Peu de temps après des vociférations nous ordonnèrent de nous lever et celui qui dormait près de moi ne bougea pas. Je le secouai, touchai son visage et ses mains glacés mais rien n'y fit. J'aperçus alors sur sa poitrine le triangle rouge des prisonniers politiques avec le « F » qui signifiait qu'il était Français.

Pratiquement certain qu'il était communiste et que cela n'eut plus d'importance aussi bien pour lui que pour moi, ce triangle pouvait me sauver la vie : aucun symbole n'étant pire que l'étoile. J'arrachai rapidement le triangle et fouillai ses poches à la recherche de nourriture pour y trouver la seule découverte utile sous forme d'une épingle rouillée,. J'ôtai immédiatement l'étoile et fixai le triangle grâce à l'épingle. A présent, et bien que cette profession de foi fut une piètre consolation, je n'étais plus Juif. Je m'emparai aussi de sa couverture qui pouvait m'être plus utile qu'à lui.

Une fois rassemblés on nous donna enfin un peu de nourriture composée d'une soupe chaude et d'un morceau de pain.

Venant de la briqueterie, des coups de grâce se firent entendre, tirés par les SS sur ceux qui ne bougeaient plus. On nous dirigea vers la gare pour nous faire monter dans des wagons découverts. Nous étions si entassés les uns contre les autres que nous avions peine à nous asseoir. Il recommençait à neiger et chacun prit sa couverture - j'en avais deux à présent - pour s'en couvrir la tête. Je ne sais combien de jours et de nuits nous voyageâmes. Nous sucions la neige pour étancher notre soif. Beaucoup moururent. Nous dûmes empiler les corps d'où se dégageait une odeur pestilentielle dans un coin du wagon pour nous faire de la place et je me tins moi-même à l'autre bout.

Nous eûmes la chance d'obtenir un peu de soupe chaude lors d'un arrêt et je demandai à un SS si nous pouvions nous débarrasser des corps mais ne reçut aucune réponse avant qu'il ne claque la porte.

Tout en roulant vers l'ouest, je fus étonné de constater que nous passions par Vienne, car mon regard fut attiré par le Riesenrad - la grande roue du Prater - se dressant dans le ciel brumeux. J'avais oublié ce qu'étaient les larmes mais, pour la première fois depuis quatre ans lorsque j'avais quitté mes parents à la gare, je pleurai. Ces larmes furent aussitôt remplacées par la colère issue de leur folie d'avoir refusé de me suivre, plutôt que de la cruauté de mes bourreaux. Cette fureur me semblait légitime bien que, l'ignorant encore, ils soient déjà morts gazés à Auschwitz Birkenau lorsque je m'y trouvais moi-même.

Nous bénissions le ciel d'être dans ces wagons découverts car l'odeur pestilentielle de la mort et des excréments était balayée par le vent mordant et glacé. Le train s'arrêta après des jours et des nuits de voyage et l'on nous donna enfin de la soupe et du pain.

Quand nous arrivâmes à Mittelbau-Dora, notre destination qui était, je le découvris plus tard près de Nordhausen. **(1)** J'avais perdu toute notion du temps. Les wagons étaient entourés de SS qui ouvrirent violemment les portes et reculèrent immédiatement, agressés par l'odeur comme à Auschwitz. Nous pouvions à peine tenir debout alors que ceux-ci, comme à l'accoutumée, se mettaient à hurler des ordres et distribuer des coups de fouet pour nous faire sortir. Toujours et encore l'immuable et horrible routine.

Nos rangs par cinq étaient si clairsemés qu'il m'apparut soudain que plus de la moitié d'entre nous étaient morts en cours de route.

On nous conduisit dans un bâtiment pour nous retrouver dans une salle toute en longueur équipée de centaines de douches où l'on nous ordonna de nous déshabiller. N'ignorant rien des chambres à gaz déguisées en salles de douche, je craignis que celle-ci en soit une mais lorsque les jets se mirent à cracher ce fut de l'eau qui en sortit et de surcroît elle était chaude. J'en déduisis immédiatement que les nazis avaient encore besoin de nous. Toujours nus, on nous dirigea ensuite vers une autre salle où l'on nous ordonna de remettre nos vestes et nos pantalons. Là, un médecin, prisonnier également, nous examina.

Nous fûmes de nouveau logés dans une baraque qui s'avéra assez bien chauffée, ce qui nous remonta le moral considérablement. Après avoir reçu de la soupe avec un morceau de pain, je m'endormis aussitôt sur un bat-flanc composé de planches de bois sans même une paillasse comme à Buna et sans aucun souvenir de mon compagnon de lit.

Dora, Bergen-Belsen - 1945

Le lendemain matin, surprise imprévue, une tranche de salami accompagnait l'ersatz de café et notre morceau de pain. La plupart des prisonniers que j'aperçus autour de moi semblaient en bonne forme. On n'y voyait ni kapos ni musulman et, même si quelques nouveaux arrivants le crurent trop vite, il nous sembla à ce stade de la guerre que le système concentrationnaire que nous avions connu avait vécu. J'appris que nous nous trouvions dans une usine de fabrication de fusées située dans un tunnel. Il y avait des SS partout. Mon travail consistait à pousser des wagonnets sur des rails d'une section du tunnel à l'autre. Des prisonniers russes habillés d'uniformes décrépits portant les lettres « KG » (*Kriegsgefangene*, prisonnier de guerre), sur le dos, y travaillaient également. C'étaient des travailleurs forcés comme nous alors que figuraient aussi des ouvriers volontaires venus de France, de Belgique et d'ailleurs. Je remarquai vite que mon triangle rouge facilita de beaucoup mes relations avec les Russes qui n'aimaient pas trop les Juifs.

Dans un premier temps, je fus satisfait de ma présence à Dora car, sans hurlements ni coups, le travail était plus facile. Même les prisonniers juifs que j'avais vus à mon arrivée semblaient être bien traités. Des travailleurs volontaires étrangers étaient affectés dans notre équipe dont quelques Français avec lesquels je parlais de temps en temps. Nous mangions comme eux une bonne soupe épaisse aux pommes de terre aux légumes, bien différente du maigre brouet que nous recevions lorsque nous étions au repos. Nous formions deux équipes, la première travaillait de six heures du matin à six heures du soir et la seconde de six heures du soir à six heures du matin. Durant les alertes aériennes, nous dormions dans le tunnel de manière inconfortable, à même le sol et sans couverture.

Très vite, la discipline se révéla brutale et sadique. Un jour que nous étions alignés dans le tunnel, un Juif français que j'avais connu à Buna fut sorti des rangs et poussé vers un chevalet. Le commandant du camp s'adressa alors à nous : « Cet homme a été surpris en train d'uriner sur des machines. Pour cela, il recevra ving-cinq coups de trique. » On lui ordonna de baisser son pantalon et de se coucher sur le chevalet auquel il fut attaché. Le SS scanda méchamment à plusieurs reprises, *Fünfundzwanzig an Arsch* ! *Fünfundzwanzig an Arsch* ! (Vingt-cinq sur le cul ! Vingt-cinq sur le cul !) Le commandant donna l'ordre de commencer et la trique passa d'un SS à l'autre, tel un bâton témoin, tandis que je discernais la cruauté sur leurs visages pendant qu'ils frappaient l'homme sans défense. Les cris de douleur de la victime se muèrent en plaintes et en gémissements puis le silence régna durant les derniers coups. On le détacha du chevalet pour l'emmener à l'infirmerie et je ne le revis jamais plus.

Le pire fut à venir. J'appris que des ouvriers avaient saboté des fusées en introduisant du sable dans le mécanisme. A chaque fois qu'un sabotage était découvert, d'horribles représailles s'ensuivaient auxquelles nous étions obligés d'assister. De courtes cordes étaient attachées à des crochets et placées autour du cou des ouvriers. Un treuil électrique destiné aux lourds éléments des fusées soulevait lentement les condamnés et nous pouvions voir ces infortunés étranglés à mort, luttant et gesticulant jusqu'à leur dernier spasme. Je découvris qu'il fallait environ cinq minutes pour mourir de cette manière. Nous devions ensuite défiler devant les corps. Un jour, un nombre particulièrement important d'ouvriers dont des prisonniers russes, des Juifs et des travailleurs civils furent exécutés devant nous, et ceci une fois terminé nous dûmes céder notre place à d'autres ouvriers pour assister à une nouvelle fournée d'exécutions. A ce stade de la guerre et aussi épouvantables qu'ils fussent, j'étais devenu insensible à ces genres de spectacles morbides.

Au fil du temps nous commençâmes à remarquer, comme à Auschwitz, un accroissement de nervosité de la part de nos tortionnaires. En effet, les pendaisons s'accentuant, nous entendîmes de nouveau le grondement de l'artillerie et les conditions de vie à Dora s'aggravèrent au point de nous n'étions nourris qu'occasionnellement. On nous donnait un jour une double ration de pain et rien le jour suivant. La soupe n'était qu'une lavasse grise et la margarine ainsi que les vieilles saucisses que nous recevions parfois disparurent complètement. Le système entier s'écroulait autour de nous. Nous nous regroupions à l'improviste pour discuter de notre sort. Certains d'entre nous s'attendaient au pire. « Nous ne survivrons peut-être pas à la défaite de l'Allemagne et les SS nous mettront dans le tunnel pour nous faire sauter avec. » Comme toujours, j'étais plein d'optimisme et tentais de les stimuler: « Non ! Nous survivrons ! Les Allemands ne pourront pas assassiner des milliers de personnes. S'ils essayaient nous devrons nous battre avec tout ce qui pourra nous tomber sous la main et les entraîner avec nous dans la mort. » Et, à mon grand étonnement, certains émirent des murmures d'approbation.

Puis, un des derniers jours de mars 1945, alors que j'étais à Dora depuis trois mois, nous fûmes de nouveau entassés dans des wagons.

À peine parti, le convoi fut arrêté par un hurlement de sirènes annonçant un raid aérien. Puis, le vrombissement des avions s'éloignant, nous repartîmes et la peur s'installa de nouveau en nous bien que cette brève diversion eut effacé temporairement notre soif. Les portes s'ouvrirent à une certaine heure de la nuit et nous reçûmes un peu de soupe et du pain. Nous nous arrêtions de temps en temps dans des localités pour une courte halte, à l'ébahissement des habitants surpris de voir ces squelettes ambulants en pyjamas rayés.

Nous demeurâmes cinq jours dans ces wagons avant d'arriver à Bergen-Belsen. Ce devait être mon dernier arrêt.

Le camp était vaste et plein à craquer. Mon groupe fut mis dans un bâtiment en brique construit pour des soldats tandis que d'autres prisonniers étaient installés dans de vulgaires baraques en bois.

Bergen-Belsen n'était rien d'autre qu'un camp de la mort. Toutefois, n'y avait pas de travail et peu de sévices et comme il n'y avait plus d'eau courante dans les latrines qui étaient bouchées et débordaient, une odeur d'excréments planait sur le camp. La seule eau potable provenait d'un unique robinet situé dans le bâtiment des cuisines où nous attendions des heures pour obtenir un gobelet. Nous étions maintenant vraiment moins que des êtres humains. Nous passions notre temps à nous épouiller. Dans un premier temps quelques kapos nous procuraient un peu de soupe mais quand l'organisation du camp commença à se désagréger, la distribution de nourriture devint spasmodique, environ un jour sur deux.

Puis le typhus se manifesta avec virulence. Des gens mouraient gisants sur leur couchette ou assis n'importe où et parfois même dans leur propre merde. J'aidais à transporter ceux qui étaient morts dans les baraques et nous les empilions à l'extérieur. Au début, nous opérions avec délicatesse et respect mais comme le nombre augmentait, nous finîmes par les jeter dehors n'importe où. L'effort de trimbaler tous ces cadavres était devenu trop dur.

J'avais attrapé le typhus et errais comme une âme en peine. J'entendis parler d'une cache près des cuisines où l'on avait trouvé des navets enterrés. Ceux qui pouvaient marcher allèrent sur place pour creuser le sol avec frénésie. Je réussis à en trouver et m'en empiffrai mais cela ne fit qu'empirer mon mal et me mit au supplice.

Un autre jour, je vis deux jeunes gens au comportement étrange. Ils traînaient un individu qui bougeait à peine en chancelant comme un homme ivre. Il présentait tous les signes avant coureurs de la mort. Lorsque cela se produisit et qu'il devint inerte, les deux hommes se laissèrent tomber sur lui et commencèrent à découper des morceaux de chair avec un couteau avant de s'enfuir comme des voleurs dans la nuit. Incrédule, je suivis la direction où ils avaient disparu, derrière une baraque. Et là, je vis un feu sur lequel ils faisaient cuire leur « morceau de viande. »

Malade de dégoût, je m'enfuis devant une telle horreur. Que nous arrivait-il pour nier ainsi nos valeurs humaines les plus sacrées ?

Au-dessus de nos têtes, le ciel était obscurci nuit et jour par des nuées de bombardiers alliés. Parfois quelques chasseurs allemands les attaquaient. Nous pouvions même apercevoir des avions désemparés tombant en vrille mais incapables de discerner dans les flammes s'ils étaient alliés ou allemands.

Les SS disparurent et des hommes avec des insignes différents les remplacèrent pour nous garder. Tout ce que je savais c'est que c'étaient des auxiliaires SS de pays d'Europe Centrale. Il restait quelques kapos mais comme tout se désintégrait, on ne nous donnait plus rien à manger.

Je n'étais que l'ombre de moi-même et devais m'asseoir très souvent. J'entendais comme dans un rêve les bruits de la bataille se rapprocher de plus en plus. La soif, l'inanition et la maladie étaient mes seules réalités. Tout le reste ne me concernait plus.

Le 15 avril 1945, deux jours avant mon vingt-quatrième anniversaire et six semaines après mon arrivée à Bergen-Belsen, un de ces morts vivants se traîna dans une de nos baraques en murmurant qu'un char allié se trouvait à l'entrée du camp. Je ne le crus pas mais quittai quand même la baraque et me trouvai face à la vision irréelle de soldats entourant des SS.

Les Anglais venaient de nous libérer et nous restions là sans rien dire. Un silence étrange marqua cet instant de notre libération. Nous étions trop faibles et avions perdu l'habitude d'être heureux. Ce fut seulement lorsque les Anglais nous distribuèrent un bol de riz et du lait chaud que nous comprîmes que nous allions redevenir des êtres humains. Les soldats nous souriaient gentiment et nous tentions de leur sourire également. Ils nous enjoignirent de manger lentement et le moins possible. Un vœu pieux que nous ne pouvions tout simplement pas suivre. Certains d'entre nous s'empiffrèrent et moururent de ces excès. Les Anglais obligèrent alors les SS à creuser des tombes pour les nombreux morts qui s'amoncelaient autour du camp. Ils les forcèrent à porter les corps de leurs victimes. Quel spectacle réconfortant de voir nos bourreaux obligés de travailler sous la menace d'un fusil !

J'entendis dire qu'un officier britannique, un rabbin paraît-il, parlait en allemand à des prisonniers. Je tombais sur un certain capitaine Hardman qui me déclara être londonien et montra du doigt mon triangle rouge en me demandant si j'étais juif. Je lui expliquai comment je l'avais obtenu.

« D'où venez-vous, me demanda-t-il ? »

« Je viens de Vienne où vivait toute ma famille. » Il m'annonça que Vienne était maintenant occupée par les Russes et que Hitler avait vidé la ville de tous les Juifs – *Judenfrei* -, disait-il. « Où voulez-vous aller, me demanda le Révérend Hardman ? ». « J'ai un frère en Amérique et un autre en Angleterre ou peut-être ailleurs, répondis-je en voyant qu'il notait tout sur un carnet. »

On nous mit en quarantaine. Nos libérateurs nous avaient fourni de nombreux médicaments que nous devions prendre trois fois par jour pour nous remettre d'aplomb. Ma santé se rétablissait lentement, mes forces revinrent et mon apathie disparut.

Vint un jour où un officier me demanda si je voulais me joindre à un groupe d'entre nous pour aller à la recherche de nourriture dans les fermes avoisinantes. Nous étions une quinzaine d'anciens détenus de Belsen toujours vêtus de nos vêtements rayés. Je saisis cette chance de découvrir le monde au-delà du camp pour la première fois depuis trois ans. Nous étions à pied et poussions un chariot, accompagnés d'un soldat anglais. Nous arrivâmes à une ferme non loin de là et rencontrâmes deux femmes et un homme qui nous reçurent. Une discussion animée s'engagea entre le soldat et eux. Le soldat nous enjoignit d'aller dans les bâtiments et les granges pour prendre toute la nourriture que nous trouverions. J'allais dans la cuisine et découvris du sucre, de la farine et des boîtes de conserves de légumes que je chargeais dans le chariot. Le fermier et les deux femmes nous regardaient en discutant entre eux. Quand je quittai la cuisine pour chercher ailleurs, je tombai sur un grand portrait de Hitler caché derrière un buffet. Muni d'un couteau, j'amenai le portrait devant le soldat qui était resté dehors avec le fermier et les femmes. Je commençai à le lacérer lorsque le fermier me cracha au visage en criant *Du sau Jud* ! (Sale Juif !). Pris d'une rage inconnue jusqu'alors, je lui donnai un coup de couteau dans le ventre. Le soldat intervint aussitôt en hurlant. Il nous ordonna de quitter les lieux et je ne sus jamais l'importance de la blessure que j'avais infligée à ce type. Une semaine plus tard, j'étais désigné pour le premier convoi retournant en France.

« Vive la Vie »

Pour quiconque nous voyait, notre groupe avait une drôle d'allure avec nos vêtements de prisonniers rayés entonnant et chantant à tue-tête dans le train pour Paris, puis dans le bus, toutes les chansons d'autrefois que nous connaissions: « Auprès de ma blonde », « J'attendrai » - et combien pour moi cette dernière était poignante et appropriée ! Les gens se précipitaient sur nous dans la rue sans être gênés d'aucune manière par notre apparence. Peut-être était-ce parce que nous chantions la Marseillaise ou bien tout simplement pour nous rejoindre dans notre humeur joyeuse.

Installés à l'hôtel Lutetia, boulevard Raspail on nous offrit à manger mais nous refusâmes. Soudain, s'en était trop ! Depuis notre libération, tout le monde voulait nous faire manger. Ils désiraient tous que nous redevenions normaux comme eux, mais nous ne l'étions pas. On me donna une chambre et dès que j'eus fermé la porte je me retrouvai seul pour la première fois depuis des années. Le lit était fait avec des draps propres et un oreiller. De la vapeur sortait de la salle de bain où quelqu'un m'avait fait couler un bain.

Quelle sensation étrange et merveilleuse à la fois que tout cela fut uniquement pour moi !

Je me déshabillai et entrai dans mon bain presque religieusement. La température était comme une drogue et je m'endormis, réveillé aussitôt par l'eau qui pénétra dans ma bouche. Je me lavai rapidement, me séchai avec une serviette avant de me coucher pour dormir le reste de la journée et la nuit qui suivit.

Le peignoir accroché derrière la porte me fit comprendre que je n'avais pas à remettre mes nippes rayées pour descendre le lendemain matin. Un bon petit déjeuner m'attendait. Des fonctionnaires interrogeaient certains d'entre nous. Quand vint mon tour, je me retrouvai avec une carte d'identité portant l'en-tête officielle de la Fédération Nationale des Centres d'Entraide des Internés et déportés Politiques, qui me permettait de voyager gratuitement, d'avoir double ration ainsi qu'un assortiment vestimentaire complet à récupérer dans un local de l'hôtel. Un médecin m'examina. Je pesais maintenant environ cinquante kilos alors que j'en pesais quarante à ma libération. Le même docteur me donna un bon pour une paire de lunettes et me dit que j'aurai tout ce qu'il faut pour retrouver une vie normale. On nous donna de l'argent, des cartes d'alimentation et un laissez-passer de « prisonnier politique » pour voyager gratuitement dans les transports publics.

J'allai chercher mon costume, retournai dans ma chambre et me changeai immédiatement avant de me regarder dans un miroir où j'aperçus un étranger. La personne que je connaissais portait un pyjama rayé. C'est avec cet accoutrement que j'étais moi-même. Avec ce costume, je semblais déguisé. « Espèce d'épouvantail » se moquait mon reflet dans la glace, « ôte ce costume ! Rien ne pourra te rendre plus gros que tu n'es. Comme tu vois, ces vêtements ne sont pas faits pour toi ! » Je décidai de faire nettoyer mon pyjama rayé plus tard, quand tout serait redevenu normal dans ma vie. Ce fut seulement aux Etats-Unis, en 1947, que je le fis découper et gardai uniquement le morceau de la veste avec le numéro et le triangle rouge du prisonnier français inconnu. Je les ai toujours et ils figurent sur la couverture de ce livre.

Comme tous les autres prisonniers, je n'étais pas encore prêt à retourner dans mon monde à moi. Nous errions donc près de l'hôtel, dans nos vêtements trop larges, et discutions de notre avenir éventuel.

C'est ainsi que je rencontrai Yvonne, une autre rescapée d'Auschwitz. Nous eûmes une aventure brève et passionnée, issue de notre histoire commune mais dont nous ne parlâmes jamais. Elle était plus âgée que moi et tentait de s'enquérir du sort de son mari et de sa famille dans le sud de la France. Nous avions promis de rester en contact et, peu après son départ elle m'envoya trois photos prises vraisemblablement avant sa déportation, avec une inscription derrière chacune d'elles.

Sur l'une, on pouvait lire : 42.114 pour 157.103 en souvenir d'un passé tragique, mais d'un avenir aux horizons immenses ! Vive la vie, avec toute mon amitié plus durable que la paix du monde. Yvonne, avril 1945.

La date montre que cette aventure se déroula quelques semaines seulement après ma libération de Belsen.

Dans sa dernière carte, elle m'offrait : « *Toute ma gaieté et mon amour.* »

Je ne sais pas si elle retrouva sa famille. Je ne lui répondis pas et je ne suis même pas sûr qu'elle m'ait donné son adresse.

Dans la catastrophe qui nous accabla, notre rencontre se devait d'être éphémère : nous n'étions que deux survivants qui s'étaient connus et aimés un court instant et avaient appris de nouveau à se comporter en êtres humains avant que nos routes se séparent pour rejoindre « nos immenses espérances. »

Je me rendis à l'ambassade américaine pour savoir s'ils pouvaient m'aider à retrouver mon frère Éric. Mme Dix, la très sympathique vice-consul, me prit sous son aile. Comme je l'avais dit au Révérend Hardman, j'expliquai que je ne savais rien de ce qui était arrivé à Otto et à mes parents, ni à ma famille, excepté Éric. Otto était jeune alors et avait peut-être réussi à s'échapper, mais j'omis de dire à Mme Dix qu'il était entré illégalement en Hollande pour passer en Angleterre. Elle était fascinée par mon histoire et promit de faire de son mieux pour trouver mon frère. Je garde un souvenir très affectueux de cette femme exceptionnelle.

Pendant ce temps, les autorités françaises me trouvèrent une place dans une famille pour me refaire une santé. J'informai l'ambassade américaine de ma nouvelle adresse et prit le train pour le village de Salornay-sur-Guye en Saône-et-Loire.

Mon correspondant était le docteur Bennetin. Sa famille et lui me reçurent chaleureusement. En fait, ce fut le village tout entier qui m'accueillit. Tous me posaient des questions sur ce qui s'était passé dans les camps. Je ne voulais pas trop m'étendre sur le sujet et ils n'insistèrent pas, ainsi mon silence s'imposa. Je dormais dans un lit à deux places dans une grande chambre de leur agréable maison.

Le docteur Bennetin accepta mon silence mais, désireux d'en savoir plus sur ma guerre, me demanda s'il pouvait prendre une photo de moi avec mon uniforme rayé. Aujourd'hui, ces photos d'un individu plutôt en bonne santé et portant ce terrible pyjama pourrait sembler d'un goût douteux mais à cette époque je ne pense pas y avoir vu une quelconque provocation de la part du docteur. C'est pour cette raison que je les inclus dans ce livre.

Je fis la connaissance de Janine, la fille du pharmacien. Elle m'attirait beaucoup mais je n'allai pas plus loin avec elle, du moins j'essayai de ne pas le faire.

Ce plaisant intermède peut sembler étrange au lecteur car je venais de vivre durant deux ans dans les bas-fonds de la dépravation humaine et j'en ressortais tel un squelette. Je ne savais même pas ce qui était arrivé à ma famille et ne pensais qu'à m'amuser. Comment l'expliquer ? Je crois, d'une part, que le côté humain et juvénile que les nazis n'avaient pas détruit, avait décidé de saisir la vie avec sa vigueur retrouvée ; et de l'autre, du plus profond de moi, je voulais à tout prix oblitérer ou au moins éloigner mon esprit du passé et des terribles éventualités du présent. Je ne voulais pas penser au-delà du moment présent et m'en trouvais bien. Après tout c'est ainsi que l'on avait appris à vivre dans les camps, sans histoire, sans penser, et sans autre espoir que survivre un jour de plus. Ainsi, je décidai de me taire pendant les vingt-cinq prochaines années.

Un jour, quelques semaines après mon arrivée à Salornay, je flânais avec Janine lorsque nous aperçûmes un homme en uniforme qui parlait avec un groupe de villageois. Curieux, je m'approchai et, à mon grand étonnement, je reconnus mon frère Éric. Je criais son nom et en un instant nous fûmes dans les bras l'un de l'autre. Il m'était difficile de croire que j'embrassais de nouveau ma proche chair et mon propre sang. Nous allâmes ensemble chez les Bennetin, ivres de joie de s'être retrouvés, avec tant de choses à nous raconter et un rapport d'âges différent du fait de nos expériences personnelles depuis notre séparation et le mauvais souvenir de mon départ de Vienne, mais de cela, nous n'en parlâmes pas.

« Otto est-il toujours en Angleterre ?, demandai-je au bout d'un moment. »

« Non, il est parti en Amérique juste avant que la guerre n'éclate. Il vit maintenant à Brooklyn. »

Éric me relata comment il m'avait retrouvé. Son commandant l'avait autorisé à visiter tous les camps possibles où j'aurais pu être. Il apprit à Bergen-Belsen que j'étais vivant et suivit ma trace jusqu'à Paris. Là, Madame Dix, ma géniale marraine, lui révéla où je me trouvais.

« Quel voyage depuis ce matin pour arriver jusqu'ici ! À-propos, comment s'appelle l'endroit où je suis descendu du train, demanda Éric ? »

« Ce devait être Mâcon ou Tournus, lui dis-je ! »

« De toute façon je n'en sais rien, à part que c'était loin. »

J'étais heureux de savoir Otto vivant et habitant Brooklyn.

Nous parlâmes de nos parents. « La dernière lettre que j'ai reçue d'eux était de début 1941, me dit Éric en ajoutant, on ne peut pas aller à Vienne car les Russes y sont. J'ai d'ailleurs entendu dire qu'il n'y avait plus de Juifs là-bas. »

J'étais le seul à tout savoir sur les camps. Mon père aurait près de soixante ans et ma mère autour de cinquante-cinq. Il n'y avait pas de vieux à Auschwitz lorsque j'y étais, à part des gens comme le professeur Waitz. Mais j'avais du mal à parler à mon propre frère de mon expérience car nous étions entourés d'étrangers. Le passé était mort, il fallait regarder vers l'avenir. Je savais qu'Éric s'était rendu compte des conditions dans lesquelles les gens vivaient là-bas quand il s'était mis à ma recherche ; d'ailleurs, je ne me considérais déjà plus comme l'un d'eux. « C'était dur, très dur », voilà tout ce que je pouvais dire.

Éric demeura deux jours et partagea ma chambre chez les Bennetin. Ils l'avaient reçu à bras ouverts bien que nos conversations avec eux se soient résumées à des hochements de tête et des sourires, malgré mes traductions.

« Je me suis marié, me dit Éric. Elle s'appelle Viviane. Si cela t'intéresse, c'est une de nos lointaines parentes. »

« Comment ça ? »

« Son nom de jeune fille est Dreiband et une des sœurs de notre grand-père a épousé un Dreiband. Leur fils était de Pszemisl (en Pologne) et a émigré en Amérique au début du siècle. »

C'est ainsi qu'Éric me raconta à sa manière qu'avec sa nouvelle épouse il allait apporter son concours à la longue saga juive en ayant un enfant avec elle pour que les Nazis et leurs suppôts ne puissent pas réaliser leur rêve d'un monde sans Juifs. Ainsi, l'esprit humaniste triomphera de leur haine et, bien que nous ayons perdu nos parents, d'autres de la même génération ont survécu comme nous leurs descendants l'avons fait.

Une fièvre soudaine s'était de nouveau emparée de moi et je décidai qu'il était temps de quitter ce village paisible. Éric, devant rejoindre son unité en Allemagne après ces deux brèves journées, me promit: « Otto et moi allons te faire venir aux Etats-Unis. » Il m'assura qu'ils allaient tout faire afin de m'obtenir un visa pour l'Amérique.

Je promis aux Bennetin de rester en contact et quittai le havre de leur hospitalité après avoir passé un mois avec eux. Je pris le train vers le sud pour me mettre en quête des Bodek mais me sentis obligé de m'arrêter à

Figeac pour trouver Jacqueline dont j'étais convaincu de la trahison. J'allais au bistro où nous nous rencontrions souvent et reconnus le patron. Il me déclara qu'il la connaissait, qu'elle venait souvent avec un officier allemand et qu'il était possible qu'elle soit partie avec lui quand les Allemands avaient opéré leur retraite car beaucoup de celles qui avaient couchées avec eux ne s'étaient pas attardées dans le coin - n'est-ce pas... des traîtresses ? - Plus rien ne me retenant en ces lieux, je pris le train pour Nice.

Au bureau de la Communauté Juive de Nice, on me donna un laissez-passer, un peu d'argent et un repas. J'étais en train de manger avec d'autres réfugiés lorsque j'entendis la voix familière de mon cousin Léo qui était à une table voisine. Ce fut une grande surprise et beaucoup de joie de le retrouver avec sa jeune épouse Annie. Il me raconta que ses parents (mon oncle Hermann et ma tante Genya) avaient été déportés par le gouvernement de Vichy mais que Rosi, qui avait sorti son mari Max de St-Cyprien, vivait en sécurité avec lui et Maxl à Limoges. Nous savions tout des chambres à gaz mais pas mal de temps s'était écoulé avant d'apprendre que certains de nos proches y avaient péri. Nous étions donc très heureux qu'au moins plusieurs membres de notre famille aient été épargnés.

Nous partîmes le même jour pour Limoges et Léo me raconta son histoire durant le voyage: « *Maxl et moi avons essayé de nous enfuir en Suisse en 1943. Nous avions des faux papiers stipulant que nous étions de nationalité française, mais nés en Suisse – où, comme tu sais, nous sommes vraiment nés -. Nous venions à peine de changer notre nom, de Bodek en Bodec. Quoi qu'il en soit, les Suisses nous arrêtèrent à la frontière et nous remirent entre les mains des Allemands. Les autorités allemandes nous suggérèrent de travailler en Allemagne - où nous serions bien payés. Nous leur avons dit que nous allions y réfléchir et sommes allés à Lyon pour y rencontrer notre cousin Jonas Tempelhof qui avait payé pour nos faux papiers. Par une chance inouïe nous sommes tombés sur lui à la gare alors qu'il retournait dans sa famille à Neufchâtel. Comme il ne pouvait pas faire grand chose pour nous, nous sommes venus à Nice. J'ai trouvé du travail chez un fourreur juif et Maxl chez un tailleur, juif également. C'était la pagaille et en même temps assez drôle. Nos employeurs savaient que nous étions juifs tout en craignant d'avoir des ennuis avec les autorités en cachant du personnel « Français », ce qui était illégal pour les commerçants juifs. Bref, j'ai rencontré Annie à Lyon. Elle est née à Paris, mais sa famille d'origine polonaise a été déportée par Drancy. Annie vivait dans une famille catholique qui avait peur d'être repérée en cachant une juive. Elle partit donc seule pour Lyon. Nous sommes tombés amoureux et avons décidé de vivre ensemble. Vichy ayant commencé à rendre la vie impossible aux Juifs, nous avons choisi d'être volontaires pour travailler en Allemagne. Aussi incroyable soit-il, nous pensions que c'était la meilleure solution. En février 1943, on nous envoya en « Ostmark » (Autriche) notre pays et avons travaillé comme manœuvres dans une usine près de*

Semmering, la Goering Werke. Annie travaillait comme domestique chez des employés allemands. Quand les Allemands ont découvert que nous parlions parfaitement la langue, nous avons eu un travail plus intéressant comme interprètes auprès des volontaires français, et il y en avait pas mal. Notre seul problème était Annie. Elle était certaine de très bien parler l'allemand. Son entêtement à ce sujet aurait été comique si ce n'avait pas été si dangereux car ce qu'elle parlait était plus proche du Yiddish de ses parents que de l'allemand. Le directeur s'appelait Herr Witzmann et l'on s'entendait très bien avec lui. Un jour, je pense que c'était en juillet, ou dans ces eaux-là mais en 1944 j'en suis sûr, il nous invita Maxl et moi pour prendre un café chez lui. Nous avons échangé quelques mots sur l'attentat contre Hitler - c'est pourquoi j'ai situé cette date - quand Herr Witzmann a insinué que c'était dommage que l'attentat n'ait pas réussi. Maxl et moi étions complètement sidérés et Witzmann ajouta : « Écoutez, je sais que vous êtes juifs, mon propre beau-frère est juif. Vous n'avez rien à craindre de moi. Ici vous serez tranquille. » Annie tomba enceinte mais notre enfant, Klara, mourut. Plus tard, nous avons été rapatriés en France ; on s'est mariés et c'est lorsque nous sommes venus à Nice que nous avons su ce qui est arrivé aux parents d'Annie... »

Le temps d'arriver à Limoges, un long voyage, de tomber dans les bras de Rosi, de Max et de Maxl et de leur raconter mes retrouvailles avec Éric, j'étais épuisé d'émotions. Ils me parurent avoir à peine changés et je me demandais ce qu'il en était pour moi. Ils ne me harcelèrent pas de questions sur mes mésaventures.

Je leur parlais des camps mais pas plus. Je ne pouvais que m'émerveiller de ce que nous, la jeune génération, avions fait pour nous sortir de cet enfer.

Mes cousins me conseillèrent de m'inscrire au Comité Juif d'Assistance Sociale et de Reconstruction - COJASOR - où je pourrais recevoir une carte d'alimentation et une allocation comme déporté. Un autre survivant, Léo Bertholz, m'interviewa. Il venait également de Vienne. « Oui, j'étais aussi à Drancy mais j'ai sauté du train en allant à Auschwitz. » Il ne m'en dit pas plus et je me souvins de notre tentative sans suite avec le trou dans notre wagon. Nous devînmes amis. Léo avait de la famille en Amérique et comme moi attendait ses papiers pour émigrer. Il écrira plus tard un compte-rendu sur sa survie. Nous passâmes beaucoup de temps ensemble et lors de nos soirées nous courions après les filles et chantions ensemble car il avait une très jolie voix.

En mai 1946, on m'offrit un travail d'interprète auprès de l'armée américaine. La compagnie 3046 d'Enregistrement des sépultures avait pour mission de rechercher les tombes anonymes des militaires alliés. Des prisonniers de guerre allemands étaient affectés à l'exhumation des corps pour les rapatrier dans leurs pays d'origine. Les atrocités allemandes étaient maintenant connues de tous et on les haïssait. Un sergent noir de la compagnie me confia que j'avais l'opportunité de faire payer les Allemands pour ce qu'ils m'avaient fait. Il ajouta en riant et d'un ton mordant qu'il y aurait toujours une escorte armée derrière moi.

Deux gardes accompagnaient les huit prisonniers de notre détachement ce jour-là. « Faites travailler ces bâtards, sans pitié », me dirent les gardes et je sus qu'ils me donnaient ainsi carte blanche. J'étais ravi. Sept d'entre eux semblaient résignés mais le huitième ne me quittait pas des yeux. Ils devaient tous savoir que j'étais juif, mais celui-là montrait son mépris pour moi dans chacun de ses gestes ou de ses regards. Il se déplaçait et travaillait lentement. Je hurlais des ordres comme « Arbeit schneller, Ihr Schweine Hunde ! » (travaillez plus vite, sales chiens !) ainsi qu'il était de mise dans les camps. Ils redoublèrent tous d'activité, sauf lui. Il murmurait quelque chose et je crus entendre « Sale Juif. » J'allais vers lui et lui demandait ce qu'il avait dit. Il se mit à me rire au nez et j'explosai de rage en le frappant en plein visage. « Tu as de la chance que ce soit des Américains qui vous gardent sinon tu aurais été tué par un Juif. » Un des gardes me tapa sur l'épaule, tout content de ce que j'avais fait.

Un peu plus tard, Léo et moi allâmes à l'ambassade américaine pour une interview. Nous y fûmes interrogés par un consul sur nos pérégrinations durant la guerre et bien entendu nous dûmes signer des papiers pour affirmer que nous n'avions jamais été membres d'une organisation fasciste ou communiste. Je savais en outre que grâce à Éric mes papiers arriveraient à bon port.

Ainsi, j'étais de nouveau à Paris. Léo et moi ne cherchions qu'à nous amuser. Je ne me souviens même plus où nous habitions. Comme je ne voulais pas penser à mes parents, j'évitais d'aller dans le quartier juif et encore moins à la recherche des Huberman. Cette partie de ma vie comme celle de Christos était définitivement révolue.

Je me souviens qu'un soir avec Léo nous sommes allés voir le « Barbier de Séville » à l'Opéra Comique. Peu après, attirés par les lumières d'une fête foraine place de la République, nous fîmes un tour d'autos tamponneuses. Ce fut là que Léo perdit son portefeuille, ce dont il ne se rendit compte qu'une fois rentré à la maison. Il contenait de l'argent liquide et, plus important encore, son passeport polonais avec son visa américain. **(1)**

Nous passâmes une nuit épouvantable. Le lendemain, comptant plus sur l'espoir que sur la chance, nous retournâmes à la fête foraine. A notre grand étonnement, l'homme qui tenait le stand d'autos tamponneuses brandit le portefeuille avec tout ce qu'il contenait. Il nous précisa l'avoir retrouvé en faisant le ménage la nuit précédente. Ce geste honnête et attentionné de cet étranger nous avait permis de récupérer non seulement le portefeuille mais également nous retrouver parmi des hommes de bien et ceci nous remit du baume au cœur pour un bon bout de temps.

En 1946, je retrouvais au Havre mon frère Otto pour la première fois depuis nos adieux de Vienne. Ainsi qu'il l'avait toujours désiré, il était devenu médecin mais avait encore besoin d'un autre examen pour exercer à New-York et allait en Suisse dans ce dessein. « Eh bien, dit-il en me taquinant, tu parais enfin plus vieux, je ne t'appellerai donc plus mon petit frère. »

Avant de commencer ses cours Otto avait décidé d'aller à Zermatt pour faire du ski et me demanda si je voulais venir.

Je n'avais plus skié depuis mon jeune âge et, quoique je ne fus jamais très bon, j'étais heureux de l'accompagner.

Éric et moi étions restés ensemble seulement deux jours à Salornay-sur-Guye, mais maintenant que j'avais deux semaines devant moi, seul avec Otto, il m'était difficile de ne pas raconter mes mésaventures en détail. De plus, Otto avait le don de poser des questions très pertinentes. Je lui en racontai le plus possible, mais pas tout. J'évitai de mentionner les moments les plus dramatiques que je cite maintenant dans ce livre.

Comme si curieusement nous avions voulu répéter notre expérience de jeunesse, ce fut Otto qui trouva une petite amie à Zermatt. Je tentai un flirt avec elle et Otto se moqua de moi en disant : « Eh ! Tu ne peux pas faire ça ! ». Mais c'était plus une remarque amicale qu'un reproche et de toute façon Otto rompit avec elle le jour où elle fit une réflexion antisémite.

En-haut à gauche : Yvonne, la femme que j'ai rencontrée à Paris 15 jours après ma libération de Belsen en Avril 1945.

En-haut à droite : Dr Bennetin (debout à mes côtés) qui m'hébergea avec sa famille à Salornay-sur-Guy en Mai 1945.

En-bas à droite : Janine, la fille du pharmacien avec laquelle je flirtais.

En-haut : Moi à gauche avec ma cousine Rosi et son mari Max Schäechter, après la guerre.

En-bas à gauche : Leo Bretholz et moi allant chercher nos visas au consulat des USA de Bordeaux.

En-bas à droite : Je retrouvais Pierre Heimrath, mon compagnon de Drancy jusqu'à la Marche de la Mort, à Marseille après la guerre.

Épilogue

Ayant retenu nos places pour l'Amérique, Léo et moi embarquâmes au Havre sur le paquebot *John Ericcson*, le dimanche 19 janvier 1947. Je quittai l'Europe pour la première fois de ma vie, et sans regret.

La traversée de l'Atlantique Nord fut assez pénible. Indisposés dans nos cabines par le mal de mer, nous empruntions fréquemment les marches humides et glissantes des escaliers menant au pont supérieur pour résister aux nausées. Au fur et à mesure que nous progressions vers l'ouest le froid se faisait plus âpre et des festons de glace enjolivaient les rambardes et les canots de sauvetage. Une ambiance juvénile régnait sur les ponts inférieurs et nous flirtions allègrement au hasard des rencontres avec des jeunes femmes françaises, belges ou hollandaises - épouses de guerre de soldats américains qui allaient rejoindre leurs maris aux Etats-Unis. Il y avait éga-lement de jeunes mariées allemandes mais Léo et moi qui parlions français entre nous plutôt que notre langue natale les évitions. Ce dernier, aussi porté sur le flirt que moi, trouvait très à son goût une Française du nom de Claudine qui partait retrouver son fiancé américain. Nous passions nos soirées à danser aux accents d'un orchestre de jazz.

Le mercredi 29 janvier, tous les passagers s'agglutinèrent sur le pont pour admirer les fameux gratte-ciel de Manhattan apparaissant à l'horizon tandis que des mouettes s'égaillaient au-dessus de nos têtes. Lorsque nous passâmes devant la statue de la Liberté, chacun de nous ne put s'empêcher de crier et d'applaudir.

Mes frères m'attendaient sur le quai avec leurs épouses ainsi que Sam, l'oncle de Léo, chez lequel il devait être hébergé à Baltimore.

J'allai habiter avec Otto, désormais médecin, au rez-de-chaussée d'un appartement situé Président Street à Brooklyn. Il venait juste de terminer ses études en Suisse et avait obtenu son autorisation de pratiquer à New-York. J'appris incidemment que Lotte, sa femme, s'était enfuie de Tchécoslovaquie en 1938 pour s'établir en Suède avec sa famille avant d'émigrer aux États-Unis.

Éric vivait également à Brooklyn à la même époque et travaillait comme façonneur de patrons dans l'industrie de la mode. Nous passâmes beaucoup de temps ensemble durant les cinq premiers mois et je constatai qu'Éric, celui de nous trois qui était le plus insouciant et le moins sûr de lui, avait trouvé en Viviane, son épouse, une femme dont le dévouement et la forte personnalité compensaient ses lacunes. Je me souviens d'ailleurs du nombre de fois où Éric demandait à ma mère, *Est-ce que tu m'aimes ? Dis-moi si tu m'aimes* ?

Ils avaient appelé leur fils, David, du nom de notre père.

Un soir, Otto m'annonça qu'il avait en sa possession des objets ayant appartenu à nos parents et qu'il était temps que nous en parlions. Il alla chercher une grosse boîte en bois où se trouvait une autre boîte dans laquelle je fus surpris de découvrir l'argenterie de mes parents et des bijoux de ma mère. Je fondis en larmes lorsque je vis la bague en diamant et rubis qu'elle portait toujours, frappé par l'idée que ma jeunesse et mon passé se confondent d'une manière si personnelle et tangible. Et mon frère ajouta. « Elle sera à toi quand tu te marieras. »

Je n'ai jamais demandé à Otto comment ses objets de valeurs étaient arrivés jusqu'en Amérique mais après la mort d'Éric, j'eus en ma possession des lettres qui me donnèrent la réponse. Dans l'une d'elles, datée du 18 avril 1939, le lendemain de mon anniversaire alors que je me trouvais à Anvers, mon père lui avait écrit: *En ce qui concerne le piano, je ne suis pas sûr de pouvoir te l'envoyer. J'ai eu de grosses dépenses pour Otto et suis en ce moment un peu à court d'argent. Tous les Juifs* (dans sa lettre mon père précisait *Nicht Arier* - non-aryens -) *doivent remettre leur or et leur argent. Nous avons dû donner nos chandeliers en argent et quelques objets en or. Il est strictement interdit d'exporter quoi que ce soit en métal précieux. L'Oncle Menasches du Caire t'enverra un colis de chocolat noir. Profites-en bien.*

La mention « chocolat noir » est presque certainement une référence à l'expression Yiddish « *schwarze geld* » (Fausse monnaie).

C'était donc l'Oncle Menasches, celui qui m'envoyait 2 £ par mois du Caire quand j'étais à Anvers, qui avait également fait parvenir ces objets en Amérique. On ne saura jamais comment il a fait. Je pense qu'il avait vraisemblablement rendu visite à mes parents à Vienne, puis emporté les objets en Suisse où il devait faire une cure.

Je commençais à prendre des cours d'anglais le soir et travaillais comme employé aux archives dans une compagnie financière de Manhattan. Je repris également contact avec Léo Bretholz qui vivait à Baltimore à la même époque.

Un an environ après mon arrivée en Amérique, Léo me téléphona pour me dire qu'il y avait un emploi de libre dans une entreprise textile où il travaillait comme représentant. Je quittai donc New-York, entrai à la « Standard Textile Company of Baltimore » et m'installai avec lui dans son petit appartement où il vivait déjà avec Fred Jacob, un émigrant viennois. Les dîners traditionnels du vendredi soir se résumaient à un petit cercle constitué par Ossi, l'oncle de Léo, sa Tante Olga et un autre réfugié viennois du nom d'Herbert Friedman.

Ainsi la vie à Baltimore n'avait rien à envier à celle de Vienne et, une fois de plus, je ne vivais pratiquement qu'avec des Juifs. Il n'en reste pas moins vrai qu'aujourd'hui la plupart de mes amis sont Juifs - suite logique de l'environnement de mes jeunes années et des épreuves qui s'ensuivirent.

Un beau matin, une jeune fille appartenant à notre groupe d'amis me contacta : « Voudrais-tu rencontrer une fille du Vieux Pays - expression des Juifs américains utilisée pour l'Europe - me demanda-t-elle ? » La fille en question se nommait Freda et était anglaise. Je l'appelai le lundi 9 octobre 1950 et fasciné par son accent britannique tombait immédiatement amoureux d'elle au téléphone.

Léo était affligé par mon attitude. Malgré mon impulsivité indécrottable, s'en était trop pour lui. « Tu ne vois pas plus loin que le bout de ton nez, me dit-il, de toute façon tu es complètement cinglé. Tu ne sais même pas à quoi ressemble cette fille. »

Nous nous rencontrâmes quelques jours plus tard et au bout de quatre semaines je la demandais en mariage. Je désirais qu'elle porte la bague de ma mère et le lui annonça en même temps. Son père prit alors immédiatement l'avion pour New-York avec un billet de retour pour elle. Qui est-ce ? Encore un de ces réfugiés sans avenir, lui avait-il demandé ?

Freda ne céda pas et son père demeura à New-York plus longtemps qu'il ne le pensait en espérant peut-être qu'elle change d'avis. Finalement, semblant convaincu qu'il ne s'agissait pas d'un feu de paille, mon « futur beau-père » paya notre réception de fiançailles chez Zimmerman, un restaurant hongrois de la 46ème rue et haut lieu de musique tsigane, où il rencontra mes frères qu'il eut du mal à ne pas apprécier.

Lorsqu'il fut sur le départ, il espéra jusqu'à la dernière minute que sa fille adorée rentrerait en Angleterre. « Pourquoi ne venez-vous pas tous les deux, dit-il et il ajouta pour Freda, ta famille va te manquer et tu en seras malheureuse ? » Freda et moi nous sommes mariés le 31 décembre, à peine deux mois après notre rencontre. Mais une raison un peu plus terre-à-terre que l'amour justifia cette précipitation sous forme d'un abattement d'impôt de 400 $ pour tous nouveaux mariés, une belle somme d'argent pour nous à l'époque, qui précisait que l'année entière était prise en compte par le fisc même si le mariage avait lieu le dernier jour de l'année.

Je devins citoyen américain le 9 juin 1952. Autre lieu et autre aventure. En ce qui me concerne, les nazis avaient réussi à me transformer en ce Juif Errant de la mythologie antisémite mais être apatride avait ses compensations : je pouvais vivre n'importe où.

La prédiction de Mark, le père de Freda, se révéla exacte. Je me débrouillais bien chez Standard Textiles et Freda également avec son travail à la radio, mais sa famille lui manquait terriblement. C'est pourquoi, le 1er juillet 1952, nous embarquâmes pour l'Angleterre sur le Queen Elisabeth.

Dans un premier temps, nous habitâmes chez les parents de Freda. Mais je me souviens d'un concours de circonstances un peu plus tard, lorsque nous nous mîmes à la recherche d'un appartement. L'agent immobilier ayant remarqué mon accent et demandé d'où je venais, m'avait dit : « Je connais un Viennois que vous connaissez peut-être ? » À ma grande surprise, il s'agissait de Freddie Breitfeld, aujourd'hui Bradfield, cet ami de jeunesse dont les parents avaient été assez sages pour transférer leurs affaires en Angleterre avant qu'il ne soit trop tard. Nous le rencontrâmes donc avec sa femme, Susi, et devînmes des amis très proches.

Deux ans après mon installation en Angleterre, Freda et moi nous baladions un après-midi dans le West End quand nous tombâmes en arrêt devant un restaurant de Duke Street, appelé « Ici Paris. » Me disant que l'on pourrait y manger un jour, je jetais un coup d'œil sur la vitrine et aperçus la photo d'une chanteuse. Mon cœur se mit à battre en reconnaissant immédiatement Mina Huberman. Elle avait à peine changé au cours de ces douze dernières années. Le restaurant étant mal-heureusement fermé ce jour-là, je pris son numéro de téléphone et fis une réservation pour le lendemain soir.

Ce fut Mina elle-même qui nous accueillit. Je m'adressai à elle en français et lui dis mon nom, en mentionnant ses parents et Otto Geringer. Mina me fixa, incrédule, « C'est vraiment vous... Freddie ? » Nous tombâmes dans les bras l'un de l'autre en ayant du mal à y croire. Elle nous dirigea vers notre table puis revint pour nous présenter son mari, un Corse de religion catholique qui, nous l'apprîmes plus tard, l'avait sauvée de la déportation. Le reste de son histoire s'avéra conforme aux temps que nous avions vécus : ses parents avaient été déportés en 1942 et elle ne les avait plus jamais revus. Dîner ensemble nous transporta de joie, mais Mina et moi ne firent rien pour nous revoir car ce qui nous avait rapprochés faisait partie d'une époque que nous voulions oublier. Plus tard dans la soirée, Mina nous interpréta les chansons d'Edith Piaf qu'elle nous chantait en 1941 à Paris, une fois le dernier client parti, sous les regards éperdus d'Otto rêvant désespérément de la séduire.

Vingt-cinq ans plus tard, quand je décidai de raconter l'histoire de ma vie, je ressentis le désir de revoir Mina et suis retourné au restaurant mais il n'existait plus. Je l'avais définitivement perdue.

J'ai appris depuis qu'effacer le passé est impossible, tant il est indélébile.

En 1979, alors que j'allais à Paris voir mes cousins Maxl et Rosi, j'eus soudain très envie de revoir une autre personne. J'avais retrouvé la trace du professeur Waitz par l'Amicale d'Auschwitz et des Camps de Haute-Silésie où figurait son adresse, au centre de Paris. J'expliquai qui j'étais à la femme élégante qui m'ouvrit la porte et réalisai en même temps qu'elle devait être son épouse. Elle me sourit, m'invita à entrer et m'annonça calmement qu'il était mort il y avait quelques mois, alors qu'il s'était assez bien sorti de son mauvais état de santé au moment de sa libération. Effondré, je lui dis que je tenais à ce qu'elle sache que je devais la vie à son mari et que je n'oublierai jamais sa générosité. Elle se mit à pleurer et m'avoua qu'en effet ce fut un mari merveilleux. Elle me raconta qu'elle avait elle-même survécu pendant la guerre en se cachant en zone libre, mais je n'arrive pas à me souvenir les détails de son récit. Elle m'offrit du café et nous parlâmes assez longuement. Accablé de tristesse et ayant tellement espéré revoir le professeur, je pris finalement congé et errai dans Paris que, sans lui, je n'aurais sûrement jamais revu.

Il m'arrivait de rêver dans les camps d'un jour où, de nouveau libre, je tiendrais une conférence de presse à des centaines de journalistes pour raconter mon histoire au monde entier. Je ne pouvais pas prévoir mon mutisme durant cette période qui a suivi l'Holocauste, quoiqu'il ne durât pas plus longtemps que le silence observé par le reste du monde.

Ce n'est que vingt ans après la guerre que l'on a enfin réalisé l'ampleur de la tragédie du peuple juif en donnant à ces six millions de morts une dimension hautement plus humaine qu'une vulgaire statistique. Quant à moi, il m'est impossible d'oublier combien parmi ma famille ou mes amis, ont été tués. De plus, l'idée que tous avaient également de la famille et des amis me donne le vertige en imaginant cet immense réseau de relations humaines anéantie durant ces années de démence.

Aujourd'hui encore, j'essaie toujours de faire le compte des pertes.

Mes propres parents furent déportés de Vienne à Theresienstadt, avant mon départ de Paris, le 2 octobre 1942 par le convoi N° 4/12-363. On ne saura jamais où ils se trouvaient entre leur avant-dernière lettre du 8 janvier 1941 et leur dernière sans date. Il se pourrait qu'ils n'aient jamais reçu la seule lettre que je leur aie adressée de Paris ni même su que j'y étais à ce moment-là. De Theresienstadt, mon père et ma mère furent déportés à Auschwitz avec 150.000 autres Juifs, le 19 octobre 1944. Leurs numéros étaient respectivement ES-559 et ES-560. Après le leur, deux autres convois seulement quittèrent Theresienstadt, les 23 et 28 octobre 1944, au cours desquels furent transportés 3753 Juifs. Les Russes libérèrent Auschwitz le 27 janvier 1945, et bien que ceci laisse à penser qu'ils auraient pu s'en sortir, je ne sais pas dans quel état de santé ils étaient à ce moment-là étant donné les conditions dans lesquelles les gens vivaient dans les camps.

Comment aurais-je pu deviner, tandis que se déroulait mon aventure parisienne, qu'un second convoi avait transporté un millier de Juifs du camp vichyste de Gurs vers Drancy puis Auschwitz, le 12 août 1942, et que mon oncle Hermann et ma tante Genya s'y trouvaient.

En 1947, alors qu'il étudiait en Suisse, Otto se rendit à Vienne, accompagné de Lotte, sa femme. Son but était de retourner à notre ancien appartement. Il découvrit qu'un vieux couple y vivait dans nos meubles parmi lesquels trônait toujours son grand piano. Il leur avait été attribué un an auparavant, lui expliquèrent-ils. Otto se rendit alors au Kultusgemeinde où mon père avait travaillé après que son entreprise eut été aryanisée et c'est là qu'il apprit leur déportation. Il alla ensuite à la maison d'édition où il avait déposé en 1937 sa composition « Cher Ami, Cher Ami, Ich erwarte Sie (je vous attends) » et réclama un exemplaire de sa partition. Après avoir cherché dans leurs fichiers on lui annonça qu'elle avait été brûlée avec celles de Félix Mendelson et il fut très fier d'apprendre ainsi qu'elle avait subi le même sort que les œuvres du grand compositeur.

Mademoiselle Schiff, quant à elle, avait été forcée après l'Anschluss de donner son appartement à une famille aryenne et dut venir vivre avec mes parents. Elle fut déportée avec eux à Theresienstadt et mourut ensuite à Auschwitz. Les Ament, nos voisins, qui nous avaient téléphoné lors de la Nuit de Cristal pour nous annoncer l'incendie de la synagogue, étaient morts également mais leurs enfants avaient survécu et émigré, comme Eric, aux Etats-Unis.

En outre, un autre sentiment de honte plus ou moins occulté durant des années me revint à l'esprit au sujet d'Otto Geiringer, mon camarade de l'époque Huberman et c'est ainsi qu'en consultant le livre de Serge Klarsfeld j'appris qu'il avait été déporté de Drancy dans le convoi 50 du 4 mars 1943. Ne notant aucun astérisque accolé à son nom, signe désignant généralement les sur-vivants, j'en conclus qu'il avait péri à Auschwitz. Sa date de naissance indiquait le 14 février 1922 et prouvait qu'il avait un an de moins que moi et était âgé de dix-sept ans lorsque je l'ai rencontré.

Annie, la femme de mon cousin Léo, apprit que ses parents y étaient morts également après leur déportation en provenance de Paris.

Tant de disparus, sans compter les carences de ma propre mémoire. Mon cousin Maxl m'a rappelé à ce sujet qu'il était resté trois mois à Exaarde avec moi et que je le signalais à tort à mes côtés quand j'ai quitté Vienne. Il y était venu en novembre 1939, les autorités belges ayant décrété que toutes les familles de réfugiés juifs devaient envoyer un de leurs membres à Exaarde ou Merksplas avaient décidé pour lui car il n'avait que dix-huit ans. Il me rappela en outre que nous avions beaucoup joué aux échecs ensemble durant la période où il apprenait le métier de tailleur.

Il m'apprit également qu'il était venu à Paris avec Léo pendant la guerre pour me rendre visite, ce dont je ne souvenais plus. Manifestement, j'avais dû être en relation épistolaire avec eux pour qu'il sachent où me trouver.

L'avant-dernière lettre de mes parents, adressée à Éric, disait : *Plusieurs mois se sont écoulés sans aucune nouvelle de toi... Nous tenons à te dire que, grâce à Dieu, nous sommes en bonne santé. Concernant Freddie, nous t'avons déjà dit qu'il est retourné à Bruxelles. Nous avons reçu deux lettres de lui. Il écrit, Dieu en soit remercié, qu'il va bien. Il a même réussi à récupérer la plus grande partie de ses affaires mais malheureusement pas son violoncelle... Il a passé quelques jours à Anvers où il a vu Hansi qui est marié avec Torczyner. Elle nous a écrit que Freddie a beaucoup grandi... Puisse Dieu veiller sur lui.*

Je me souviens de tout cela mais ne peux me rappeler ma visite à Hansi Spitzer. Il semble si étrange qu'Hansi ait écrit à mes parents, et mes parents à Éric, et qu'une lettre annonçant cette visite me revienne comme un pigeon voyageur, alors que je n'en ai aucun souvenir.

Plus étonnant encore, je ne me souviens plus si Oncle Hermann et Léo étaient avec moi à St-Cyprien, mais dans une lettre datée du 5 août ceux-ci écrivent à Éric :

Cher Éric... Nous avons reçu deux cartes et une lettre aujourd'hui même de Freddie en provenance de St-Cyprien. Il nous dit qu'il est en bonne santé et qu'il ne manque de rien. Il dit que la nourriture est abondante et aussi que son Oncle et Léo sont là mais que Tante Genya habite près de Toulouse. Freddie demande qu'on lui écrive poste restante à Toulouse. Je te demande, mon cher Eric, d'écrire à Freddie que nous allons bien mais que nous ne pouvons pas lui écrire en ce moment. Dis-lui que Maxl est à Bruxelles et qu'il va bien... En ce qui concerne les papiers pour Freddie, on ne sait pas s'il doit rester où il est. Veille, cher Éric, à ce que le petit Freddie te rejoigne bientôt...

Max Schaechter le mari de Rosi ainsi que son frère Avraham, auxquels j'avais rendu visite en Belgique avant l'invasion, étaient aussi dans ce camp.

J'ai retrouvé tout de suite après la guerre, Pierre Heimrath, dont j'avais été séparé durant la marche de la mort. Si ma mémoire est bonne, nous tombâmes dans les bras l'un de l'autre en nous heurtant dans un centre de réfugiés. Je ne sais plus très bien où, mais je pense que c'était à Nice. Nous passâmes un bon bout de temps ensemble en évitant de parler de la guerre. J'avais essayé sans succès de le retrouver par l'intermédiaire du journal des Survivants Français de l'Holocauste. Tout ce qui me reste de lui est une photo prise le jour de cette rencontre.

Je suis récemment retourné à Paris pour revoir tous les endroits où j'avais traîné soixante ans auparavant. J'allais rue de Provence et trouvai un énorme supermarché s'étendant le long du même côté de la rue du fameux établissement de Mme Jamet. J'ai immédiatement pensé que le 122 avait disparu mais il était toujours là avec son numéro au-dessus du grand portail en bois, bien que je ne puisse dire si c'était le même que celui dont je me souvenais, bien qu'il lui ressemblât. Je restai là à le regarder durant un moment et continuai jusqu'au coin de la rue Montmartre avant de traverser la rue Richer et tomber sur une belle boutique vendant du vin et des confitures et suffisamment ancienne pour avoir déjà été là à l'époque, pour autant que je m'en souvienne. Je m'attardai quelques instants, hésitant avant d'entrer une fois de plus dans le quartier juif, puis traversai pour découvrir que la rue Richer n'avait pas tellement changée quoique ses boutiques juives fussent un peu plus clairsemées et toutes fermées puisque nous étions un samedi.

Tout à côté, là où se trouvaient les Folies Bergère, se dressait un autre immeuble avec un grand portail métallique. Derrière, peut-être, se cachait la courette où se tenait le restaurant Huberman, mais comment savoir ? Le secret étant bien gardé, je tournai le dos à la rue Richer.

Je pris le métro pour Pigalle et allai rue de Douai à la recherche de l'Hôtel du Collège Rollin où j'avais loué ma première chambre soixante ans auparavant. La rue était exactement identique à celle de mon souvenir et j'étais sûr que mon hôtel se trouvait à mi-chemin sur le côté droit de la rue. Les fenêtres des trois étages avaient leurs volets familiers mais les noms des hôtels étaient différents. J'adressai la parole au propriétaire de l'un d'eux. Il m'écouta avec intérêt lorsque je lui racontai que je m'étais réfugié ici durant la guerre mais ne put rien me dire de plus.

Le jour suivant, j'allai rendre visite à ma cousine Rosi, veuve et âgée de 86 ans, qui vivait dans un petit studio de la banlieue parisienne. Elle se faisait du souci pour une boîte de petits gâteaux qu'elle avait achetés pour le thé et fait tomber sur le trottoir.

Encore une autre survivante ! De sa fuite en Suisse je n'avais qu'une vague photo jointe à une lettre écrite à ses petits-enfants qui étaient devenus ultra orthodoxes et vivaient à Strasbourg. Elle avait voulu leur faire comprendre ce que sa famille et elle-même avaient subi.

Sa fille Ruth, qui habitait juste à côté, avait occulté tout ce qui avait un rapport avec les évènements survenus au moment de sa naissance en Suisse. L'Holocauste était l'histoire de sa mère, pas la sienne. Elle ne voulait rien savoir de tout cela. Quant à ses petits enfants dans leur enclave orthodoxe, ils pensaient comme leur mère. Nous étions assis en train de prendre le thé quand Rosi me raconta son histoire de manière si confuse qu'il était difficile de suivre la chronologie de certains évènements. C'était comme une suite d'images, « je te vois encore dans les champs avec une fourche en train d'aider le fermier », me dit-elle avec tendresse en se rappelant du temps où j'étais avec eux à Gaillac. Elle eut du mal à se maîtriser au moment où je lui montrai une carte que mon père avait écrite de Vienne à Éric. À la vue de l'écriture de son oncle la blessure du passé se rouvrit et elle fondit en larmes.

Parmi les cauchemars qui m'affectaient le plus, il y en avait un où je voyais mes parents sur le seuil de la chambre à gaz faisant paisiblement la queue avant d'entrer. Je leur criais: « N'entrez pas ! S'il vous plaît, n'entrez pas ! » Mon père riait et me disait de ne pas m'en faire : « Tout ira bien, disait-il. »

Sa nature se voulait d'être aveuglément optimiste. Ce qui était également mon cas et en même temps une bénédiction car j'ai toujours cru que je survivrais aux camps et cette foi, ainsi qu'une chance incroyable, me sauva probablement. J'avais l'avantage sur mon père de discerner l'ennemi sous son masque, de constater chaque jour la perversion dont il était capable et de redoubler d'efforts, d'ingéniosité et de supercherie pour le tenir en échec. Mais j'étais jeune. Mon père ne pouvait concevoir un monde devenu aussi démentiel et à leur âge mes parents n'auraient eu aucune chance de s'adapter à Auschwitz. Ils auraient très vite été sans défense et seraient devenus des sujets d'expérience pour les nazis.

Une lointaine relation familiale des Knoller me contacta un jour par Internet avec un récit des dernières mésaventures de mes parents. Étant donné la confusion des temps d'alors, il est difficile de savoir si tout est vrai, à moitié vrai ou tout simplement faux. Quand je contactai cette parente éloignée du nom de Karen Pratt (née Knoller) elle m'annonça qu'elle ne se souvenait plus de qui elle tenait l'histoire mais que c'était quelqu'un de la famille. Mes parents auraient obtenu un visa de sortie d'Autriche mais, la corruption aidant, une personne aurait réussi à substituer son nom au leur. Plus tard, ils eurent l'occasion de partir pour la Palestine mais c'était apparemment de manière clandestine et mon père aurait refusé de profiter de l'opportunité puisque elle était contraire à la loi. Même si cette histoire est un mythe, elle montre de façon évidente le caractère de mon père. Mes parents sont donc morts pour la seule raison qu'ils étaient juifs. Il me reste quelques photos de famille, les bijoux de ma mère que j'ai offerts à Freda et l'argenterie que Lotte nous a donné lors de notre mariage. À part ça, je n'ai rien d'autre que des souvenirs.

J'essaie parfois de trouver une explication à tout cela et l'origine de cette petite lueur d'espoir qui peut surgir à tous moments de la nature humaine pour surmonter de telles horreurs. J'en ai trouvé une dans un courrier daté du 6 février 1939 que ma mère a adressé à Éric et Otto, lorsque j'étais déjà en Belgique. Elle avait écrit : *Je dois vous dire que je n'ai jamais eu d'aussi belles photos que celles que vous m'avez envoyées. Miami semble un paradis. Vous est-il possible d'envoyer une carte postale de Miami à M. Hagmann. Fredy lui en a aussi envoyé une et il en a été très touché.*

J'avais oublié ce geste anodin de ma part et rien de plus beau n'existe que ces lignes de ma mère pour raviver la mémoire. Néanmoins, ses mots me confortèrent dans l'idée que j'avais eu raison d'apprécier ce bonhomme.

Le souvenir de sa passion des timbres, des échanges que nous faisions et des merveilleux après-midi que nous passions ensemble me fit faire un bond en arrière un jour que j'étais avec Éric et Viviane en Floride. « Te souviens-tu des affiches électorales que tu collectionnais ? Et celles que notre père avaient déchirées un jour ? » Éric secoua la tête tristement et me dit en souriant: « C'est vrai qu'il avait fait ça et que ces affiches vaudraient une fortune aujourd'hui ! »

L'Angleterre où mes deux filles sont nées, Marcia en 1953 et Susie en 1956, s'est révélée un hôte exceptionnel envers lequel je ne serai jamais assez reconnaissant. De plus, comme un écho au passé, mes deux filles vivent à l'étranger, Susie en Israël avec notre petit-fils Nadav et Marcia aux Canaries, autant par choix que par la force des circonstances. Ainsi, même mes propres enfants sont loin de moi.

À mon arrivée dans ce pays, je me suis remis au violoncelle et j'ai joué avec un orchestre local durant plusieurs années. Freda et moi avons tenu un magasin de vêtements pendant quelque temps et plus tard, lorsque je pris ma retraite, je devins directeur du State of Israël Bonds. Je continue par ailleurs à travailler avec d'autres victimes des camps au Centre des Survivants de l'Holocauste et je fais des conférences dans des écoles du monde entier sur ce que j'ai vécu et considère cela comme mon devoir. Même si je le voulais, n'arriverai certainement pas à exorciser tous les démons de mon passé. J'ai juste essayé de les affronter et je pense y avoir réussi. Au début j'ai dédié ce livre à mes parents mais aujourd'hui, l'ayant terminé, je tiens à y associer les six millions de morts qui, contrairement à moi, n'ont pas pu raconter leur histoire.

Le 6 juin 2000, Freddie Knoller, le petit Juif qui avait quitté Vienne en 1938 et survécu à Auschwitz et Bergen-Belsen était présent à l'inauguration de la Rétrospective de l'Holocauste au Musée Impérial de la Guerre à Londres et a serré la main de la Reine d'Angleterre.

Freda et moi le 31 Décembre 1950, jour de notre mariage.
En médaillon : Rencontre avec la Reine Élisabeth II à l'inauguration de l'Exposition sur l'Holocauste au Musée Impérial de la Guerre en 2000.

Histoire de Rosi

Nous avons quitté Vienne en 1938. D'abord mes frères Léo et Max au mois d'août, puis mes parents et moi. Mon fiancé, Max, ayant été arrêté (il était d'origine polonaise), je lui avais envoyé une lettre recommandée lui demandant de me faire parvenir son passeport afin que je puisse lui obtenir un visa pour Saint-Domingue (République Dominicaine). Il montra cette lettre aux autorités de la prison qui lui donnèrent vingt-quatre heures pour quitter le pays. C'est de cette manière que nous nous sommes retrouvés en Belgique où il arriva avec sa mère. Après l'invasion de la Belgique par les Allemands nous nous sommes enfuis en France où nous fûmes séparés et internés comme ennemis. Les hommes furent envoyés à St-Cyprien et les femmes dans un camp près de Gaillac dont j'ai oublié le nom. Sans permission et sauf-conduit, j'ai quitté le camp et suis allée à St-Cyprien pour tenter de faire sortir mon mari. Freddie était là aussi.

Je tombais malade à la suite d'une insolation et l'on me fit entrer à l'hôpital du camp. Dès que j'allai mieux, on me demanda de quitter le camp mais je refusai de partir sans mon mari. J'avais des documents concernant un petit héritage en Suisse, venant de mon grand-père Kernberg et prouvant ainsi que je pouvais assurer notre vie matérielle. Mon frère Léo, né en Suisse, et mon père furent également autorisés à partir.

Je me souviens, du temps où nous étions à Gaillac, de Freddie tenant une fourche sur une charrette à foin, alors qu'il travaillait pour un fermier du coin. Après le départ de Léo, Freddie suivit car le maire commença à rendre la vie très difficile aux Juifs et décida de tous nous mettre dans un camp non loin de Gaillac. Max et moi soudoyâmes un gardien pour nous laisser sortir avec sa mère et mes parents mais un changement de gardien fit tomber l'affaire à l'eau. J'ai appris depuis qu'ils avaient été emmenés à Gurs avec d'autres Juifs, puis à Drancy et Auschwitz.

Nous n'avions aucun papier quand nous quittâmes Gaillac pour Nice où se déroulaient de nombreuses rafles de Juifs. Ayant épousé Max en Belgique, j'étais enceinte de ma fille Ruth. Nous étions bien évidemment terrifiés par l'idée d'être déportés et, grâce un certificat d'un médecin déclarant que j'étais enceinte, je réussis à obtenir des papiers stipulant que j'étais Polonaise. Me croyant dès lors en sécurité, je persuadai Max d'essayer de traverser la frontière suisse, mais il n'était pas très emballé. Il accepta finalement et nous allâmes à Aix-en-Provence. Au même moment, Maxl et Léo n'ayant pas réussi à entrer en Suisse avaient été mis en prison dans cette ville. Je me renseignais auprès d'un homme qui me paraissait juif pour savoir où se trouvaient les gens devant être déportés vers l'Est. Il me répondit qu'ils étaient déjà partis depuis la veille. Je lui demandais alors s'il connaissait les frères Bodek et il me dit : « Ah, les Suisses ! Non ! On ne les a pas déportés. » Comme il n'y avait pas de bus nous réussîmes à nous faire emmener en voiture jusqu'au camp qui se trouvait hors de la ville. Nous y trouvâmes un parent à nous, Suisse, Johnny (Jonas) Tempelhof, qui s'arrangea pour que Léo et Max soient convoqués à l'ambassade de Suisse où les gendarmes les accompagnèrent car elle se trouvait à Marseille. En cours de route, Johnny parvint à convaincre les gendarmes de s'arrêter pour prendre un café et mes frères réussirent ainsi à s'échapper. Grâce aux papiers que Johnny leur avait procurés, ils avaient la possibilité de travailler comme volontaires en Allemagne. Celui-ci nous dit également, à Max et à moi, qu'il connaissait un guide à Annemasse. Nous nous y rendîmes puis décidâmes de passer la frontière par nos propres moyens. Nous eûmes une chance extraordinaire car nous rencontrâmes un livreur de lait qui nous indiqua par où passer et nous nous retrouvâmes en Suisse en toute sécurité. Bien que la police suisse nous ait pris tous nos objets de valeur, Max fut envoyé dans un camp de réfugiés pour travailler et je fus recueillie avec beaucoup de gentillesse par une famille suisse catholique. Je dois ajouter qu'aucune de mes relations familiales en Suisse ne fit quoi que ce soit pour moi et c'est dans ce pays que naquit ma fille Ruth.

Retour à Figeac

Tous les ans nous avons l'habitude, Freda et moi, d'aller passer une quinzaine de jours dans une petite ville du Lot-et-Garonne appelée Monflanquin. C'est pour nous l'occasion de profiter de la douceur de cette région du sud-ouest de la France et y retrouver nos bons amis Gilbert Fouquet, le traducteur en français de ce livre et Maggie Landaw, la sœur de John qui m'a aidé à l'écrire.

Au mois de juin 2002, nous nous y sommes rencontrés à nouveau et avons décidé de retourner sur les lieux où je me trouvais dans le maquis en 1943 pour revoir les petits villages qui m'avaient si fortement marqués et que je cite à partir de la page 164 de ce livre.

Après une bonne heure de route, nous sommes arrivés au Bouyssou que j'ai bien reconnu avec son église et sa petite place malgré les embellissements effectués pour le rendre encore plus attrayant aux nombreux touristes qui sillonnent la région.

Quelques minutes plus tard, nous étions à Saint-Bressou. Là, tout excité à l'idée de retrouver la forêt où j'avais passé quelques mois auprès de mes compagnons et du colonel Albert, je tentais de repérer les chemins qui menaient à nos cabanes lorsque nous nous aperçûmes que la mairie était ouverte. Gilbert s'y rendit et questionna le maire, M. Griffoul, qui lui confirma la présence de plusieurs maquis durant la guerre et sortit pour me rencontrer, tout heureux de faire la connaissance d'un ancien qui avait combattu dans les collines avoisinantes. Il nous parla longuement de ce qu'il savait de cette épopée, puisqu'il n'était même pas encore né à l'époque. Il nous mena à un endroit dans la forêt où se trouvait une stèle commémorative d'un maquisard abattu par les Allemands alors qu'il faisait le guet pour le compte de son groupe. Ce fut un moment inoubliable où les moments d'angoisse d'alors furent remplacés par cet instant magique qui occulte le malheur par la nostalgie du passé. Nous prîmes congé du maire en le remerciant chaleureusement mais celui-ci eut cette phrase merveilleuse:

« Non, c'est nous qui vous remercions pour ce que vous avez fait ! »

Nous sommes ensuite allé jusqu'à Cardaillac que je cite à la page 165 de mon livre et où, le manque de mémoire aidant, j'avais inventé un prénom pour le café qui m'avait servi de lieu de rendez-vous à l'homme qui devait venir me chercher à motocyclette. Je me souvenais bien d'une enseigne « Chez... quelqu'un » mais c'était tout ! C'est alors que j'avais pris le nom de Marcel à défaut d'un autre.

Nous arrivâmes donc à l'intersection des deux rues qui forment le village de Cardaillac lorsque nous aperçûmes soudain à gauche le fameux café avec son enseigne où nous pûmes lire à notre plus grande stu-péfaction : « Chez Marcel. » C'était extraordinaire, je ne pouvais croire si j'avais vraiment inventé ce nom ou bien si celui-ci avait surgi de mon subconscient comme une lueur enfouie au plus profond de mes souvenirs. Mais c'était là, bien devant nous !

Le café étant fermé car nous étions un lundi, nous frappâmes quand même à la porte. Une femme d'un certain âge nous ouvrit à laquelle nous racontâmes notre histoire. Elle parut à son tour totalement abasourdie par notre récit et ne fit qu'ajouter à notre ahurissement en nous informant que son établissement ne s'appelait « Chez Marcel » que depuis une quarantaine d'année. Médusés par ce que nous venions d'entendre, nous la quittâmes sans savoir quoi dire et prîmes la route de Figeac dans un état d'esprit où la réalité se mêlait à la fiction.

La place du marché de Figeac où j'avais rencontré Jacqueline était toujours là, plus colorée encore que dans mes souvenirs avec ses façades plus propres et ses structures repeintes. Je subis les sarcasmes de mes amis qui plaisantaient à chaque fois qu'ils voyaient apparaître une vieille femme, en me disant: « Tiens, voilà Jacqueline ! » Cela nous faisait rire mais je ne pouvais m'empêcher de penser que c'était peut-être à elle que je devais cette plongée dans l'horreur qui avait gâché ma jeunesse.

Sur la route du retour nous passâmes par Cahors. Alors que nous faisions le tour de la ville que je ne connaissais pas nous découvrîmes un Musée de la Résistance et décidâmes de nous y arrêter.

C'était un petit musée sans prétention mais très bien organisé où figuraient de nombreux documents sur les maquis de la région et sur la déportation. Des photos et des témoignages montraient à quel point cette région du Sud-Ouest avait contribué au combat clandestin contre les nazis et combien avaient donné leur vie durant les affrontements avec l'ennemi et dans les camps où ils furent déportés.

Ayant appris que j'étais un survivant moi-même, je vis arriver le président du musée et découvris qu'il avait été également déporté en comparant mutuellement nos tatouages. Grâce à lui, j'appris que mon groupe s'appelait « Bessières », ce que j'avais complètement oublié et que le nom véritable du colonel Albert était Georges Noirot. Il nous montra même une photo de mon groupe qu'il promit de m'envoyer mais sur le moment je n'y reconnus personne car je pense qu'elle fut prise ultérieurement à mon séjour dans le maquis.

Ce fut une journée inoubliable et ces soixante années écoulées depuis mon passage dans la région me semblèrent tout à coup si lointaines et si proches à la fois tant ce que nous avons vécu ce jour-là se révéla au-delà de toute espérance.

CHRONOLOGIE

1921

17 avril - Naissance de Freddie Knoller.

1933

Mars - le président Hindenburg nomme Adolf Hitler chancelier du Reich.

1934

25 juillet - Coup d'Etat du parti Nazi à Vienne et assassinat du chancelier Engelbert Dollfuss.

1935

Le Reichstag allemand vote les lois antisémites dites « Lois de Nuremberg ».

1936

17 juillet - Coup d'Etat militaire fasciste en Espagne contre le gouvernement républicain de Madrid. Début de la guerre civile espagnole.

1937

6 novembre - L'Italie rejoint le pacte anti-Comintern.

1938

11 mars - L'Anschluss - L'Allemagne annexe Autriche.

9 novembre - La Nuit de Cristal.

23 novembre - Freddie Knoller quitte Vienne et ses parents pour la Belgique.

7 décembre - Erich Knoller part pour les Etats-Unis.

1939

Avril - Otto Knoller quitte l'Autriche pour l'Angleterre, via la Hollande.

Août - Freddie est envoyé au camp de réfugiés de Merksplas, en Belgique.

1er septembre - Les Allemands envahissent la Pologne.

3 septembre - La Grande-Bretagne et la France déclarent la guerre à l'Allemagne.

1940

Février - Freddie est envoyé au camp de réfugiés d'Eksaarde, en Belgique.

Février - Otto s'embarque en Angleterre pour les Etats-Unis.

10 mai - Les troupes allemandes envahissent la Belgique. *Freddie part en France.*

12 mai - Freddie est arrêté par les Français comme ennemi et envoyé au camp d'internement

de Saint-Cyprien, près de Perpignan.

13 mai - L'Allemagne envahit la France.

14 juin - Les troupes allemandes entrent dans Paris.

22 juin - L'armistice franco-allemand est signé dans la forêt de Compiègne.

11 juillet - Le maréchal Pétain forme le gouvernement de Vichy. La France est partagée en Zone occupée et en Zone libre.

17 août - Les Allemands bannissent les Juifs qui reviennent de Zone libre en Zone occupée.

Septembre - Freddie s'évade de Saint-Cyprien et se rend à Gaillac en Zone libre.

27 septembre - Les Allemands décrètent le recensement des Juifs en Zone occupée.

3 octobre - Le gouvernement de Vichy établit le « Statut des Juifs » les bannissant de l'administration et des

emplois pouvant influencer l'opinion publique.

Novembre - Freddie quitte Gaillac pour Bruxelles occupée.

Décembre - Freddie arrive à Paris où il rencontre les Huberman et Otto Geringer.

1941

Janvier - Freddie commence à travailler pour les soldats allemands comme « guide » à Pigalle.

Février - Les cinémas de Paris présentent le film antisémite « Le Juif Süss ».

14 mai - Première rafle des Juifs à Paris.

2 juin - Le gouvernement de Vichy établit le recensement des Juifs en zone libre et les exclut du commerce et de l'industrie.

22 juillet - Vichy décrète la confiscation des biens juifs.

20 août - Seconde rafle des Juifs à Paris.

21 août - Un soldat allemand est tué au métro Barbès Rochechouart à Paris.

3 septembre - un soldat allemand est tué gare de l'Est à Paris.

5 septembre - Une exposition antisémite « Le Juif en France » s'ouvre à Paris.

2 & 3 octobre - Eugène Deloncle, du Comité Secret Révolutionnaire Fasciste, organise la destruction de sept synagogues parisiennes.

8 décembre - Les Etats-Unis et la Grande-Bretagne déclarent la guerre au Japon le lendemain de l'attaque de Pearl Harbour.

1942

20 janvier - La conférence de Wannsee décide la « Solution Finale ».

3 mars - Premier bombardement de la RAF en France.

27 mars - Le premier convoi de Juifs quitte le camp de détention de Drancy pour Auschwitz.

29 mai - Les Juifs sont obligés de porter l'étoile Jaune en Zone occupée.

1er juin - La responsabilité de la sécurité est transférée de l'armée allemande aux SS.

16 & 17 juillet - « La Grande rafle » des Juifs de Paris au Vélodrome d'Hiver et leur déportation de

Drancy à Auschwitz.

5 août - Les Juifs des camps de la Zone libre sont envoyés à Drancy et déportés à Auschwitz.

13 août - La Suisse ferme ses frontières aux réfugiés Juifs.

8 novembre - Les Forces alliés débarquent en Afrique du Nord

11 novembre - Les Allemands occupent la Zone libre.

11 décembre - Le gouvernement de Vichy impose aux Juifs de la zone libre le mot « Juif » sur leurs papiers.

1943

16 février - Le STO (Service du Travail Obligatoire) est introduit en France.

1er mars - La ligne de démarcation entre les deux zones est abolie pour tous les citoyens Français.

9 juillet - Les Alliés s'emparent de la Sicile.

Juillet - Freddie est arrêté par la Gestapo et invité à arrêter tout contact avec les militaires allemands place Pigalle. Il quitte Paris et rejoint les Francs-Tireurs et les Partisans français du Mouvement de Résistance dans un Maquis près de Figeac, dans le département du Lot. Freddie et son groupe de résistants font sauter un train.

8 septembre - Les Allemands ôtent aux Italiens le contrôle du sud de la France. L'Italie signe un armistice avec les Alliés.

Septembre - Les Alliés débarquent en Italie.

Freddie est arrêté par la Milice (la police de Vichy) et envoyé à Drancy.

6 octobre - Le nom de Freddie apparaît sur la liste des déportés de Drancy.

7 octobre - Freddie est déporté à Auschwitz où il arrive le 10 octobre.

1944

6 juin - Les Alliés débarquent en Normandie.

15 août - Les troupes françaises et alliées débarquent en Provence.

17 août - Les derniers convois de Juifs quittent la France pour Auschwitz.

25 août - Les Forces Françaises Libres de Leclerc entrent à Paris avec le général De Gaulle.

1945

18 janvier - Evacuation d'Auschwitz. Freddie et les prisonniers entament la « Marche de la mort ».

20 janvier - Freddie arrive à Gleiwitz, en Pologne.

21 au 27 janvier - Freddie est transféré en train au camp de concentration de Mittelbau-Dora, près de Nordhausen.

27 janvier - Les troupes soviétiques libèrent Auschwitz.

Mars - Mittelbau-Dora est évacuée et Freddie est envoyé à Bergen-Belsen.

15 avril - Bergen-Belsen est libéré par les troupes britanniques.

28 avril - Freddie retourne à Paris et séjourne à l'hôtel Lutétia.

Mai - Il est recueilli par le Dr Bennetin à Salornay-sur-Guye, en Bourgogne, où il retrouve son frère Éric.

Juin - Retrouvailles avec Leo et Annie Bodek à Nice et le reste de leur famille à Limoges.

1946

Janvier - Freddie retrouve Otto au Havre et passe des vacances avec lui en Suisse.

Mai - Freddie travaille comme interprète auprès de l'armée américaine à Limoges.

1947

19 janvier - Freddie s'embarque au Havre pour New-York où il arrive le 29 janvier et retrouve ses frères et d'autres parents.

1948

Mars - Freddie s'installe à Baltimore et commence à travailler à la Standard Textile Company.

1949

9 octobre - Freddie rencontre sa future femme, Freda.

24 novembre - Fiançailles de Freddie et Freda.

31 décembre - Mariage de Freddie et Freda.

1952

1ᵉʳ juillet - Freddie et Freda quittent les Etats-Unis pour s'établir à Londres.

1953

28 avril - Naissance de Marcia Knoller.

1956

Naissance de Susie Knoller.

Notes

1. Lettre de ma mère à Éric en date du 22 octobre 1939 :
Cher Éric

Je t'ai écrit hier mais je dois te dire aujourd'hui que j'ai reçu cette lettre du consulat de Vienne :

... Freddie nous écrit tous les deux jours. Il nous dit que tu n'as aucune raison de t'en faire à son sujet. Il t'a écrit également pour te souhaiter un bon anniversaire et te remercier pour l'affidavit. Alors, reste calme... Les Neufeld ont quitté Berlin pour aller en Belgique, puis en Angleterre et ensuite en Australie. Heureuses gens ! Anny Morgenstern et M. Lastinger ont reçu leur autorisation et partiront bientôt. Hans Herr part aussi et nous demeurerons les derniers Juifs en Autriche...

La référence à Éric se faisant du souci pour moi concerne sa déception de n'avoir pas reçu mes vœux pour son anniversaire. Quant à l'affidavit, c'est du mien dont il s'agit. Comme pour celui d'Otto, il manquait certaines formalités pour que mon dossier d'émigration en Amérique soit complet. L'invasion de la Belgique et ma fuite en France anéantirent tous ces espoirs. On peut spéculer sur le fait que si j'étais resté en Autriche j'aurais pu obtenir les papiers nécessaires pour partir en Amérique.

En mai 1939, après être entré de nouveau en Hollande avec cette fois des papiers en règle, Otto partit en Angleterre. Dans sa lettre du 20 avril 1985 à Norbert Fuchs, il poursuit : *... Grâce à des contacts de mon père (qui travaillait au (Kultusgemeinde) je pus me joindre à plusieurs centaines de jeunes Viennois et me rendre dans le Kent au fameux « Camp de Réfugiés Kitchener » où je passais une année entière jusqu'en avril 1940. J'en profitais pour former un orchestre que je dirigeais et dont j'étais aussi pianiste. J'ai donné de nombreux concerts à travers toute l'Angleterre en faveur du « Military Auxiliary Pioneer Corps »* ...

1.- L'île des Matzos, l'Anschluss, Nuit de Cristal.

1. L'ironie du sort voulut, qu'un an après l'Anschluss, Otto reçût une convocation de l'armée dont il parle à Éric dans une lettre reproduite dans ce livre et datée 6 février 1939.

J'ai reçu aujourd'hui, en express et recommandée, une convocation du Quartier Général de l'Armée concernant ma mobilisation.

Étant donné les circonstances, cette erreur bureaucratique assez insolite aurait pu sembler réconfortante et rappeler une époque plus civilisée, mais Otto alla aussitôt voir les autorités et leur montra un document daté du 6 août 1938 établissant qu'il était *Volljude* (100% Juif) et donc exempté du service militaire. J'ai récemment obtenu des archives autrichiennes ces formulaires complétés par mon père de son élégante écriture. Ces papiers remplis par lui sont datés du 15 juillet 1938. Le document reproduit dans ce livre fait état de sa déclaration. Entre autres, il y signale une police d'assurance vie auprès de la Compagnie d'Assurances Anker, quelques actions et des comptes d'épargne. La liste stipule également une épingle de cravate en or avec des petits diamants, des alliances, une montre en or avec sa chaîne et une montre de dame en or. Le 6 août, il reçut des instructions pour mettre en vente ses actions à la Reichsbank. J'ignore les termes comminatoires de cette vente forcée mais le 11 août, il informa les autorités qu'il les avait mis en vente à la Länderbank. Carte postale écrite par mon père le 6 décembre 1938 à Éric qui se trouvait à Rotterdam en attente de s'embarquer pour l'Amérique :

Très cher Éric,

Avant ton départ demain matin, je tiens à te souhaiter, de la part de ta mère, d'Otto et de moi-même, une heureuse et tranquille traversée. Envoie-moi, s'il te plaît, un télégramme quand tu arriveras à New-York. Assure-toi que ta malle portant le n° EK 100 a bien été embarquée. Si nous avons de la chance, ton manteau sera recousu demain. Nous penserons à toi demain, au moment de ton départ. Nous sommes, grâce à Dieu, en bonne santé et notre seul souhait est d'avoir de bonnes nouvelles de toi et de Freddie...

La référence de mon père au raccommodage du manteau indiquait certainement que quelques objets de valeur y étaient cachés.

2.- La pièce perdue

1. Lettre d'Otto à Éric du 19 décembre 1938, écrite de sa part et de celle de nos parents :

... grâce à Dieu, tu es arrivé sain et sauf en Amérique. J'ai de très importantes questions à te poser : Un fils a-t-il la possibilité de faire venir ses parents aux Etats-Unis malgré les quotas ? Doit-il avoir plus de vingt-et-un ans, ou pas ? Depuis combien de temps doit-il avoir résidé dans le pays ? Peut-il emprunter l'argent nécessaire à la banque ? Dans le cas d'un musicien juif (c'est-à-dire moi) ayant un contrat, peut-il entrer aux Etats-Unis grâce à ça sans tenir compte des quotas ? Est-ce qu'un contrat avec un club privé suffit ? Pourrais-tu en outre m'envoyer les partitions des nouvelles chansons à la mode ?

J'ai été dix jours en Hollande et ce fut un moment terrible à passer... informe M. Apte de la gravité de la situation dans laquelle je me trouve et dis lui que j'ai tout essayé pour sortir de là mais n'y suis pas arrivé. Annonce-lui également qu'en ce qui me concerne je me fiche de l'endroit où je pourrais aller et demande lui s'il peut m'avoir un permis pour l'Angleterre. La meilleure chose serait un affidavit, ainsi je pourrais ainsi partir en mai de l'année prochaine. S'il te plaît, fais pour le mieux. C'est très dangereux pour moi ici.

2. Otto eut beaucoup de chance de sauver sa vie. Il raconte l'histoire dans une lettre du 20 avril 1985 à

son ami et compagnon d'évasion Norbert Fuchs qui avait émigré en Australie :

Cher Norbert,

Ignorant tout de toi depuis ces quarante dernières années ne diminue en rien ma joie d'avoir appris le mariage de ta fille. J'espère que tu me répondras pour tout me raconter. J'ai eu 72 ans le 5 de ce mois, « nicht schlecht » (pas si mal), comme on dit chez nous à Vienne. Je continue de travailler 8 à 10 heures par jours. Je pense que tu es au courant par les journaux des cérémonies qui ont eu lieu aux States et spécialement à Washington DC en faveur de l'Holocauste. C'est l'occasion de se souvenir de cette nuit de décembre 1938 quand nous sommes arrivés à la frontière allemande, près de Venlo. Je me souviens de beaucoup de neige, du froid, du hurlement des chiens et soudain de ta disparition. Ayant réussi à traverser la frontière, j'ai été recommandé auprès d'une famille juive hollandaise qui m'a hébergé mais deux jours plus tard, j'ai été jeté en prison à Amsterdam par la police néerlandaise. Au bout de quelques jours, j'ai été ramené à la frontière allemande et, avec trente autres réfugiés nous avons marché à travers le No Man's Land situé entre les deux frontières. Je me suis séparé du groupe. J'ai ensuite passé plusieurs heures dans un « Strassengraben » (fossé) et me suis rasé pour paraître plus propre. Je me suis présenté à la frontière allemande à six heures du matin pour me faire dire qu'une heure avant mon arrivée les SS nous attendaient et avaient emmené des gens en camps de concentration. J'eus la chance de contacter mes parents à Vienne et suis retourné en Autriche.

Lorsque, comme d'autres survivants des persécutions nazies, il fut interviewé pour les archives Spielberg, Otto ajouta un commentaire très significatif sur le fait qu'il s'attarda dans ce fossé : « Je ne sais pas pourquoi j'ai fait ça mais j'ai pensé que ce serait trop dangereux d'aller en groupe à la frontière ».

3. Lettre de mon père à Éric du 3 janvier 1939:

Nous avons reçu aujourd'hui ta lettre du 21 dernier. C'est en fait ta toute première lettre de Miami. Nous avons pris plaisir à en lire les détails et surtout que tu aies commencé à travailler. Que Dieu fasse que tes employeurs soient satisfaits de tes efforts. Cher Éric ! As-tu rendu visite à Tante Fanny Feldherr à New-York ? Je l'espère. Notre cher Otto est toujours à la maison comme le « Hollandais Volant ». Ce qu'il a souffert en Hollande est indescriptible. Ce serait une bénédiction pour lui et pour nous si nous pouvions entrer légalement en Amérique, nantis d'un affidavit. Je suis certain, mon cher Eric, que tu feras de ton mieux pour faire venir Otto et Freddie. As-tu demandé à nos parents de New-York ce qu'ils pouvaient faire pour eux ? Le cas d'Otto est le plus urgent car les jeunes ne peuvent pas rester ici. La situation du cher Freddie n'est pas brillante et il nous manque beaucoup. Il n'a pas le droit de travailler et c'est la pire des choses pour un jeune. Jos Apte l'aide de son mieux et l'invite tous jours à dîner. C'est un homme merveilleux ! Puisse Dieu faire que nos enfants aient la chance de toujours rencontrer des personnes de ce genre. Nous Le prions chaque jour de garder nos employeurs et nos protecteurs en bonne santé et de leur apporter tout ce qu'ils souhaitent. Amen !

Cher Éric ! Nous t'écrirons tous les mardis. Promets-nous de faire de même et de nous écrire chaque semaine, ainsi nous recevrons des nouvelles régulièrement. Ecris aussi à ce cher Freddie, ce qui lui fera très plaisir. Voici son adresse : Alfred Knoller, Statiestraat 36, Anvers, Belgique.

Je vais t'envoyer quelques petites choses pour que tu nous les gardes. Dis-nous à quelle adresse te les expédier. J'attends ta prochaine lettre avec impatience.

4. Je me réfère à une lettre de ma mère à Éric, en date du 17 janvier 1939, dans laquelle elle lui demande : « Est-ce que Freddie a reçu son violoncelle ? » L'anniversaire d'Eric tombait le 11 mars, date de l'Anschluss. Mes parents lui écrivirent le 5 mars 1939 pour lui envoyer leurs vœux, mais d'une manière un peu amère car les choses semblaient avoir changées pour mon père:

Très cher Éric,

Nous avons reçu aujourd'hui ta lettre du 22 février. « Avant tout, je tiens à te souhaiter un heureux anniversaire, beaucoup de bonheur et une bonne santé ». Comme tu peux le constater, mon cher Eric, je commence à me débrouiller en anglais - en effet, ce 11 mars est également un jour mémorable pour nous puisqu'il a scellé notre destinée... Puisse Dieu nous accorder la possibilité d'avoir la joie de nous revoir très vite. Amen. J'aurais aimé t'acheter quelque chose pour ton anniversaire mais nous sommes malheureusement trop loin l'un de l'autre. Très cher Eric, en ce qui concerne notre affidavit, ce serait merveilleux que ce soit M. Apte, qui est déjà connu au consulat, qui nous le donne, plutôt que ton patron. Souviens-toi aussi que M. Bill (Apte) a promis de faire quelque chose pour nous. D'ailleurs, M. Meyer a déjà reçu son affidavit des Apte. En attendant, il ira en Angleterre. Je suis jaloux de M. Apte... J'ai quitté mon emploi chez Grossner & Weiss car l'entreprise a été « aryanisée » et il ont pris un comptable chrétien depuis le mois de décembre. Otto fait tout ce qu'il peut pour aller en Angleterre et attendre que son affidavit soit prêt. Nous avons besoin de quelqu'un qui le cautionne. J'aimerais aussi que Freddie puisse y aller mais il a également besoin d'un répondant comme l'a fait Mundy Sperber... Fais attention s'il te plaît quand tu conduis une voiture. Tu vas bientôt recevoir la petite caisse et tu n'auras à payer que le transport Tampa-Miami, rien d'autre. La machine à écrire est fermée. Tu trouveras un bouton sur le côté droit pour l'ouvrir. Ne force pas pour l'ouvrir sinon tu casseras tout. Je t'enverrai le manuel d'utilisation dans le cas où tu voudrais t'en servir...

Tante Fanny Feldherr nous a écrit qu'elle aimerait avoir des nouvelles de toi. Je te supplie de lui écrire *parce c'est la seule qui a bon cœur et qui voudrait faire quelque chose pour nous si c'est possible. Son adresse est la suivante... 1036, Bryant Avenue, New-York...*

Comme c'était triste à lire. Mon père avait dû écrire à tant d'autres amis proches et cette lettre montrait que leurs réactions s'étaient avérées négatives.

Deux lettres étaient jointes, une de ma mère et une d'Otto. Celle de ma mère disait:

Mon très cher petit Éric, je suis remplie de joie à la lecture de tes lettres et celle d'aujourd'hui fut mon seul bonheur... car c'est Pourim. Chacun devrait être heureux. Tout cela n'a aucun sens. Mais, toi mon cher enfant, prend soin de toi...

Tu sais que venir aux Etats-Unis n'est pas facile pour nous car il semble que les quotas de Vienne soient épuisés depuis deux mois. Freddie souhaite quitter Anvers mais c'est difficile. Ce serait formidable d'avoir deux permis pour qu'Otto et Freddie puissent aller en Angleterre.

Depuis quelques mois, mon père avait omis de dire à Éric qu'il avait perdu son travail en décembre, bien qu'il lui ait écrit plusieurs lettres entre temps. Peut-être ne lui avait-il rien dit parce qu'il devait mettre le nouveau comptable au courant et que cela lui prendrait jusqu'au mois de janvier ou février 1939 ou tout simplement parce qu'il ne voulait pas qu'il se fasse du souci mais finalement il décida de partager ce fardeau. Quant à moi, je connaissais déjà la situation car mon père m'en avait averti.

Entre temps mes parents avaient pu écrire à Eric que le départ d'Otto était imminent:
Le 5 avril 1939

... Grâce à Dieu, tu vas bien. Nous venons de recevoir ta lettre. Nous espérons que tu as réussi à envoyer les documents manquants pour Otto. Nous ne pouvons pas utiliser ces documents pour Freddie parce qu'ils sont au nom d'Otto... Nous avons de bonnes nouvelles de toi par une lettre du Dr Georg Jänner... Bénis le ciel d'être où tu es... Ce serait merveilleux de voir ce que tu es devenu.... Otto partira bientôt en Angleterre... Et il ira en Amérique dès que son affidavit sera prêt. Penses-tu, cher Éric, que nous recevrons bientôt le nôtre ? Au cas où tu en aurais besoin, note nos dates de naissances : David Knoller né le 3 janvier 1882 à Dynov, Pologne et Marie Knoller née le 7 août 1885 à Lemberg, Pologne.

La référence aux « documents manquants » concernait un questionnaire du consulat, une sorte de document à remplir ou bien un certificat de santé.

Le désespoir de ma mère se manifeste dans une autre lettre à Éric d'avril 1939:

David, Marie et Alfred Knoller,

Suite à votre demande n° 41, nous devons vous informer que nous avons étudié votre cas. Nous n'avons retrouvé aucune trace de votre dossier enregistré au printemps 1938. Vous n'êtes donc pas enregistrés à la date que vous nous avez donnée et nous vous en avisons en vous retournant votre demande accompagnée d'un questionnaire à remplir ...

Tu peux t'imaginer notre frustration et notre colère. Nous sommes désespérés et ne savons quoi faire... Il n'y a aucun doute, nous sommes sûrs d'avoir été enregistrés ensemble... Quelle manque de chance. Nous avons écrit à M. Apte pour lui demander conseil.

Notre seul espoir était d'être bientôt réuni avec nos enfants... Qui peut imaginer quand ce sera notre tour et si nous serons de nouveau enregistrés ? Qui peut vivre dans une telle expectative ? C'est une question de vie ou de mort. M. Simpson doit faire tout ce qui est en son pouvoir pour que notre réclamation arrive sans délai à Washington. Peu importe ce que cela coûtera, on peut même engager un avocat.

Mes yeux me font mal à force de pleurer. Comment peut-on vivre sans l'espoir de pouvoir retrouver ses enfants ?

Une lettre de mon père à Éric trois jours plus tard est le reflet de celle que j'ai reçue et mentionne également le peu d'espoir qu'offre sa position officielle auprès du Centre de la Communauté Juive :
25 octobre 1939

Beaucoup sont obligés de retourner dans le pays où ils sont nés (Viele müssen sollen in das Land gehen wo ich geboren bin), mais pour le moment j'en suis exempté comme fonctionnaire.

À Eksaarde, je ne pouvais savoir ce qu'il était advenu à qui que ce soit excepté mon cousin Max.

Celui-ci avait fini dans un groupe de réfugiés allant à Ostende en espérant pouvoir embarquer pour l'Angleterre. Un brave catholique allemand le dirigeait. Ils n'allèrent pas plus loin que Middelkerque où ils furent arrêtés par les gendarmes et cantonnés dans des baraques de l'armée. Dans la confusion, le brave allemand disparut. Quand les Allemands arrivèrent le lendemain, les gendarmes belges se rendirent à leurs vainqueurs avec les réfugiés. Personne ne mentionna les Juifs. Les Allemands, comme les Belges auparavant, ne demandèrent leur identité à personne alors que les réfugiés juifs d'Eksaarde avaient leur passeport marqué du « J » rouge. Max n'avait pas de passeport du tout, uniquement son acte de naissance suisse. Les Allemands leur demandèrent où ils désiraient aller. Max et les autres dirent qu'ils voulaient aller à Bruxelles et les Allemands les mirent tout simplement dans un train. Max alla ensuite au Centre de la Communauté Juive de Bruxelles et retourna dans la maison où il vivait avec sa famille pour découvrir qu'elle était abandonnée. Des voisins lui dirent que toute la maisonnée s'était enfuie en disant qui voulaient aller en France. Ayant retrouvé sa machine à coudre intacte, Max retrouva du travail.

3.- En attendant l'orage

1. Une carte postale de mes parents à Éric confirme que je leur ai écrit brièvement avant le 20 juillet 1940,

date de leur propre carte. Ils lui écrivirent de nouveau le 5 août :

Nous avons reçu deux cartes de Freddie de St-Cyprien et aussi une lettre. Il nous dit qu'il est en bonne santé et ne manque de rien. Il dit aussi qu'il est bien nourri. Oncle Herman et Léo sont là également. Tante Genya est près de Toulouse. Freddie nous a demandé de lui écrire Poste restant à Toulouse. Je te demande, mon cher Eric, d'écrire à Freddie que nous allons bien mais sommes momentanément incapable de lui écrire (à cause des négociations de paix en cours entre la France et l'Allemagne). Dis-lui que Max est à Bruxelles, qu'il va bien et gagne sa vie. J'ai déjà écrit à Max que ses parents vont bien.

2. Ces centres de communauté furent utilisés plus tard par les Allemands pour l'enregistrement et la déportation des Juifs.

3. Carte postale du 10 décembre 1940 de mon père à Éric:

Grâce à Dieu, nous sommes en bonne santé et nous espérons qu'il en est de même pour toi. Malheureusement nous n'avons aucune nouvelle de toi depuis des mois. L'attente met nos nerfs à dure épreuve. Je t'ai écrit que Freddie est retourné à Bruxelles. Il nous a écrit que toutes ses affaires et son violoncelle ont disparu. Qui sait si ce pauvre garçon a quelque chose de chaud à se mettre pour l'hiver ? Il voudrait revenir à la maison mais c'est impossible.

La dernière phrase est la preuve de mon mal du pays mais ce que j'ai écrit si vite s'est dissous pour toujours dans la tristesse de ces temps et les mots de mes parents vivent encore tandis que les miens et ceux de mes frères, qui avons survécu, ont disparu à tout jamais. Aujourd'hui encore, j'ai du mal à me souvenir des sentiments cachés derrière les mots que j'ai écrit.

4.- En escortant l'ennemi

1. La dernière lettre de mes parents, datée du 8 janvier 1941, était adressée à Eric. Il en eut une autre, non datée, et cette absence de date, contraire à la nature méticuleuse de mon père, est une indication très significative de son état d'esprit.
2. Le bordel du 122 rue de Provence fut plus tard interdit aux forces d'occupation.

6.- Drancy

1. Au début, je n'avais aucune idée du système qui régnait à Drancy. Comme dans les ghettos et les camps de concentration, l'administration interne et la discipline étaient dévolues aux prisonniers désignés comme « *Membres du Service* » (MS) par les Allemands. Des officiers SS - quatre étant jugés suffisant pour Drancy - les supervisaient. Selon les règles de ce système, le chef de camp était un Juif, un dénommé George Kohn, qui contrôlait un groupe de trente hommes en charge de la discipline. Ces hommes étaient exempts des listes des déportés vers

l'Est - jusqu'à ce qu'ils soient en disgrâce - c'est pourquoi ils ne rechignaient jamais pour exécuter n'importe quel ordre. La police française, sous le commandement de l'ex-commissaire Guibert, faisait la liaison avec Kohn et les MS.

2. Un autre personnage officiel de Drancy était un civil du nom de Fonseque. Je pense qu'il dépendait du gouvernement de Vichy. Ces hommes n'étaient à l'époque que des visages et je n'ai découvert leurs vrais noms que lorsque j'ai commencé mes recherches après la guerre. C'est à partir de juillet 1943, trois mois avant mon arrivée, que les Allemands assumèrent totalement le commandement de Drancy.

Le Boxeur » était le surnom du capitaine SS Brückler, commandant en second de Drancy. Comme le commandant Brunner, il était renommé pour sa méchanceté et sa brutalité. Un autre officier allemand du camp, connu pour sa cruauté, était le commandant Weisel. Comble de l'ironie, il était coiffeur dans le civil. Plus intelligent que Brückler, il était toujours à l'affût avec une cravache pour prouver sa cruauté.

3. La gare était à Bobigny, non loin de Drancy. Là, les prisonniers étaient rassemblés par vingt sur cinq rangs. Le compte était toujours simple et précis. Nous étions généralement mille noms sur chaque liste et dix wagons par convoi, chacun transportant donc cent personnes.

Le document officiel concernant mon propre transport, le Convoi 60, fut répertorié par Serge Klarsfeld : CONVOI 60, 7 OCTOBRE 1943

Le 30 septembre, Brunner télexa à Eichmann et lui demanda l'autorisation de faire partir le convoi le 7 octobre (XLIX-49). Eichmann répondit favorablement (XLIX-50) et ajouta qu'un commando de Stuttgart arriverait pour escorter le convoi.

Le convoi 60 comportait 564 hommes et 436 femmes, dont 108 étaient des enfants en dessous de 18 ans. Parmi ces familles se trouvaient Erna Koch et ses deux bébés, Monique 1 an et Nicole qui venait juste de naître le 22 juillet. Herta Bolz avec un enfant, Henry 2 mois et Elise 3 ans. Auxquels il faut ajouter: Victoria Bovetis et ses cinq enfants - Maurice 4 ans, Michel 12 ans, Suzanne 10 ans, Simone 8 ans et Jacqueline 6 ans. Il y avait aussi Raymond Chorezyk 17 ans, son frère Marcel 16 ans et leur sœur Huguette 11 ans; Annie Feder 3 ans; Simon Friedmann 8 ans; Jean Frydman; Bernard 12 ans et Irène Garfunkel 7 ans; Colette Goldstein 3 ans; Simon Horyn 1 an; Raymond Levy 3 ans; Marcel Rosenberg 10 mois; Camille Sayagh et ses cinq enfants - Reine 10 ans, Henry 8 ans, Claude 4 ans, Georges 2 ans et Nicole 10 ans.

Le télex de routine n° XLIX-52 portait la signature de Rothke. Il spécifiait que le 7 octobre à 10h30 un convoi de 1000 Juifs quitta Bobigny avec le Maître des Schupos, Schlamm, chef d'escorte. Le 13 octobre,

Höss, commandant d'Auschwitz, expédia à Rothke le télex n° XLIX-53 précisant que le convoi était arrivé.

Lorsqu'ils arrivèrent à Auschwitz, 340 hommes furent sélectionnés pour Buna, l'usine de caoutchouc synthétique de l'I.G. Farben implantée sur place. Leurs tatouages furent enregistrés du n°156940 au N°157279. Les 169 femmes demeurant vivantes furent inscrites du N°64711 au N°64879. Le reste fut gazé. En 1945, moins de deux ans plus tard, 31 sur les 509 sélectionnés survécurent. Deux des survivants étaient des femmes.

Les biens des nouveaux arrivés servaient aux privilégiés de monnaie d'échange pour le marché noir.

7.- Pitchipoi

1. Schwarz fut affecté aux camps de concentration de Mauthausen de 1939 à 1941, Oranienburg en 1941, Auschwitz-Monowitz de 1941 à 1945 et ensuite à Natzwiller (en Alsace). Il fut exécuté le 20 mars 1947.
2. Perez fut abattu par les SS et mourut dans les bras d'un camarade français durant la Marche de la Mort de Belsen qui est décrite dans mon récit.
3. Les Hongrois furent parmi les derniers nationaux à être déporté. Ils arrivèrent à Auschwitz au début de l'été 1944. Ainsi Imre était pratiquement un nouveau venu n'ayant aucune expérience des camps. Il était à

341

Auschwitz depuis à peine plus d'un an à cette époque.

8.- La Marche de la Mort

1. J'appris plus tard que Mittelbau-Dora, ou Dora comme on l'appelait, se trouvait en dessous du massif du Harz, près du camp de concentration de Buchenwald. Satellite de ce dernier, on y fabriquait les V1 et les V2.

9.- Vive la Vie

1. Les parents de Léo étaient Polonais d'origine et, bien que vivant à Vienne, n'avaient jamais demandé la nationalité autrichienne. Comme Léo avait vécu en Autriche jusqu'à l'âge de 21 ans il aurait pu être naturalisé automatiquement mais aurait alors été dans l'obligation de faire son service militaire.

Remerciements

Je tiens tout d'abord à remercier mes filles, Marcia et Susie. Sans leur insistance, un vendredi soir il y a plusieurs années, pour que je raconte mon histoire, ce livre n'aurait pu voir le jour. Sans elles, je me serais tu et aurais revécu les tourments de ces temps monstrueux à travers mes cauchemars.

Je serai à jamais reconnaissant à ma chère épouse, Freda, qui a dû vivre avec les conséquences de ce fameux soir mon obsession de l'Holocauste. La préparation de ce livre a duré cinq ans et, bien que sa patience ait été mise à dure épreuve, elle m'a supporté tout au long de cette aventure.

Je voudrais également remercier mon cher ami et compagnon de survivance, Léo Bretholz, qui a mentionné notre amitié dans son livre « Le saut dans la nuit » et m'a encouragé à écrire cet ouvrage.

Je serai toujours redevable à ma regrettée belle-sœur, Viviane, ainsi qu'à sa fille, Janice, pour m'avoir fourni toutes les lettres écrites par mes parents à mon frère Eric aujourd'hui disparu.

Mon frère Otto et sa femme, Lotte, ont droit à ma gratitude pour m'avoir rappelé des évènements depuis longtemps oubliés. À cet égard, méritent également ma reconnaissance, mes cousins Max Bodek et Rosi Schächter, pour avoir répondu aux nombreuses questions sur nos vies communes en tant que réfugiés en Belgique et en France.

Bien d'autres encore ont droit à mes remerciements pour leur soutien, leur aide et leurs encouragements. Et comment ne pas être redevable à mon grand ami et co-auteur John Landaw qui, par sa patience et sa compétence en matière d'écriture, a su donner forme à ce livre en extirpant mes souvenirs, aussi pénibles fussent-ils grâce à ses qualités d'avocat et de psychothérapeute, pour réussir à traduire ce que fut réellement l'existence d'un réfugié juif durant ces jours sombres. Je dois de même remercier Ernest Lewin, Drusilla Redman, Ann Kritzinger et Lauren Parker, qui ont lu le manuscrit, pour leurs suggestions aussi nombreuses qu'efficaces ainsi que Simon Reiss qui a en proposé le titre.

Je me sens particulièrement obligé envers Mary Remnant qui a donné de son temps, sans compter et sans restriction, pour m'aider à éditer ce livre et à Gilbert Fouquet qui l'a traduit en français.

Pour leurs encouragements permanents et leur soutien, je suis extrêmement reconnaissant à ma chère amie Susi Bradfield ainsi qu'à toute la famille Bradfield-Brett.

À Sir Martin Gilbert, qui a inclus un passage de mon histoire dans son livre « Jamais plus », je témoigne ma très grande gratitude pour sa phrase en exergue sur la couverture.

J'aimerais également dire merci à mon très bon ami Alan Symons pour ses conseils et ses encouragements et dont la disparition prématurée a empêché qu'il puisse lire la version définitive ainsi que ces lignes le concernant.

Grâce à l'aide de nombreuses personnes et organisations sans lesquelles j'aurais été sérieusement handicapé dans la préparation de ce livre : mille mercis à Judith Hassan, Rachelle Lazarus et Mélanie Gotlieb du Centre des Survivants de l'Holocauste à Londres.

Ainsi qu'à Suzanne Bardgett, directrice de l'Exposition de l'Holocauste au Musée Impérial de la Guerre à Londres qui m'a encouragé à écrire mon histoire et m'a gentiment offert de s'occuper de son lancement au Musée.

Mes sincères remerciements vont aussi à Danny Elkanati, au Dr Henry Stellman et à Florrie Raymond du State of Israël Bond pour l'organisation d'un lancement ultérieur du livre auprès de leurs clients au Royaume-Uni.

Je suis également redevable à mon éditeur Richard Dawes pour son talent et sa diligence.

Et enfin, la dernière mais pas la moindre, ma très grande amie Elisabeth Maxwell, de Remember for the Future 2000. J'ai du mal à trouver les mots pour lui témoigner ma reconnaissance pour ses conseils, ses contacts et ses encouragements. Merci, Betty !

·

.

.

www.ingramcontent.com/pod-product-compliance
Lightning Source LLC
Chambersburg PA
CBHW051134030726
47504CB00004B/866